A CANÇÃO da ÓRFÃ

OBRAS DA AUTORA PUBLICADAS PELA GALERA RECORD

Série Fallen
Volume 1 – Fallen
Volume 2 – Tormenta
Volume 3 – Paixão
Volume 4 – Êxtase

Apaixonados – histórias de amor de Fallen
Anjos na escuridão
O livro de Cam – Um romance da série Fallen

Série Teardrop
Volume 1 – Lágrima
Volume 2 – Dilúvio

A traição de Natalie Hargrove

Publicado pela Editora Record

A canção da órfã

A CANÇÃO da ÓRFÃ

LAUREN KATE

Tradução de
Carolina Simmer

1ª edição

EDITORA RECORD
RIO DE JANEIRO • SÃO PAULO
2019

CIP-BRASIL. CATALOGAÇÃO NA PUBLICAÇÃO
SINDICATO NACIONAL DOS EDITORES DE LIVROS, RJ

K31c

Kate, Lauren, 1981-
A canção da órfã / Lauren Kate; tradução de Carolina Simmer. – 1ª ed. –
Rio de Janeiro: Record, 2019.
23 cm.

Tradução de: The Orphan's Song
ISBN 978-85-01-11710-6

1. Ficção americana. I. Simmer, Carolina. II. Título.

19-60443

CDD: 813
CDU: 82-3(73)

Vanessa Mafra Xavier Salgado – Bibliotecária – CRB-7/6644

TÍTULO ORIGINAL:
THE ORPHAN'S SONG

Esta edição foi publicada mediante acordo com G. P. Putnam's Sons, um selo do Penguin Publishing Group, uma divisão da Penguin Random House LLc.

Texto revisado segundo o novo Acordo Ortográfico da Língua Portuguesa.

Direitos exclusivos de publicação em língua portuguesa somente para o Brasil adquiridos pela
EDITORA RECORD LTDA.
Rua Argentina, 171 – Rio de Janeiro, RJ – 20921-380 – Tel.: (21) 2585-2000, que se reserva a propriedade literária desta tradução.

Impresso no Brasil

ISBN 978-85-01-11710-6

Seja um leitor preferencial Record.
Cadastre-se no site www.record.com.br
e receba informações sobre nossos
lançamentos e nossas promoções.

ABDR
ASSOCIAÇÃO BRASILEIRA DE DIREITOS REPROGRÁFICOS
CÓPIA NÃO AUTORIZADA É CRIME
RESPEITE O DIREITO AUTORAL
EDITORA AFILIADA

Atendimento e venda direta ao leitor:
sac@record.com.br

Para Milo,
sempre comigo

Em uma fenda ao norte do mar Adriático, sem qualquer lealdade a Bizâncio ou Roma, um império milenar afundava. Ninguém notava seu declínio, camuflado por séculos de riqueza e fama, assim como seus cidadãos, escondidos atrás de máscaras de *carnevale*.

Visualize-os em suas gôndolas, amantes erguendo os disfarces sob pontes para trocar um beijo. Imagine o senador pelos corredores do Palácio do Doge, votando sob a proteção do anonimato. E a menina no mercado, comprando alcachofras com a mãe, a fita preta de sua máscara balançando ao vento do verão.

Nos anos que antecederam a queda da república, este era o estilo veneziano: fazer mistério sobre tudo, esconder identidades e vidas, sem nunca prestar muita atenção no que jazia oculto. Por mil anos, Veneza resplandecera no centro do mundo mercantil, a joia do Mediterrâneo. Porém, quando as rotas de comércio mudaram, levando consigo o ouro, a cidade confundiu seu canto do cisne com uma canção de festa. Ela se esbaldou desenfreadamente. Veneza sempre estivera afundando; por que não vestir as máscaras por mais um dia e brindar a outro pôr do sol cor-de-rosa?

Mas não nas igrejas e nos hospitais, onde os disfarces eram proibidos. Na maioria dos dias, os doentes e os órfãos, os protegidos da Igreja, eram os únicos com rostos expostos pelas ruas da cidade.

Esta história começa em um orfanato, em uma noite solitária no bairro sonolento de Dorsoduro. Lá, na ala de enjeitados, uma menina de 5 anos estava deitada na cama, planejando sua fuga.

𝄢:

O inverno mais uma vez tomava conta da cidade, e uma ventania balançava a vidraça da janela com a lamentável vista para o prédio vizinho. Mesmo se Violetta pressionasse seu rosto contra o vidro, só veria uma janela acortinada, que ninguém jamais abriu.

Assim que as outras meninas dormissem, ela iria para o sótão. Atrás de caixas de roupas velhas e violinos quebrados, uma única janela alta se sobressaía aos telhados vizinhos. Violetta poderia observar Veneza se estendendo até o horizonte. Poderia ficar sozinha.

Esperou até que os últimos sussurros se tornassem respirações pesadas, aguardou a extraordinária quietude de três dúzias de crianças adormecidas. Havia um truque para manter a paciência enquanto esperava: mentalmente, explorava as ruas de Veneza. Vagava pelas pontes da cidade, piscando para o reflexo dourado e trêmulo do sol sobre o canal. Quando se concentrava, quase conseguia sentir o cheiro do mar.

Ela tivera quatro oportunidades de sair do orfanato, de caminhar pelas ruas de pedra em uma fila de órfãs para coletar donativos, entoar cânticos e orar para os santos. Violetta se agarrava àquelas memórias — gondoleiros cantando, artistas de rua jogando facas e engolindo fogo, aristocratas trajando máscaras brancas, todos tão diferentes das órfãs com rostos expostos que pareciam pertencer a uma espécie distinta. Como ela queria usar uma máscara.

As caminhadas sempre terminavam da mesma forma: com a abadessa mandando as meninas voltar para a Zattere, a ensolarada alameda de pedra golpeada pelo canal da Giudecca. Então elas apertavam o passo diante da estação dos *traghettos*, onde os gondoleiros assobiavam sob as abas dos chapéus de palha. Depois passavam direto pela entrada da ala oeste do prédio, pela cabeça esculpida de um menino órfão que marcava a porta do dormitório masculino. Em seguida, passavam direto pelas portas duplas centrais — a entrada pública, que se abria para um vestíbulo de pé-direito alto e levava diretamente à igreja. E, assim, imediatamente, chegavam à ala leste, onde a correspondente cabeça de uma menina órfã estava exposta sobre a porta do único lar que Violetta havia conhecido na vida.

Em sua imaginação, aquele era o momento em que se libertava, em que saía correndo pela *calle* estreita, desviando de vendedores ambulantes até encontrar uma solidão gloriosa.

Até deixar de ser órfã.

Mentalmente, ela vagava por uma ponte de pedra, seus passos eram barulhentos. Ela usava os saltos altos de madeira pintada de uma nobre dama. Estava de máscara. E embarcava em uma gôndola, o vento dançando com sua capa. Ela iria para a Giudecca, para um baile de máscaras em um dos *palazzi* majestosos do outro lado do canal.

Ou talvez fosse para um lugar ainda mais distante. Onde?

O que mais havia naquela cidade, na vida, que ela não tinha permissão para ver?

Sob as cobertas, Violetta passou o dedão sobre o calcanhar direito, onde um *I* azul e fino a marcava como uma pupila do Incuráveis. Aquela marca dizia ao universo que ela não tinha família, que não pertencia a lugar nenhum além daquele complexo murado, feito de pedras de Ístria, ao sul da cidade.

O Incuráveis fora construído em torno de um grande pátio quadrado, com uma igreja alta no centro. Depois da Basílica de São Marcos, a *chiesa degli Incurabili*, a igreja dos Incuráveis, era a casa de adoração mais famosa de Veneza. Apesar de ter recebido seu nome perturbador no século XVI, devido aos moribundos com sífilis que abrigava na enfermaria do primeiro andar, a instituição acabara se tornando um dos quatro hospitais renomados, devido a um objetivo mais alegre: educar órfãs em um conservatório musical.

Lá dentro, meninos e meninas eram desconhecidos um ao outro. Não havia apenas entradas separadas por gênero, mas também mundos separados: quartos, salas de jantar e de estudo em lados opostos do segundo andar do complexo. Os meninos cresciam e se tornavam aprendizes; não precisavam aprender música. Mas, para manter as meninas fora das ruas, elas eram ensinadas a cantar e a tocar instrumentos para a igreja. Com o tempo, suas apresentações enchiam o bolso da instituição, e o dinheiro pagava os melhores compositores para orientar a próxima geração de meninas mais talentosas. O Incuráveis era feito de música — a melhor da cidade e, portanto, do mundo.

Violetta amava música. Seu coração batia em compasso com os concertos sagrados que ecoavam pelas paredes do quarto, mas ela também ouvia o mistério silencioso de suas origens todos os dias. Dois dias após ter nascido, fora abandonada pela mãe. Ninguém sabia de onde ela viera, quem a deixara ali, nem sob quais circunstâncias. Desde muito jovem, a menina entendera que seus cuidadores — o padre e a abadessa; a cozinheira e o boticário; até as benevolentes zie, "tias" recolhidas no convento, outrora também enjeitadas — a viam apenas como uma obrigação.

As outras meninas buscavam a afeição das zie, mas Violetta não conseguia fingir vínculos. Ela precisava de comida, de aconchego e de um abrigo tanto quanto qualquer outra criança, mas queria amor — amor de verdade, ou nada. Aquele desejo a contagiava como uma doença. E não parecia haver cura.

Finalmente: um pouco de silêncio no quarto. Pela cadência da respiração das outras meninas, o ouvido treinado de Violetta detectou que elas, enfim, haviam dormido. Ela se levantou da cama. Os pés descalços não fizeram nenhum som no mosaico frio de azulejos enquanto caminhavam para fora do quarto, desciam o corredor escuro e subiam a escada.

A menina se fechou no sótão, esfregou as mãos nas coxas para se aquecer e foi verificar seus tesouros sobre o peitoril da janela: o soldo de prata que um padre de Roma que visitara o orfanato deixara cair; a pena de pavão soprada contra as paredes; a tigela de mel lascada, feita de porcelana, que a cozinheira descartara e que havia muito fora completamente lambida (mesmo assim, ela enfiava um dedo lá dentro todas as noites, sugando a lembrança da doçura). E sua posse mais preciosa, Letta.

Violetta resgatara a boneca das águas frias do canal atrás do orfanato. Alguns meses antes, as órfãs voltavam de uma caminhada para angariar donativos quando ela viu uma menina em um casaco de renda com resplandecentes bordados dourados discutindo com a mãe por causa de um doce. Tomada pela raiva, a menina simplesmente *soltou* a boneca. Antes que qualquer pessoa conseguisse perceber o que estava acontecendo, Violetta já a havia resgatado da água.

Decidira batizar a boneca de Letta, uma abreviação do próprio nome — apesar de nunca ter ganhado um apelido. No sótão, com a boneca apertada junto ao peito, ela se pressionou contra a janela e sentiu a noite fria lá fora. Sua respiração embaçou o vidro enquanto ela ficava na ponta dos pés para observar a vista.

A água fazia a noite parecer mais obscura, e uma variedade de telhados de terracota, inclinados em todos os ângulos, se estendia ao longe, até uma distância que ela nem conseguia imaginar. Violetta queria esticar a mão e tocar as videiras que subiam pela treliça da varanda vizinha. Queria explorar cada ruela estreita até chegar ao mar. Em algumas noites, tentava contar as gôndolas pretas balançando no canal. Em outras, encarava a água até os olhos lacrimejarem.

A cidade estava escura, e excepcionalmente silenciosa. Era o começo do Advento, duas semanas em que o *carnevale* fazia um intervalo para o Natal, talvez para deixar Veneza recuperar o fôlego. Não havia óperas nem bailes. A missa do Incuráveis atraía mais pessoas que o normal, porque as igrejas dos quatro *ospedali* eram os únicos locais na cidade onde se ouvia música. Naquela noite, os foliões mascarados — frequentadores assíduos da Zattere — haviam desaparecido. As *calli* estavam vazias. Quase vazias.

— Lá está ele — arfou a menina.

Na Zattere, um homem de tricórnio se aproximava. Era seu artista de rua favorito, caminhando, atravessando a ponte, agora descendo a alameda. E, ao lado dele, vinha um cachorrinho malhado, a quem Violetta batizara de Giacomo.

— Você acha que ele teve um bom dia? — perguntou ela a Letta.

Como seria se apresentar em uma enorme *piazza*, a voz ecoando pelos prédios, sentindo a multidão se aproximar? Aonde um homem assim iria à noite? Será que levaria Giacomo a uma das tabernas que ela observara, desejosa, pelas frestas das portas fechadas em suas caminhadas?

— O que você pediria em uma taberna, Letta? Conhaque? — A menina franziu o nariz, pensando no copinho horrível que a abadessa levava para o quarto toda noite. — Eu pediria *acqaioli*.

Ela não sabia o que havia na bebida que escutava as damas aristocratas pedindo na calçada das cafeterias, mas adorava seu brilho opalescente e a forma como as mulheres erguiam as máscaras apenas o suficiente para levá-la aos lábios. Imaginava que *acqaioli* fosse como a chuva de uma nuvem adocicada. Algum dia, ela provaria a bebida.

Quando o homem e o cachorro saíram de seu campo de visão, Violetta suspirou.

— Eles vão voltar amanhã — garantiu a Letta, querendo atravessar a janela, pular para a rua e correr atrás dos dois para fazer carinho nas orelhas de Giacomo e sentir seu focinho entre os pulsos. Nunca havia encostado em um cão.

Mas, então, uma canção — uma voz feminina — chamou sua atenção para a *calle* abaixo da janela. Violetta se inclinou para a frente, observando a escuridão. Ela ouvia música o tempo todo, mas aquela era diferente. No Incuráveis, as órfãs cantavam para se comunicar com Deus. Mas aquela canção a aproximava da cantora, não do Todo-Poderoso.

Em tom e volume baixos, a canção soava como um segredo. Não era como a cantiga assobiada pelo artista de rua nem como a barcarola atrevida dos gondoleiros. Aquilo era amor e tristeza, unidos de tal maneira que Violetta mal conseguia respirar.

Quando localizou a cantora sob o luar, a menina arfou. A mulher se dirigia para a roda.

Para quem estivesse caminhando pela *calle*, a roda parecia algo discreto, metade de um cilindro de metal enferrujado que se projetava para fora do muro, na parte oeste do prédio. Porém, se você puxasse a pesada alavanca de ferro para girá-la, revelaria uma plataforma de madeira, tão pequena quanto o espaço formado pelos braços esticados e unidos de Violetta. Do outro lado, a roda se abria para a cozinha, onde seu conteúdo seria descoberto pela cozinheira, que acordava cedo para acender a lareira.

A menina já ouvira histórias sobre o que costumava acontecer antes de a roda ser construída. Bebês abandonados eram encontrados congelados, com a pele azulada, do lado de fora dos portões ao nascer do sol. A roda permitia que as mães deixassem os filhos protegidos da chuva e do vento. Seria possível se manter anônima — e a criança, viva.

Violetta fazia aniversário no início de fevereiro. Ela sabia que estaria morta se não fosse pela roda. O dispositivo a atormentava, mas, em todas as noites que ficara espionando do sótão, nunca o vira ser aberto. Agora, a cantora se aproximava e ficava de joelhos. Seu rosto não estava coberto por uma máscara, apenas por uma capa, sob a qual havia um volume. Um bebê.

Não, implorou Violetta para a mulher. Era impossível não pensar na própria mãe diante da roda.

A cantora abriu a capa, e a menina ficou chocada ao ver que a criança não era um bebê. Uma onda de alívio a inundou. Um menino daquele tamanho não caberia lá dentro. A mãe seria obrigada a mudar de ideia.

A canção ficou mais alta. Agora, era possível ouvir as palavras.

Eu sou sua, você é meu...

Os dedos da mulher afastaram o cabelo louro dos olhos fechados do menino. Então passaram por seus ombros, seus cotovelos, desceram para as mãos. E as seguraram. Os batimentos no peito de Violetta se aceleraram, e ela invejou aquela criança por receber tais carinhos, apesar de saber que seriam breves.

Lágrimas brilhavam nas bochechas da mulher. Sua voz falhou, mas ela continuou cantando, virando a face antes de sua tristeza molhar a pele do filho. Então ergueu o rosto para o céu, e Violetta a viu. Memorizou o nariz pequeno e reto daquela mãe, as bochechas redondas, os lábios. Uma pedra grande pendia de seu pescoço, presa por um colar. Ela era linda. Sua expressão estava tomada pela vergonha.

A mulher virou a alavanca da roda para o lado, deitou o menino no círculo de madeira, dobrou os joelhos dele contra o peito. Esfregou seus pés de leve, depois com mais desespero, como se fosse impossível aquecê-lo o suficiente. O filho continuou dormindo.

Violetta ergueu Letta até a janela, paralisada de horror, incapaz de desviar o olhar enquanto a mulher virava a roda. Quando o dispositivo emperrou, ela pressionou os ombros do filho, empurrando-o para dentro com tanta violência que a menina ficou chocada com a cena.

— É o que as mães fazem — disse Violetta. — É assim que as mães são. — Suas mãos tremiam enquanto ela colocava a boneca novamente no peitoril e encontrava o reflexo dos próprios olhos no vidro. — Nunca se torne mãe.

1

&

— **V**ioletta!

A garota se virou, dando as costas para a janela de seu quarto, para a gaivota empoleirada sobre o telhado de terracota da casa vizinha. Estava torcendo para que as asas decolassem e abandonassem aquela ruela cheia de sombras. Se ela fosse um pássaro, estaria sobrevoando o oceano. Nunca pousaria no mesmo navio mais de uma vez.

Lá fora, a manhã de setembro era tão brilhante, e seu pedaço de céu, tão azul, que, ao deixarem a janela, seus olhos levaram um instante para conseguir enxergar a silhueta ofegante parada à porta.

— O que foi, Laura? — perguntou ela, liberando espaço na cama para a amiga. As duas tinham 16 anos. Eram vizinhas, compartilhavam a parede que havia entre seus quartos individuais no segundo andar desde que saíram da ala infantil, aos 10 anos. — Ora, pare um pouco para recuperar o fôlego. Aprenda com a gaivota preguiçosa.

Mas não era do feitio de Laura parar para recuperar o fôlego. Ela ficava preocupada com todo detalhe, desde a possibilidade de uma tempestade arruinar uma festa até o que poderia acontecer com os ovos de um pardal, se a mãe engolisse um caco de vidro. Preocupava-se com o suor nas mãos enquanto tocava uma composição difícil no violino, secando meticulosamente a madeira com um pano de linho para que não empenasse. Preocupava-se com a melhor maneira de se destacar entre as outras violinistas do conservatório. Preocupava-se muito em ser promovida para o coro, e preocupava-se por Violetta não se preocupar o suficiente em ser promovida também. Nunca perdia a oportunidade de lembrar à amiga que só havia 33 vagas no coro, menos da metade do total de alunas do conservatório. A cada ano, apenas algumas vagas ficavam disponíveis, conforme as coristas mais velhas se casavam ou se recolhiam em conventos.

Laura se preocupava com os exercícios vocais de Violetta e com as partituras de seus libretos — com frequência largadas pelo chão. Com o passar dos anos, Laura se aperfeiçoara em inventar desculpas para a abadessa quando a amiga se atrasava para uma aula, mas jamais deixava de se preocupar com a possibilidade de que ela fosse expulsa. O relacionamento das duas era um dueto: quanto mais Laura se preocupava, mais Violetta lhe dava motivos para isso.

Não que Violetta fosse despreocupada; era Laura que a via assim. Laura remoía tanto suas preocupações como a amiga tentava fugir das próprias. Era por isso que Violetta passava tanto tempo na janela, se imaginando do outro lado do vidro.

Laura prendeu uma mecha solta no seu grande coque.

— Bem, você não sabe da notícia.

— Que notícia?

Violetta não sabia quanto tempo havia passado na frente da janela. Isso acontecia nos dias em que tinha o sonho.

A roda, a mulher. Aquela música. Onze anos haviam se passado desde a fatídica noite, mas ela se lembrava de descer a escada, correndo na escuridão, como se fosse ontem. Ninguém mais sabia que ele estava lá, preso. Ela era a única pessoa que podia ajudar. Nunca tinha chegado tão perto do corpo desconhecido de um menino. Ele ainda dormia quando ela o puxou para fora da roda.

Anos depois, Violetta entendera que a mãe devia ter drogado o filho. Que ele nem ouvira a canção.

Sempre que ela sonhava com aquilo, passava o dia calada e pálida. Era difícil cumprir as tarefas rotineiras: acordar ao nascer do sol, rezar em voz alta seguindo a ordem que sabia de cor — primeiro o Ângelus, depois uma oração pela supressão das heresias, uma pela devotíssima república, outra pelos benfeitores e pelos *governati* do Incuráveis, e assim por diante — da mesma forma que todas as outras vozes sussurrantes nos quartos à esquerda e à direita do seu.

Antes da missa, Violetta tomava seu desjejum de mingau e leite enquanto o quadril largo da abadessa passava entre as mesas de madeira áspera, declamando as leituras sagradas em um sussurro cáustico, desafiando qualquer uma das pupilas a fofocar ou rir. E então a manhã era preenchida com três horas de aulas de música — primeiro com o conservatório todo, depois com um grupo menor de cantoras e, então, finalmente, com sua professora particular, Giustina.

A bela Giustina tinha 24 anos e era a primeira soprano do coro. Era conhecida pelos moradores locais e além dos limites da República de Veneza como *bella voce*. A cidade recebia turistas da Europa inteira que pagavam caro para ouvi-la cantar. No verão anterior, Violetta ficara bastante surpresa quando a moça a escolhera como uma de suas duas alunas. A jovem ainda não entendia o que Giustina tinha visto nela, mas a generosidade paciente de sua *sottomaestra* a inspirava a se esforçar ao máximo.

No momento, ela deveria estar revendo as últimas correções em sua partitura, treinando a modulação da voz e os *passaggios*. Giustina a reavaliaria mais tarde, antes da *compline*, a oração do fim do dia. Mas ela nem olhara para as folhas. Assim que conseguiu se isolar no quarto, seguiu para a janela a fim de sentir o calor do outro lado e deixar a mente vagar.

A canção do sonho a assombrava com aquelas palavras que jamais conseguira cantar em voz alta.

Eu sou sua, você é meu...

A música se tornara sua. Mas a quem ou ao que se dirigia? Às vezes, Violetta ainda pensava no menino que tirara da roda naquela noite. Antes de deixá-lo perto das brasas da lareira da cozinha, encolhido sob uma toalha de mesa dobrada, ela descobrira uma pequena pintura presa em uma de suas mãos.

Era metade de uma pintura, na verdade, um pedaço fino de madeira cheio de farpas por ter sido partido ao meio, na diagonal. Estava pendurado em um cordão quebrado, como se fosse um pingente. E exibia uma mulher nua. Metade de uma mulher. Rosto, seios e barriga cobertos por uma cascata de cabelo louro ondulado, da mesma cor dos fios do menino. Olhos escuros fitando algo ao longe, a boca aberta contra o céu azul, em meio a uma canção.

A mãe do menino provavelmente ficara com a outra metade. A maioria dos órfãos do Incuráveis tinha algum tipo de recordação — parte de uma pintura ou um retalho de pano estampado —, provas de uma conexão, para o caso de o destino decidir juntar mãe e filho algum dia.

Violetta não tinha nenhuma. Não acreditava nessas fantasias.

O cotidiano dos meninos e das meninas no Incuráveis era tão separado que ela nunca mais vira o garoto. Não queria vê-lo, apesar de ele jamais sair de seus pensamentos. Aquela música a assombrava, dava voz à parte de si que mais desejava ignorar — o fato de que alguém fizera o mesmo com ela. Violetta esperava que ele não tivesse nenhuma recordação de ter sido abandonado, que nunca se lembrasse daquela noite. Era bem provável que, àquela altura, ele já tivesse saído do orfanato para trabalhar como aprendiz em algum lugar da cidade.

— Violetta! — Laura segurou o braço da amiga. — Porpora voltou.

Ela levantou com um pulo.

— Por que você não disse antes?

Naquele ano, o Incuráveis contratara o famoso compositor napolitano Nicola Porpora como maestro do coro. Era ele quem determinava quais meninas seriam promovidas ou não. Até mesmo as alunas mais jovens, meninas pequenas, de 6 anos, se empertigavam e baixavam a voz ao mencionar seu nome.

As escolhidas para o coro passariam anos trabalhando intensamente com o brilhante e nervoso compositor, apresentando-se com regularidade para plateias deslumbradas. As coristas tinham folgas, saíam do orfanato com mais frequência, faziam refeições melhores, tomavam bons vinhos. Algumas recebiam cartas de venezianos ou turistas europeus importantes, que viajavam só para vê-las cantar. Uma parte dos generosos ganhos dos concertos era separada em um dote especial.

As moças que não entravam para o coro se tornavam *figlie di commun*, as mulheres comuns do orfanato. Trabalhavam como enfermeiras, tratando dos sifilíticos no primeiro andar, ou cuidavam de tarefas domésticas, lavando roupa e confeccionando passamanaria, costurando e tingindo casacos grossos de lã no tom inimitável de azul-cobalto do uniforme do orfanato. Algumas se tornavam *zie* e cuidavam dos órfãos. As *figlie di commun* trabalhavam para o Incuráveis até completarem 40 anos, quando entravam para um convento. A única outra possibilidade de sair dali era ser vendida como criada. Mas a pior parte era que a música simplesmente parava. Se você se tornasse *figlie di commun*, todas as oportunidades de ensaiar ou de se apresentar desapareciam.

A ideia deixava Violetta horrorizada. Aquelas meninas não conheciam nada além de música. Elas precisavam perder até isso? Ela e Laura haviam jurado que não aceitariam tal destino. No fundo, Violetta suspeitava que as duas sabiam que Laura não encontraria problemas, mas ela, com sua tendência a sonhar acordada, talvez não conseguisse se classificar.

O maestro passara agosto inteiro e metade de setembro no exterior. As aulas ficaram mais tranquilas em sua ausência, mas, agora, seria diferente. Porpora permaneceria no conservatório durante todo o outono, durante o festival do *carnevale*, quando o coro se preparava para a temporada de apresentações mais importantes, o Advento. Para as duas garotas, e para cada uma das 62 órfãs no conservatório, o retorno do maestro significava que chegara a hora da prova de fogo.

— Achei que ele voltaria na próxima semana — confessou Violetta.

— Ele voltou antes — explicou Laura. — E quer nos escutar. Na galeria.

— Na galeria?

Era lá que as coristas se apresentavam. Violetta já fora à antessala muitas vezes, para buscar partituras para Giustina, mas nunca botara os pés no enclave especial com vista para a igreja inteira, protegido por uma grade dourada. As alunas do conservatório ensaiavam em uma sala abafada e sem janelas acima dos aposentos do boticário. O lugar fedia ao chá de guaiaco que era preparado para os sifilíticos do andar inferior.

— Você já está atrasada — argumentou Laura — e não vai sair desse quarto com o cabelo assim.

— O que há de errado com o meu cabelo?

Violetta puxou a trança grossa e escura que batia em sua cintura. Não havia espelho no quarto. Ela nem lembrava quando fora a última vez que penteara as madeixas rebeldes.

— Vou dar um jeito nele — afirmou Laura, se colocando atrás da amiga, subindo sobre a cama barulhenta, a ponta dos sapatos roçando as coxas de Violetta. — Comece a se aquecer. Com as escalas. E, *Madonna*, coloque suas meias!

Violetta esticou as meias de lã ásperas sobre as pernas, prendendo-as acima do joelho com uma fita. Ela resmungou quando a amiga desfez sua trança de dias, desembaraçando enormes nós.

Enquanto os dedos de Laura ajeitavam e penteavam os fios, Violetta se empertigou e respirou fundo, estava uma pilha de nervos. Então puxou a língua, usando os dedos para esticá-la enquanto cantava três oitavas de escalas, como Giustina lhe ensinara.

— Quando você cantar — orientara a *sottomaestra* —, pense no que quer dizer ao mundo.

Quando Violetta cantava, ela mal se sentia confiante o suficiente para querer ser ouvida, que dirá passar uma mensagem. Era difícil imaginar que o mundo a escutaria.

Ela lançara a pergunta de volta para a professora.

— O que *você* quer dizer ao mundo?

Giustina pressionara as mãos contra o peito e suspirara.

— *O amor está aqui.*

Os olhos de Violetta haviam se enchido de lágrimas, pois ela acreditava que não havia maior aspiração para uma cantora. E também porque se sentia completamente perdida. Ela jamais conseguiria cantar algo tão corajoso e essencial. Queria ver e ouvir e se inspirar com o mundo. Mas não se imaginava fazendo o mesmo por ele.

Giustina apertara seu ombro e dissera baixinho:

— Não se preocupe, você vai descobrir a resposta.

Será que descobriria mesmo? Violetta era uma soprano, mas sem vigor, e, apesar de anos de ensaios e preces, ainda era difícil alcançar as notas mais altas das árias complicadas que tanto amava. Às vezes, sentia que o medo a segurava. Se conseguisse entrar para o coro e se livrar daquela ansiedade, talvez sua voz alcançasse seu potencial. Ela imaginava como seria cantar perfeitamente uma ária, se apresentar da forma como Porpora queria — ou melhor. Porém, quando pensava em perguntar essas coisas para Giustina, sabia que não saberia expressar suas dúvidas em palavras, da mesma forma que não conseguiria explicar as origens reprimidas de seus desejos.

Os melhores momentos se revelavam quando sentia a voz misturada às das outras cantoras. Quando sentia que fazia parte da música ao invés de estar sozinha. Nessas horas, queria permanecer exatamente onde estava, embalada pelo prazeroso abraço de uma canção.

Hoje, porém, o sonho a aprisionava, e ela não se sentia digna da música. Por que o maestro voltara logo agora?

Pelo menos a presença de Laura a reconfortava. Logo, as duas entraram em um ritmo: enquanto Violetta chegava às escalas mais altas, Laura prendia seu cabelo em uma trança mais elegante, mais apertada. A música estava tão entranhada nas garotas que transparecia em tudo que faziam: no tilintar sincopado de suas colheres batendo contra as tigelas no jantar, na percussão suave de seus passos a caminho da confissão noturna, no sussurro tenor de sua urina batendo contra as comadres de porcelana.

— Sustente as notas. Está tudo bem? — perguntou Laura enquanto prendia o cabelo da amiga. Ela deu a volta e parou diante de Violetta, alisou uma mecha rebelde e assentiu para sua obra. Então ergueu o queixo da amiga, olhou em seus olhos e perguntou: — Você teve o sonho?

Violetta assentiu, ainda em silêncio, mas não por vergonha. Laura sabia que ela era frequentemente assombrada pelo mesmo sonho, algo que sempre lhe trazia muito sofrimento, mas nunca pedira detalhes. E Violetta nunca lhe contara; nunca perguntara a Laura sobre os sonhos tristes da amiga. De que adiantaria? Todas as órfãs sabiam tão pouco sobre o próprio passado, sobre a época em que eram *figlia di mamma* — filhas de uma mãe — e não *figlia degli incurabili* — filhas do Incuráveis.

Para Laura, era suficiente saber que Violetta tivera o sonho e que seu dia seria assombrado por aquele fantasma. Então, ela lhe deu a mão, criando uma reconfortante música secreta na pressão de uma palma contra a outra, no som de seus sapatos contra o piso enquanto corriam até a ponte.

A ponte era uma passagem curta, sem janelas, menor que uma gôndola, acessada pelo terceiro andar do dormitório. Ela se arqueava sobre o pátio e se conectava com o centro da igreja, dando em uma pequena antessala onde as coristas aqueciam as vozes, afinavam os violinos e testavam novas palhetas de oboé antes das apresentações.

Na extremidade da antessala, atrás de uma porta branca, ficava o cobiçado espaço do coro: a galeria musical. Um parapeito de mármore que batia na altura do peito circundava a galeria, e sobre ele ficava a famosa grade de latão com laranjeiras esculpidas, alvo do fascínio de grande parte do público. A grade servia para ocultar as artistas dos olhos da igreja lá embaixo — e vice-versa —, mas, sentada no andar inferior com as outras órfãs do conservatório, Violetta sempre conseguia identificar as coristas quando erguia o olhar.

Como elas pareciam poderosas e misteriosas por trás daquelas flores de laranjeira douradas. Violetta sempre quis ser uma delas. Ela suspeitava de que a maioria dos fiéis passava a missa inteira tentando enxergar os anjos que produziam música do outro lado.

— Pronta? — perguntou Laura ao chegarem à porta da galeria.

Sua garganta parecia estranhamente fechada. Ela apertou a mão da amiga.

— Não acredito que você saiu do ensaio para me buscar.

Os cantos da boca da outra garota se ergueram.

— Nós temos um acordo.

Laura abriu a porta branca, empurrando de leve os ombros da amiga, e as duas entraram. Violetta se abaixou atrás do parapeito. Não queria ser vista por Porpora ou pela abadessa, que conduzia a música da nave lá embaixo, até chegar ao seu lugar.

Era curioso ver como a galeria era pequena, apenas duas fileiras apertadas, com o nível superior sendo reservado para a organista e para os instrumentos de corda e sopro, e o inferior, para as cantoras. Ela logo percebeu que apenas metade das alunas do conservatório estava ali — as garotas de 14 anos ou mais, que já podiam ser promovidas para o coro. Cada uma se apresentava como se a vida dependesse daquilo. E lá vinha Violetta, como um cachorro perdido com o rabo entre as patas.

Laura fez sua entrada atrasada parecer algo sem muita importância, posicionando-se perto da porta, onde seu violino a aguardava. Ela o pegou e se juntou à música antes que Violetta conseguisse escolher a rota mais rápida para seu lugar na frente. Achou melhor abrir caminho entre as cantoras. A maioria chegava para trás para lhe dar espaço, preferindo dar logo um fim naquela distração. Nenhuma delas parou de cantar o "Alleluia". Era uma peça rápida, com trechos de violino e tímpano que soavam bem em vários tipos de vozes — ora as contraltos, ora as sopranos.

Finalmente, ela chegou ao seu lugar, era a terceira antes do final da fila, entre Olivia e Reine. Olivia abriu espaço para deixá-la passar; a outra garota não moveu um músculo sequer. Violetta e Reine nutriam certa animosidade uma em relação à outra, desde que a novata chegara ao Incuráveis, um ano antes, e a inimizade delas só aumentara depois que Giustina escolhera as duas como alunas.

Reine não era veneziana. Nem mesmo órfã. Era filha de parisienses ricos que escolheram mandá-la para o Incuráveis. Não havia dinheiro no mundo que comprasse uma vaga para uma garota rica da república. Apenas estrangeiras tinham permissão de pagar o preço certo para fingirem ser órfãs.

E ela gostava de provocar Violetta.

— Você sonha com o prostíbulo em que sua mãe a pariu, com o momento em que ela viu esses seus olhos esbugalhados e preferiu largá-la aqui?

— Minha mãe é a música — respondia Violetta com tanta convicção que silenciava a francesa. Então lutava para controlar a voz enquanto dizia uma verdade parcial: — Nos meus sonhos, ela canta.

Reine era uma cantora levemente melhor, mas agia como se fosse a maior estrela do coro. No dia em que Giustina abdicasse de sua vaga, apenas uma das duas se classificaria.

Violetta puxou o ar e tentou reunir toda a sua coragem. Então se ergueu ao lado de Reine, abrindo a boca para participar da canção.

— *Nei secoli dei secoli, nei secoli dei secoli. Alleluia.*

Seus olhos se arregalaram enquanto ela observava os arredores. Do outro lado da grade, a igreja era iluminada pelos fortes raios de sol que entravam pelo clerestório. Ela viu fileiras e fileiras de assentos vazios e tentou imaginar que cantava para mil pessoas. Seu peito se expandiu com uma alegria inesperada.

Ela viu o brilhante Tintoretto pendurado no pórtico, retratando Santa Úrsula e suas 11 mil damas virginais. A imagem era um lembrete sobre aquilo que as garotas do Incuráveis deveriam almejar: eram musicistas, sim — mas, antes de tudo, virgens.

Violetta notou o movimento rápido da cabeça da abadessa. Sua presença fora notada.

Ela assumiu sua expressão mais virginal, erguendo os olhos para os céus. Empertigou as costas, uniu as mãos sobre a barriga, estufou o peito. Acertou as notas com perfeição, de forma desafiadora. Pagaria por isso mais tarde, mas surras de vara e confissões públicas humilhantes faziam parte de sua vida havia anos. Era Porpora quem ela não devia irritar.

O convidado de honra estava parado ao lado da abadessa, balançando-se ao som da música, felizmente de olhos fechados. Ele não tinha qualquer interesse nas alunas do conservatório; só queria escutar sua nova composição. Os nomes, as vozes, os talentos especiais e as limitações daquelas garotas lhe eram desconhecidos. Seu foco era dedicado apenas às escolhidas do coro.

Um homem rechonchudo de meia-idade, com bochechas coradas e redondas, e uma peruca branca esfarrapada, o maestro não parecia alguém capaz de compor músicas tão impressionantes. Não chegava aos pés de Vivaldi, cujo cabelo ruivo e olhar intenso cativaram Violetta quando vira seu retrato. Ela encontrara um desenho de seu rosto na biblioteca, na cópia de um libreto que ele escrevera para o coro rival do Ospedale della Pietà, do outro lado do Grande Canal. Mas quem era ela para julgar a aparência dos outros? O próprio rosto não crescera o suficiente para acomodar seus enormes olhos escuros, que a faziam se sentir como um besouro sempre que passava por seu reflexo em algum vidro. E ainda não tinha seios.

As notas das sopranos se tornavam mais agudas. Violetta teve de arquear as costas para soltá-las. Seu ombro esbarrou no de Reine, que lhe deu uma cotovelada nas costelas em resposta. O golpe a fez arfar, prendendo a voz, mas ela logo se recuperou, encarando a outra garota com irritação.

Agora, as meninas terminavam "Alleluia" e passavam para um recitativo, de canto mais fácil. As letras eram quase faladas, e as melhores contavam uma história. As musicistas pareciam relaxar, mas, conforme os lábios de Violetta se moviam nos versos memorizados, o coração seguia para uma canção diferente.

Eu sou sua, você é meu...

Ela tentou afastá-la da mente, reproduzir a concentração das colegas. Mas a música do sonho a possuiu, penetrando o recitativo. Queria ser cantada. De esguelha, Violetta viu cuspe voando da boca de Reine e a odiou. Reine, cujos pais mandavam grandes somas de dinheiro para a escola, assim como cartas enormes para a filha, lenços de renda embebidos em um perfume doce e enjoativo. Reine, que não conhecia o abandono. Reine, que com certeza ocuparia sua vaga no coro.

Outro esbarrão. Violetta não sabia de quem fora a culpa, mas jogou o ombro para a frente, deixando a garota para trás. Reine também se adiantou, empurrando-a. Violetta desejou com todas as forças estar longe daquela galeria, daquela garota cruel, da canção do sonho que não conseguia parar de ouvir. E esses pensamentos a fizeram erguer o pé e pisar com força nos dedinhos endinheirados de Reine.

Ela teria apostado quase tudo que a outra garota continuaria cantando e ignoraria a dor, planejando uma vingança perversa para o futuro. Jamais imaginaria que a francesa soltaria um berro.

O som atravessou a catedral. Todas pararam no meio da nota, virando-se para fitá-la. A abadessa a encarou com um olhar feio e, com um único dedo erguido, expulsou Violetta dali.

— Para o confessionário.

𝄢

Violetta não foi se confessar. Enquanto fugia da galeria e da antessala, enquanto atravessava a ponte de volta ao dormitório, pensava em como seria estar enfurnada nos aposentos do padre Marché e perdeu o fôlego. Ela precisava se acalmar, e só havia um lugar no Incuráveis onde conseguiria fazer isso.

Então seguiu para o sótão, mas, naquele dia, ao chegar à janela, sentiu-se presa pelo vidro, oprimida pela vista — tantos barcos na água, tantas pessoas tão livres. Seria necessário uma louca escapada.

A garota pressionou a vidraça com as mãos. Quando esta pareceu se mover, seus dedos passaram para a borda do vidro, perto do caixilho, e o balançaram. Ele se soltou, e, maravilhada, Violetta o removeu, apoiando-o na parede sob a janela.

O ar revigorante do outono entrou, convidando-a para o lado de fora. Teria coragem?

Mais tarde, conseguiria encarar o confessionário. Mais tarde, poderia incluir o que estava prestes a fazer à sua penitência. Violetta arrastou uma caixa para perto, subiu nela. Levou um pé ao peitoril, depois o outro, até estar agachada sobre a janela.

Para manter o equilíbrio, segurou-se no caixilho enquanto se levantava do lado de fora do peitoril. O coração disparou quando seu peito ficou na altura do telhado. Ela secou o suor das mãos, esticou os braços e segurou a balaustrada baixa. Conseguia ver tão longe, até o imponente domo branco da basílica de Santa Maria della Salute, na extremidade leste de Dorsoduro. Conseguia ver o horizonte, aquela distância mágica em que a magnitude de Veneza se condensava em uma única linha maravilhosa. Violetta desejou andar por aquela linha, como o acrobata que vira atravessar o Campo Santa Margherita sobre um cabo esticado até a altura de dez homens.

Ela levantou a perna direita até o pé alcançar a beirada do telhado. Então cometeu o erro de olhar para baixo. A vertigem a paralisou. Por alguns momentos, não conseguiu se mover.

Mas então viu a roda, quase imperceptível, quatro andares abaixo. E pensou na mãe que abandonara o filho tantos anos antes. Chegara a hora de esquecer aquela noite. Talvez aquela canção continuasse surgindo em seus sonhos para sempre, mas ela não se tornara sua àquela altura? Por que não conseguia deixar para trás tudo o que vira?

O vento a impulsionou. Violetta cantou para ele enquanto forçava o corpo a subir.

Eu sou sua, você é meu.
Mais uma volta e me torno o céu.

Quando finalmente chegou à parte reta do telhado, a garota desabou de costas, encarando um céu tão azul, a ponto de seus olhos chegarem a doer. Ela queria rir de sua conquista, mas a necessidade de chorar venceu.

Maldita impulsividade, malditos ombros ossudos, maldito tornozelo tatuado. Será que aquela briga lhe custaria o coro? Será que poderia ficar ali em cima para sempre?

Violetta se levantou e olhou ao redor. Ventava muito, e o dia estava ensolarado. A luz do sol brilhava sobre o canal e fazia com que os barcos parecessem joias negras. Na Zattere, toldos brancos protegiam as pessoas que flertavam sobre os degraus de uma cafeteria. Do outro lado da água, a ilha da Giudecca acenava com sua fileira de *palazzi* altos diante da alameda, todos exibindo telhados laranja de terracota. Cones de ciprestes se projetavam sobre os jardins atrás dos portões de ferro.

Setembro mal chegara à metade, mas o ar já estava frio. O vento carregava fumaça, e as janelas dos apartamentos exibiam vasos de alecrim e verbena. Por trás desses cheiros, como sempre, havia o almíscar salgado dos canais.

A música atravessava o ar. Estava em todos os lugares, se você se desse ao luxo de escutá-la. Pela primeira vez, Violetta se sentia livre para absorver as melodias incríveis e acidentais de sua cidade. A batida dos remos contra a água, os gracejos animados dos mascates que vendiam melancias na Zattere. Lá vinha o *staccato* dos lençóis em um varal açoitado pelo vento. A garota fechou os olhos e ouviu tudo em dobro, da forma como Veneza sempre se repetia, espelhada pela água, como se Deus, na composição da cidade, tivesse determinado que ela devia ser tocada *forte*, com um vigor extra.

Risadas insolentes atravessaram aqueles sons e fizeram Violetta se agachar atrás do parapeito. Ela olhou para o oeste, para o prédio ao lado, cujo telhado ficava um andar abaixo. Seu esconderijo era desprovido de qualquer conforto, mas a cobertura vizinha era uma *altana* luxuosa — uma acolhedora varanda a céu aberto, tornada um pouco mais reservada por treliças árabes e trepadeiras de verbena. Toldos de couro protegiam uma dúzia de assentos. Em um canto, via-se um relógio de sol de bronze sobre um pedestal de mármore. Uma mesa de vime cheia de cremes e pomadas, bandejas de uvas e damascos, travessas de cristal lotadas de tortinhas.

Quatro mulheres ocupavam o espaço, descansando, descolorindo o cabelo ao sol. As cabeças estavam cobertas por chapéus especiais, cujas abas largas protegiam seus rostos, mas deixavam os cabelos expostos à luz. Violetta calculou que eram apenas um pouco mais velhas que ela, mas suas risadas a faziam se sentir como uma criança. Era um som carregado de sabedoria feminina, com um leve toque de hedonismo.

Será que ela já ouvira uma garota do Incuráveis rir com tanta animação? Não, nem mesmo Giustina, que conseguia chegar a quatro oitavas sem nenhuma dificuldade.

Violetta ficou hipnotizada com os complexos rituais de beleza das moças. Uma delas, com o rosto coberto por um creme azul-claro, erguia leques de renda de uma cesta, por fim escolhendo um roxo para abanar o ar do outono. Outra, cujo cabelo estava preso em bobes sobre o chapéu, pintava as unhas com laca prateada, bebericando o conteúdo de uma pequena xícara de cristal nos intervalos entre as camadas. A terceira se levantou da cadeira para verificar o progresso das madeixas enroscadas da quarta mulher, que abrigava uma imensidão de pulseiras tilintantes em um dos pulsos.

— Não mexa — alertou uma voz masculina. — Ainda não está seco.

Então Violetta notou os dois homens parados nas sombras. Eles usavam as perucas empoadas que eram moda entre os aristocratas. Suas calças em tons pastel combinavam com as blusas de seda e com as fitas amarradas em suas meias. A garota os encarou boquiaberta e maravilhada. Os homens eram *cicisbei*, um tipo estranho de criados fidalgos dos aristocratas de Veneza.

Ela ouvira as *zie* sussurrando sobre um homem que se tornara *cicisbeo* de um casal nobre e rico. O serviço pagava 70 cequins por ano, mais que o suficiente para um rapaz solteiro.

Mas o que exatamente ele *fazia*?, quisera saber outra *zia* — e Violetta também, escutando às escondidas com Laura. A primeira *zia* explicara que, quando o senador estivesse ocupado, o *cicisbeo* cuidaria de sua esposa da forma como ela desejasse.

As duas mulheres caíram na gargalhada, e Violetta sentira o rosto corar, mesmo sem saber por quê. Depois, na caminhada para angariar donativos de Natal, uma mistura de maré alta e chuva forte inundara as ruas — e ela interrompera seu canto entre as órfãs para observar um *cicisbeo* carregando uma dama no colo enquanto atravessavam uma *calle* cheia de água.

Pelos olhos da mulher e pela posição das mãos do criado, a garota entendera que havia mais ali do que apenas a recusa da dama em não molhar a saia. Pela primeira vez, Violetta vira o brilho da luxúria. O calor que subira por sua barriga a fizera sonhar com os braços do homem, só para saber como era ser desejada daquela forma.

Violetta não conseguia sequer imaginar como seria ter um amante. As garotas do Incuráveis usavam a expectativa da virgindade como um manto. Aquilo fazia parte do que as distinguia das outras venezianas que se apresentavam nos palcos. As mulheres que cantavam em casas de ópera e bailes de máscaras eram consideradas imorais devido à natureza de suas performances; já as coristas eram diferentes, cantando à imagem das virgens vestais de Roma.

Bem, havia uma oportunidade de fazer sexo. Às vezes, homens pediam à abadessa um encontro com alguma corista que ouviam na missa, em busca de uma esposa para levar para casa. Para as moças mais novas, esses encontros eram objeto de fascínio, não apenas por envolver homens de fora do orfanato, e, sim, porque, quando uma participante do coro decidia se casar, uma vaga era aberta. Dois homens já tinham solicitado encontros com Giustina — ambos com o triplo de sua idade. A *sottomaestra* dissera a Violetta que ficara tão nervosa que não conseguira parar de rir. Para seu horror, os dois haviam deixado o Incuráveis ainda mais apaixonados. A bela e benevolente Giustina implorara à abadessa que recusasse os pedidos de casamento em seu nome. Ela ainda não estava pronta para deixar o coro.

Mas a jovem havia confidenciado a Violetta que, se o pedido tivesse vindo do jovem gondoleiro de cabelo escuro que ela sempre via pela janela a caminho do trabalho, teria pulado em cima dele na mesma hora. Ela o encheria de beijos, tiraria a capa e mandaria para o inferno as hesitações pudicas da abadessa.

Giustina jamais faria isso de fato — mas Violetta ficara reconfortada só por saber que alguém tão nobre e bondoso quanto sua *sottomaestra* também desejava algo *mais* inalcançável. E tentara imaginar Giustina pulando em cima do rapaz do *traghetto*. As possibilidades a fizeram se revirar na cama.

Se, em um futuro distante, algum homem solicitasse um encontro com ela, Violetta também imploraria à abadessa que recusasse. A última coisa no mundo que queria era ser esposa de um velho e mãe de seus filhos. Violetta jamais se casaria. Não correria o risco de fazer com uma criança o que fizeram com ela. O abandono estava em seu sangue, era sua única herança; ela não permitiria que isso se manifestasse.

Na *altana*, os *cicisbei* enchiam copos. Violetta memorizou a forma como serviam água gelada, depois um pouco de álcool e, então, uma gota de algo opalescente. Será que aquilo era *acqaioli*? Como ela queria estar do outro lado, uma turista naquele reino exótico, tão perto e ao mesmo tempo tão longe.

— Bálsamo de limão?

Os *cicisbei* ofereciam colheradas da substância para adoçar o hálito. Seguravam sombrinhas sobre o decote das mulheres enquanto elas se examinavam em espelhos incrustados com joias. Eles retocavam a maquiagem e riam de piadas. Elogiavam os coques altos das amas, a localização sedutora de suas pintas falsas, o âmbar-gris que lhes perfumava o pescoço.

— Maravilhoso. — Eles aplaudiam. — *Che bellezza.*

— As senhoras ficaram sabendo — começou um deles em um tom alto e animado — que Annalisa Feltrinelli foi vista sentada à mesma mesa de apostas que o marido ontem à noite?

Quando as mulheres arfaram, o segundo homem soltou uma risadinha.

— E *ficou* lá. Dizem que jogou três partidas de gamão com ele.

— E *perdeu* — acrescentou o primeiro, passando pó nas próprias faces quando as mulheres não estavam olhando.

— Ora, mas que azar. — Uma delas sorriu para o próprio reflexo, seu cabelo ruivo natural secando e tomando o desejado tom de louro escuro. — A única ocasião em que serei vista no mesmo ambiente que meu digníssimo será no enterro dele.

Violetta abafou a risada com uma das mãos. Queria que Laura tivesse escutado aquilo. A aristocracia de Veneza era famosa por sua falta de moral, por suas discretas indiscrições. A abadessa tentava proteger as garotas do Incuráveis, mas sexo e paixão eram os assuntos favoritos das duas amigas. Na missa, elas se cutucavam, observando os olhares errantes das mulheres casadas sentadas longe dos maridos.

Mas o que Laura faria se Violetta a trouxesse para o telhado? Pegaria seu rosário e a faria jurar que não voltaria àquele lugar, que não arriscaria sua vaga no coro mais uma vez? Fazer fofoca era uma coisa, mas subir às escondidas para o telhado era outra completamente diferente.

— Se você gostou dessa — disse uma voz atrás de Violetta —, espere até Fiona tomar outra dose.

Ela se virou. E se viu diante de um garoto magricela e louro, mais ou menos da sua idade. Ele sorria como se os dois tivessem ouvido a mesma piada.

Os olhos de Violetta se estreitaram. Ela jogou os ombros para trás, como fazia quando se preparava para cantar, quando juntava o ar todo no peito.

Será que ele a seguira até ali? Com ordem de quem? Seu coração estava disparado, mas ela se esforçou para conciliar o bom humor refletido naqueles olhos extremamente azuis com a sensação de tragédia iminente.

O garoto não possuía qualquer ar de autoridade. Os dois tinham a mesma altura, e ele era quase tão magro quanto ela, apesar de suas mãos e seus pés serem imensos, como os de um filhote de cachorro. O cabelo, que precisava de um corte, exibia uma cor incomum entre os venezianos, o louro claro almejado pelas mulheres na *altana*. Ele usava a fina blusa de linho e a fina calça de algodão do orfanato, mas parecia velho demais para morar no Incuráveis. Violetta achava que garotos naquela idade já teriam saído dali para trabalhar — mas, por outro lado, não sabia nada sobre as regras da ala masculina. Sua única certeza era de que não pareciam tão restritivas quanto as da feminina.

Tudo que ela tinha visto dos garotos do Incuráveis eram raros vislumbres do outro lado do pátio. Quando as meninas passavam sob a *loggia*, a galeria coberta no térreo, que se abria para o leste do pátio, eram obrigadas a caminhar em silêncio, em linha reta, com a cabeça baixa, fitando o chão. Certa vez, Violetta escutara os passos rápidos de dois meninos correndo sem supervisão do lado oposto e erguera a cabeça. A liberdade daquelas pernas jovens a fizera parar.

A abadessa lhe dera uma bronca, a obrigara a usar o capuz da capa na vez seguinte que atravessaram a *loggia*, em uma tentativa de bloquear sua visão, o que não detivera Violetta, cuja curiosidade não tinha limites. Na segunda transgressão, ela levara uma surra. Depois disso, tentara apagar os meninos de sua memória e deixar que vivessem em seu mistério. Pensar neles era doloroso, então ela não fazia isso; os garotos podiam deixar o orfanato, e Violetta invejava essa liberdade.

Agora, um deles estava parado bem ali, e sua inveja se transformou em desconfiança.

— O que você está fazendo aqui? — perguntou ela.

— Não quis assustar você — respondeu o garoto. — Quando Fiona bebe demais, começa a dar conselhos. — Ele falava rápido e fazia gestos amplos com as mãos, parecendo um maestro. — Vale a pena esperar para assistir ao espetáculo. Não que você precise dos conselhos dela. Quero dizer...

— Quem é você? — perguntou Violetta.

A pele entre os olhos azuis do garoto se enrugou. Isso a fez perceber como soara fria e repreensiva.

— Não vou dedurar você. Pode me chamar de Mino. Se quiser. Mas você subiu aqui para ficar sozinha. Vou embora. Desculpe...

Havia algo familiar nele. Talvez fosse a maneira como falava, sem parecer pensar antes de deixar as palavras saírem. Violetta se sentia mais próxima daquele garoto do que esperava, e não sabia se gostava disso ou não. Ele devia ser assim com todo mundo, tão extrovertido com desconhecidos quanto ela era introspectiva, às vezes até com as próprias amigas.

— Sente-se — disse ela. E ficou surpresa com o próprio convite. Mino se acomodou próximo ao local onde ela havia estado, passando os braços compridos e magros sobre o parapeito. O garoto parecia tão à vontade que Violetta começou a observar o telhado com outros olhos e viu que aquele espaço também era dele. Esperava que a percepção a fizesse se sentir invadida. Em vez disso, se sentiu menos solitária. Havia encontrado um semelhante. Ela se sentou ao seu lado. Olhou para o joelho do garoto, a um palmo de distância do seu, e sentiu uma palpitação no peito. Laura o acharia bonito. Ela não tinha certeza. — O que mais Fiona sabe? — perguntou, gesticulando com a cabeça para a ruiva, cujo *cicisbeo* limpava o alvejante de seu cabelo com uma esponja.

Mino sorriu, um sorriso que envolvia não apenas a boca, mas também os olhos, as bochechas e até as orelhas. Seu comprometimento com a expressão era tão completo, tão radiante, que Violetta precisou afastar o olhar, como se tivesse vislumbrado o sol surgindo por trás das nuvens de um céu nublado.

— Depende — respondeu ele. — Você quer ter um caso amoroso ou noivar com um homem que não ama?

— As duas coisas — respondeu Violetta, e riu.

Mino ergueu o queixo, empertigou os ombros e estreitou um olho em uma imitação quase perfeita de Fiona.

— Se quer discrição, sempre troque de gôndola pelo menos três vezes.

Ele imitara a voz da mulher com tanta exatidão que Violetta aplaudiu, batendo palmas sem qualquer ironia. Ela se sentia como uma menina de 5 anos assistindo a um artista de rua. Queria mais.

— Pois bem, agora estou noiva de um comerciante velho e horroroso que só tem dois dentes. — Os olhos de Mino brilhavam enquanto ele pigarreava e afinava a voz de novo: — Como você poderá aproveitar os requintados prazeres da viuvez se nunca se casar?

— Pare — implorou Violetta, rindo. — Que assustador.

— Até parece — disse ele, fitando-a de esguelha. — Você é corajosa demais para sentir medo de algo assim.

— Você não me conhece — rebateu a garota.

Talvez ela fosse impulsiva, e com certeza era descuidada, mas nunca pensara em si como corajosa. Violetta se viu remoendo a palavra, gostando daquilo.

— Você está aqui, não está? — argumentou Mino.

— Você também.

Ele balançou a cabeça.

— Mas eu não tenho uma tatuagem no tornozelo. Não tenho treinamento musical. Ninguém perceberia se eu desaparecesse.

Ela ficou séria, lembrando-se do que havia acontecido na galeria.

— Acho que iriam preferir que eu tivesse desaparecido de vez.

Mino inclinou a cabeça, arregalando os olhos.

— Foi você que quebrou o dedo da Reine?

Violetta ficou boquiaberta.

— Eu quebrei o dedo dela? Nunca vou entrar para o coro. — A garota baixou a cabeça, angustiada. — E vão me obrigar a cortar o cabelo de novo.

Anos antes, ela fora pega escrevendo as próprias letras sobre a partitura de uma cantata. Como castigo, tivera de ajoelhar diante das outras órfãs em uma confissão pública, rezando por perdão enquanto a abadessa cortava seu cabelo com uma faca de cozinha. Desde então, nunca mais escrevera canções; ela tentava ignorar as próprias ideias para novas melodias.

A infração de hoje era bem mais grave do que compor músicas. Ela quebrara um osso da única não órfã rica do Incuráveis. Havia jogado tudo no lixo.

Mino puxou de leve sua trança, um gesto breve que a garota continuou sentindo depois que acabou. Ela ergueu o olhar. O sorriso dele havia desaparecido.

— Minha mãe tinha cabelo curto — comentou o garoto em um tom de voz gentil.

— Você se lembra dela? — sussurrou Violetta.

— Não muito, mas eu me lembro disso. Da sensação de tocar os fios. — Ele respirou fundo. — Você já percebeu que ninguém aqui fala sobre mães?

Violetta engoliu em seco.

— Talvez ninguém tenha nada a dizer sobre elas.

Mino a encarou.

— Você não se lembra da sua?

— Não penso nisso.

Ela ficou com vergonha e olhou para baixo.

— Vou encontrá-la um dia — disse Mino. — Minha mãe.

— Como?

— Farei tudo o que puder.

Os dois ficaram em silêncio. Violetta não sabia se sentia pena do garoto ou admiração por ele. A única certeza que tinha era que seus objetivos eram diferentes. Ela não sabia como responder.

— O que eu quis dizer — continuou Mino — é que você continuaria bonita com o cabelo curto.

As bochechas de Violetta queimaram.

— Pelo menos nunca vai ser igual a elas. — O garoto indicou a *altana* com o queixo.

Violetta percebeu que aquelas mulheres elegantes, na opinião de Mino, eram ridículas. E ali estava ela admirando-as, invejando sua transformação. Não queria que ele soubesse disso.

— Elas desperdiçam muito tempo tentando ficar parecidas com você — comentou a garota. — Veneza adora louros.

Violetta se surpreendeu ao esticar a mão para tocá-lo. Sentiu o calor de seu couro cabeludo sob o sol, a maciez do cabelo fino. Ela nunca fizera nada parecido com isso. Nunca tivera a oportunidade de tocar um garoto. Mas o gesto parecia tão natural que não queria se afastar dele. Mino inclinou-se na direção do toque e a encarou. Ela baixou a mão.

— Não se preocupe com Reine — disse ele, falando mais baixo. — Os pais dela vão mandar um dedão novo. Feito de ouro. — O garoto fingiu um sotaque francês tão convincente quanto sua imitação de Fiona. — Deve ser fácil encontrá-los em Paris, não?

Violetta riu, sentindo-se melhor, como se talvez fosse capaz de descer e enfrentar as consequências de suas ações. Mas, então, começou a se perguntar...

— Como você sabe o nome da Reine?

— Nós sabemos o nome de todas. Vocês são famosas.

— As coristas são famosas — corrigiu ela.

As órfãs do conservatório não eram ninguém por enquanto. No caso de Violetta — especialmente depois de hoje —, era bem provável que continuasse sendo ninguém pelo resto da vida.

— Vocês têm um futuro aqui — falou Mino. — Têm valor para a igreja. Nós somos apenas bocas para alimentar. Eles enfiam dez de nós em um quarto e se esforçam ao máximo para nos ignorar até poderem botar a gente para fora. Mas você — ele ergueu uma sobrancelha, o que o fez parecer absurdamente bonito —, você é Violetta, assistente da renomada soprano Giustina. Futura...

— Futura ninguém.

Ela não conseguia acreditar que aquele garoto sabia seu nome.

— Ora, isso não soa bem. Como suas amigas chamam você?

Mino fez parecer que Violetta tinha muitas amigas, como se todas elas tivessem se reunido e inventado um apelido. Laura a chamava pelo nome. Ninguém mais fazia muito esforço para conversar com ela.

Mas a jovem não queria estragar a imagem que Mino tinha dela, por mais falsa que fosse. Queria ser a garota para quem ele direcionava aquele olhar tão cheio de expectativa. Então disse a primeira coisa que lhe veio à mente, o nome de sua velha boneca, com quem costumava se imaginar fugindo dali, desaparecendo noite afora.

— Pode me chamar de Letta.

— Gostei.

Os dois ficaram imóveis, se encarando. O que aconteceria se ela tocasse o cabelo dele de novo, se deixasse os dedos descerem pela lateral de seu rosto? As bochechas de Mino eram lisas, sem nenhum sinal de barba, e Violetta gostava daquela aparência jovem e inocente, como a sua, apesar de o ar selvagem dele lhe fazer parecer mais velho. Queria conhecê-lo melhor, voltar ao telhado e se aproximar dele.

Quando Mino afastou o olhar, ela sentiu vergonha, como se ele tivesse visto o desejo em seus olhos.

— É melhor eu ir — disse Violetta.

— Espere.

— O quê?

— Quer saber por que venho para cá?

— Não é por causa da Fiona? — brincou ela.

— Você pode guardar um segredo?

Quando Violetta assentiu, Mino atravessou o telhado para pegar um estojo de violino de madeira. Os meninos do Incuráveis não frequentavam aulas de música. Como ele aprendera a tocar? Aquilo era uma violação das regras do orfanato.

Ela ficou empolgada ao imaginá-lo se escondendo ali para ensaiar. E sentiu-se lisonjeada por merecer sua confiança.

Quando Mino abriu o estojo e ergueu o instrumento, a garota perdeu o ar. Embaixo do violino, havia uma pintura. Metade de uma pintura em um pedaço de madeira: uma mulher com o cabelo louro ao vento. Ela já vira a imagem antes — na mão do menino que resgatara da roda.

Violetta ficou ofegante, como se tivesse cantado uma missa inteira. Aquele rapaz bonito que a fizera rir, que a fizera se esquecer de seus problemas por um tempo... *por que* ele tinha de ser o menino da roda?

Agora, era óbvio para ela — o mesmo cabelo louro, o formato do nariz e dos olhos... tão parecidos com os da mãe. Ele não abrira os olhos naquela noite; caso contrário, teria sido mais fácil reconhecê-lo. Seus olhos eram inesquecíveis.

Fazia mais de uma década que ela tentava tirar aquela mulher e sua canção da cabeça. E tudo isso tinha de voltar à tona justo quando sentia o primeiro gostinho da liberdade. O evento trágico se escondera por trás da máscara de um romance secreto. Violetta havia sido enganada.

Ela teve a sensação de que jamais conseguiria escapar de sua orfandade, não importava para onde fosse. Queria ir embora e nunca mais ver Mino.

Mas ele fora tão gentil. E a fizera rir. Quando ele a encarava, Violetta sentia-se capaz de se transformar em uma pessoa diferente.

O garoto começou a tocar, a nota de abertura um belo sol sustenido com um toque suave de vibrato. Logo de início, já ficou claro que ele era especial. Uma tristeza tão profunda emanava das cordas, que ela se esqueceu da roda e apenas ouviu. Mas, quando a melodia tomou forma, Violetta ficou paralisada.

Ao longo dos anos, passara a pensar na música como sua, mas é claro que isso não era verdade. A música era dele.

Mas a canção parecia diferente da versão da qual se lembrava. Mino pegara a melodia curta e simples e a transformara em algo elaborado e sublime. Ele subia a escala em saltos comoventes, flutuando no tom mais agudo, como uma folha ao vento.

Uma ânsia irreprimível foi crescendo dentro de Violetta. Ela começou a cantar.

Eu sou sua, você é meu...

De alguma forma, ela sentia as mudanças na canção e as adornava, os dois trabalhando em conjunto. E a música veemente, arrebatadora, que a garota sempre sonhara em cantar e nunca julgara ser capaz, saiu. Violetta se soltou na canção. Mino a observava, seguindo seus instintos, e, juntos, eles improvisaram uma melodia entrelaçada.

Ela não se perguntou de onde haviam saído as palavras que vieram em seguida. Apenas as cantou:

Não precisei saber seu nome antes de amar.
Meu sentimento, nem a morte irá levar.
Ninguém anseia pela despedida.
Não use uma palavra tão sofrida,
Tão sofrida...

Pela primeira vez, Violetta entendeu o que Giustina quisera dizer com "O amor está aqui". Era *isso* que a *sottomaestra* oferecia ao mundo com sua voz. De repente, ficou claro que aquela música era o que ela própria tinha a dizer: *Eu sou sua, Mundo. E você é meu.*

Era um voto e uma rendição, uma manifestação de todo o amor que sentia, mas jamais conseguira expressar. Ela não precisava ter medo de o mundo não receber seu amor, de não a amar de volta. Ele era infinito. Podia fazer tudo, ser tudo. Podia aceitá-la do jeito que ela era. E não a abandonaria.

Os olhos de Violetta se encheram de lágrimas. Ela nunca sentira tantas coisas com tamanha intensidade ao mesmo tempo: medo, decepção, curiosidade e desejo dançavam dentro dela. A garota abraçou essas emoções, cantando com cada pedacinho esquecido de sua alma. No fim, quando Mino afastou o arco das cordas, os dois estavam tremendo.

— Como você sabia? — perguntou ele enquanto as mulheres da *altana* aplaudiam os músicos invisíveis. — Achei que essa música existisse apenas no meu coração.

Ele não se lembrava. Não lembrava que a mãe cantara aquela canção ao abandoná-lo. Achava que a inventara. A garota não sabia o que responder. Não queria mentir, mas como poderia lhe contar o que de fato havia acontecido? Mino iria querer saber tudo, e Violetta não estava pronta para expor a memória. Ela também era sua.

E havia a questão de sua voz, que desabrochara durante a canção. Aquilo devia ser motivo de orgulho, mas Violetta temia jamais ser capaz de reproduzir aquele som em uma canção diferente daquela. Não poderia cantá-la para Porpora.

Antes que perdesse a coragem, ela se aproximou de Mino e o abraçou. Foi um abraço apertado, e suas cabeças se aproximaram, os braços dele a envolveram. Com a bochecha encostada na do novo amigo, a garota olhou para o horizonte.

Por anos, os dois haviam cultivado aquela música dentro de si. Agora, era quase possível *ver* a canção entrando no mundo. Ela fora liberada, uma força física, uma mudança súbita na luz e no céu.

E tomava conta de tudo. Até onde chegaria?

2

O encontro com Letta mudou Mino. Desde que haviam tocado juntos, ele sentia que faria qualquer coisa pela garota. Passou semanas levando o violino para o telhado todos os dias, na mesma hora, na esperança de encontrá-la de novo. Sua pele ficou bronzeada por se demorar lá em cima, ensaiando seu vibrato sob o sol de setembro. Será que ela voltaria? Mino só ia embora quando chegava a hora de encontrar a cozinheira para servir o jantar dos meninos. Então, descia até a janela do sótão, desanimado.

Não conseguia parar de pensar naquela garota. E não podia conversar com ninguém sobre ela.

Em outubro, o clima esfriou, o céu se tornou cinza escuro. O *carnevale* começou no domingo. Apesar de a festa nunca chegar ao Incuráveis, ainda era possível captá-la no ar, como a doçura intrincada dos canais. Dava para sentir a vibração da cidade ficando mais acelerada, mesmo através dos muros ao redor.

No telhado, Mino tremia, distraído, enquanto afinava o violino, hipnotizado pela luz do sol refletida no domo da igreja do Redentor, do outro lado do canal da Giudecca.

— Parece que alguém lustrou um pedaço da lua e o grudou naquela igreja.

Ele levou um susto com a voz.

Ao se virar, ele se deparou com Letta parada ao seu lado. Seu coração disparou. Mas ele foi emudecido pelo desejo de puxá-la para mais perto. Mino passara semanas só pensando naquela garota, e, agora que ela estava ali, percebia que suas memórias não faziam jus à realidade. Letta era tão linda quanto ele se lembrava. Tinha um sorriso radiante e olhos enormes. O cabelo escuro fora cortado, como ela temia, um castigo por ter quebrado o dedo da francesa. Mino gostou do resultado. Mas havia algo diferente nela, algo a *mais*: Letta parecia livre, apesar de todas as restrições da vida no Incuráveis. O garoto tinha a impressão de que ela nascera com uma vivacidade tão grande que nada poderia contê-la. Ele nunca havia conhecido ninguém assim.

— Quantos anos você tem? — perguntou a garota.

Ela parecia se agigantar sobre ele, e Mino se empertigou, envergonhado, apesar de ter crescido um palmo desde o Ano-Novo. Sempre fora pequeno para sua idade.

— Faço 16 esse mês — respondeu ele. — Pelo menos, é o que a minha certidão de nascimento diz. Você sabe quando é o seu aniversário?

Letta olhou para o canal.

— Quase com certeza. Mas só porque eu era muito nova quando cheguei.

Quão nova?, queria saber Mino. *Quem a abandonaria?*

— Fiz 16 em fevereiro — continuou ela. — Você já tem emprego? Ouvi falar que alguns garotos vão embora quando completam 12 anos.

Mino se perguntou o que mais ela ouvira sobre a dúzia de meninos órfãos que viviam no Incuráveis. Letta falava sobre partir como se isso fosse um privilégio, mas apenas os garotos encrenqueiros se tornavam aprendizes antes dos 13 anos; o padre Marché encontrava vagas às pressas para eles, a fim de tirá-los dali. O sacerdote gostava de Mino, assim como Esmeralda, a cozinheira, e os meninos mais novos, a quem ele ensinava marcenaria durante o dia e jogos de carta proibidos durante a noite, no dormitório. Não havia pressa em mandá-lo embora, e isso o deixava feliz — até agora, pois o fato de ele não ter um trabalho, naquele momento, o fez se sentir como uma criança. Letta fez Mino querer ser um homem.

Por outro lado, se tivesse trabalho, não estaria ali com ela.

— Padre Marché quer encontrar uma vaga no *squero* para mim — explicou o garoto. — Mas eu só começaria daqui a um ano.

O estaleiro em Dorsoduro construía a maior parte das gôndolas de Veneza. Mino já fora lá uma vez, para conhecer o contramestre.

— É isso que você quer fazer? — perguntou Letta.

— Seria um bom emprego — disse ele. *Algo inédito para um órfão*, afirmara padre Marché. Mino subiria muito na vida. — Gosto de projetos complicados.

Ele olhou para o violino, querendo contar como o havia encontrado no sótão quando tinha 8 anos. O instrumento parecia quase sem vida, necessitando de cuidados. As cordas estavam partidas, o braço quase fora quebrado ao meio. O cavalete de ébano estava preso apenas por algumas lascas de madeira cheias de farpas, e o tampo inferior exibia um arranhão profundo. Parecia ter sido jogado em uma parede. Mino o tomara nos braços e o adotara. Pegara ferramentas emprestadas do padre Marché quando sabia que ninguém notaria sua falta. Sozinho no telhado, ele desmontara o instrumento e aprendera a remontá-lo. Restaurara o braço, deixando-o mais inclinado que antes, de forma que, agora, as cordas se arqueavam como uma elegante ponte veneziana sobre um canal. Remendara o buraco no tampo. O único pedaço de madeira que encontrara tinha um grão menor, então ainda era possível ver onde o colara com resina, mas ele gostava daquela imperfeição visível, da forma como honrava a vida do instrumento. Com o passar dos anos, Mino continuara aperfeiçoando-o, moldando o violino em muitas encarnações diferentes. Cada uma tinha uma voz ligeira e essencialmente diversa.

Ele queria contar isso tudo a Letta, mas notou que a garota encarava a água com um olhar melancólico.

— Quer cantar? — perguntou Mino, erguendo o violino. Ele queria fazê-la sorrir de novo.

— É melhor não — respondeu ela, mas seu olhar e seu corpo se viraram para o instrumento.

— Por quê?

— Porque eu quero. — Letta sorriu. O corpo inteiro de Mino se enrijeceu. Ele se sentia transparente diante dela. — A maioria das coisas que eu quero me causa problemas.

Será que ela estava flertando com ele? Mino não ousou sonhar tão grande.

— Achei que você quisesse entrar para o coro.

Quando Letta jogou a cabeça para trás, seu cabelo escuro brilhou.

— Quero fazer música. Quero cantar até chegar ao horizonte. O coro é o máximo que posso alcançar. — Ela olhou para o lado, analisando a paisagem ao longe enquanto se inclinava sobre o parapeito. — Como você acha que se chega ao horizonte?

Mino acompanhou o olhar da garota até a fina linha azul onde o céu se encontrava com o mar.

— Avançando?

— É mais fácil para vocês. Aposto que não precisam obedecer a um décimo das nossas regras.

— Mesmo assim, há coisas que eu quero.

Mino queria que Letta parasse de observar a paisagem, que se virasse para ele.

— Como o quê?

Como dizer que ela não saíra de sua cabeça nas últimas semanas? Por onde começar? O garoto olhou para a Zattere, para um grupo de mascarados fazendo um brinde no pátio da cafeteria. A risada daquelas pessoas subia pelo ar como fumaça.

— Queria estar lá embaixo — disse ele —, fantasiado para o *carnevale*.

Letta chegou mais perto. Seus ombros se tocaram, mas nenhum dos dois se afastou.

— Quero uma *bauta* — confessou a garota.

— Eu também.

Os órfãos do Incuráveis eram protegidos de praticamente todos os simples prazeres da infância, mas, mesmo assim, sabiam da existência das fantasias, das máscaras, da extrema sedução e da arte do disfarce. Por trás de uma *bauta*, era possível ser qualquer um. Pobretões flertavam com nobres damas. Senadores beijavam filhas de pescadores. A *bauta* veneziana cobria o rosto inteiro, tinha orifícios apenas para os olhos e um nariz esculpido. A parte inferior da máscara era protuberante o suficiente para que o usuário conseguisse comer e beber. A moda passou a ser tão admirada e se tornou tão elegante e discreta que a maioria dos cidadãos de Veneza a usava o ano inteiro, menos nos dias proibidos pelas leis suntuárias da república. As regras mudavam anualmente, dependendo dos votos do Grande Conselho. Em um ano, talvez houvesse vinte dias proibidos; no seguinte, 24. Porém, no restante, as pessoas podiam usar máscaras nas ruas, nos mercados, nos bailes. Mino jurou que um dia conseguiria máscaras para os dois.

Eu sou sua, você é meu...

A voz de Letta surgiu de repente e o encheu de alegria. Ele se apressou para acompanhá-la com o violino. Seus olhares não se desgrudaram um do outro durante toda a canção. Mino começou a tremer após a última nota.

Ela não o abraçou como da última vez. Apesar de ele querer tocá-la, a timidez o forçou a manter os braços ao lado do corpo.

— É a única música que você conhece? — perguntou ela.

— Posso aprender outras.

— Quando eu era mais nova, costumava inventar melodias, mas...

A garota olhou para as mãos, e Mino notou as cicatrizes em suas palmas.

Ele já vira meninos levando surras por roubar comida ou faltar à missa, mas nunca fora vítima de qualquer ato de violência no Incuráveis.

— Aqui em cima, ninguém saberia.

— Você costuma vir à noite?

Mino pegou a mão dela e a apertou, fazendo uma promessa.

— Hoje.

𝄢

Durante o inverno inteiro e a primavera seguinte, Letta e Mino se encontraram no telhado iluminado pelo luar uma vez por semana. Em maio, já estava quente o suficiente para que não precisassem mais vestir os robes bolorentos das caixas do sótão antes de sair, e a visão da garota subindo apenas de camisola fizera Mino engolir em seco.

Letta não era a primeira moça bonita que ele vira na vida; os garotos do Incuráveis eram relativamente ingênuos em comparação ao restante de Veneza, mas não eram cegos. Desde muito jovem, Mino era fascinado pelas coristas na galeria da igreja. Mesmo com a grade de latão, era possível ter vislumbres de lábios e do brilho de olhos escuros.

Em junho, no caminho para sua primeira lição no *squero*, as damas com chapéus cheios de penas e perfumes doces fizeram sua cabeça girar. Ele entendia aquilo que todos os homens venezianos sabiam: era possível sentir o esplendor de uma mulher através de sua máscara. Algo transparecia em seu caminhar, na sua risada, no seu porte. Nas suas mãos. Mino sabia que os homens precisavam se tornar merecedores da dádiva do rosto feminino exposto. Ele conseguia imaginar a emoção de ver uma mulher tirando a máscara, mas o único esplendor que desejava era o de Letta.

Hoje, no ar mais frio de setembro, ela vibrava enquanto se aproximava dele no telhado, cheia de inspiração, indicando o violino com a cabeça.

— Toque um lá sustenido.

Mino lhe obedeceu, concentrando-se na palavra *sustenido*, dando um golpe decidido e certeiro com o arco, como se estivesse matando um dragão.

Os olhos de Letta exibiam o orgulho de uma nova canção enquanto ela começava:

— *Quem...* — Ela manteve a nota, então Mino a imitou, paciente com o acorde. — *Quem batizou a lua?*

Ele continuou com um dó sustenido menor enquanto a música se formava.

— *Quem batizou o coração?*

Agora, ré sustenido menor.

— *Quem pediu à poetisa que transformasse em arte sua inquietação?*

— Que lindo, Letta! — exclamou Mino, ainda tocando, sorrindo radiante para ela.

— *O homem que batizou as feras parou tarde demais para começar. Fui eu.* — A voz se tornou mais suave no final do refrão, os olhos se fecharam, uma das mãos seguiu para o coração. Mino golpeou o violino com o fá sustenido com sétima mais intenso de sua vida. — *Apenas Eva.*

Quando Letta terminou a última nota, fez uma pausa, ainda com os olhos fechados. Ela parecia tão tranquila, como um anjo que visitava a Terra. Então, abriu os olhos e soltou uma gargalhada.

Mino começou a rir também, a risada profunda e desprendida motivada apenas pela parceria no telhado, pelo fato de os dois terem criado algo forte e sagrado. Mas ficou paralisado quando ela lhe deu um abraço.

— Ah, Mino.

Ele jamais ousava interromper um abraço de Letta. Nunca sabia quando haveria um próximo.

Ela se afastou e soltou um suspiro feliz, orgulhosa.

— Consegui o trabalho de aprendiz no *squero* — comentou ele de forma despreocupada, esfregando um pouco de breu no arco. Ele passara a semana inteira ansioso para lhe dar a notícia, esperando por aquele encontro.

— Mino! — Os olhos de Letta se encheram de animação, mas foram tomados pela tristeza logo depois, e ela tentou esconder o sentimento, afastando o olhar. — Estou feliz por você.

— Venha comigo quando eu for embora — pediu ele, baixando o violino e tomando as mãos dela.

Letta riu, como previsto, e Mino ficou nervoso demais para insistir que falava sério. Ele faria qualquer coisa para que os dois continuassem juntos, desistiria do emprego, sairia da república, iria para qualquer lugar. Por ela.

— Contos de fadas — respondeu a garota.

— Letta — disse ele, mas ela se afastou.

— Boa noite, Mino. Parabéns.

𝄢

Um mês depois, pouco mais de um ano desde que os dois haviam se encontrado por acaso no telhado, Mino andava de um lado para o outro diante da escadaria que levava ao dormitório masculino no segundo andar, na ala oeste. Estava frio para o começo de outubro. Uma umidade penetrante dominava os cantos escuros e as velhas paredes de pedra do Incuráveis. A chuva entrava por um buraco no telhado, pingando na pedra coberta de musgo aos seus pés, criando um ansioso acompanhamento sonoro para sua mente conturbada.

Ele apertou sua metade da pintura, passando o dedão pelo cabelo lascado da mulher na imagem. Suas unhas haviam sido ruídas até o sabugo, suas meias se soltavam das fitas amarradas na altura dos joelhos. Mas o rapaz nem percebia. Estava imerso em sua conversa de mentira.

— Não é muito... — tentou ele baixinho, afastando o cabelo louro dos olhos.

Seja sincero.

— É uma bobagem, na verdade...

Madonna, ele odiava soar tão indiferente.

— Você merece mais.

Estava melhorando.

— E, um dia, terá mais.

Mino sentira aquele plano nascer no dia em que conhecera Letta. Àquela altura, os dois tinham milhares de piadas que só eles entendiam. Haviam compartilhado dezenas de sonhos sobre o horizonte.

E ele começara a entender quando ela dizia que queria mais. Agora, ele também queria mais. Porém, enquanto as aspirações de Letta eram tão infinitas que chegavam a ser desconhecidas, Mino queria apenas uma coisa. Ele a queria com todo o coração. Seu amor por ela era tão absoluto que parecia defini-lo.

No último ano, Mino observara a garota magra e ossuda de 16 anos, com belos olhos pretos e uma cabeleira escura e rebelde, se transformar em uma moça confiante. Aqueles olhos, ainda enormes e fascinantes, haviam deixado de ser a primeira coisa que notavam em Letta. Cada vez mais, ela deixava transparecer a luz interior que havia dentro de si. Era algo que iluminava a pele pálida, os lábios pequenos, as palavras suaves e os modos impulsivos. E que também iluminava Mino, fazendo-o sentir como se brilhasse.

— Um dia — ensaiou ele na escadaria —, vamos alcançar o horizonte.

Pronto. Era isso que diria. Ensaiando as palavras mentalmente, o rapaz saiu correndo. Estava atrasado para se encontrar com o padre Marché, que queria lhe passar os últimos detalhes do novo trabalho como aprendiz antes de ele se mudar para o *squero*. Mino passaria a tarde no estaleiro antes de voltar para o Incuráveis para a missa vespertina.

Hoje, ele deixaria seu presente de despedida para Letta no telhado, o rolo de papel sofisticado que prendera com uma fita, no qual escrevera a partitura e a letra da primeira canção que tocaram juntos. Enquanto desenhava as notas e soletrava as palavras que conhecia tão bem, Mino a imaginara lendo o pergaminho depois de sua partida. Esperava que a antiga letra deixasse transparecer sua nova promessa de que aquilo não era o fim. Logo, ele a convidaria para viverem juntos fora das paredes do *ospedale*, mas, primeiro, tinha de criar uma vida da qual se orgulhasse, tornando-se capaz de oferecer a ela a liberdade que tanto merecia.

Na manhã seguinte, Mino sairia do Incuráveis apenas com as roupas do corpo e uma muda extra. Ele já havia resgatado seu violino às escondidas; o instrumento o aguardava em seu novo apartamento. Todos os outros pertences de valor cabiam em seu bolso ou sob a capa: a metade da pintura de sua mãe, as duas *baute* compradas na semana anterior e a aliança de ouro que pretendia dar a Letta. Na primeira vez que voltara ao Incuráveis depois de visitar o apartamento novo, ele vira o anel brilhando em um canto da rua e sentira que aquilo era o destino, uma confirmação de seu plano.

Seu primeiro salário do *squero* fora direto para a loja na Fondamenta Pruili. As *baute* haviam custado apenas alguns soldos, mas pareceram uma fortuna. Ele jamais gastara dinheiro antes, nunca tivera um soldo para comprar nada. E, mesmo assim, teria pagado qualquer valor pelas máscaras, só para ver a expressão no rosto de Letta quando realizasse aquele sonho tão simples.

Assim que juntasse o suficiente, compraria tricórnios pretos para os dois prenderem as máscaras, depois as capas pretas de lã conhecidas como *tabarri*. E então estariam prontos para vivenciar o *carnevale* como verdadeiros venezianos.

Mino passara a semana toda dormindo em cima de seus tesouros, apoiando o rosto contra as curvas das máscaras sob o travesseiro, se encaixando nelas como um amante, segurando o anel. Um dia, em um futuro próximo, poderia exibi-los.

𝄢

Finalmente era domingo, o começo do *carnevale*. Fazia uma semana que ele havia saído do Incuráveis. Naquela manhã, as alunas do conservatório fariam seu passeio anual para ouvir o coro se apresentar na igreja de outro *sestiere*, e Mino aproveitaria a oportunidade para encontrar Letta e declarar seu amor.

Ele acordou cedo e fez o caminho saindo de seu apartamento até as proximidades do Incuráveis. Queria seguir os passos que ela daria até encontrá-lo.

Depois de passar pela agitada Zattere, o rapaz virou para o norte e andou na direção do centro da cidade, San Marco. Atravessou o crepúsculo eterno das ruelas entalhadas entre os prédios inclinados, com muros altos. As *calli* eram estreitas. A cidade o abraçava, apenas um filete do céu visível sobre os prédios enquanto ele passava por vendedores oferecendo peras cozidas, afiamento de facas e castração de gatos.

Quando Mino seguia aquele trajeto até o *squero*, costumava sair do orfanato com o dobro do tempo de antecedência. As mulheres nas varandas sempre tinham algum pedido urgente para lhe fazer: uma precisava de um braço comprido para ajudá-la a pendurar as roupas no varal, outra queria sua mão forte para cortar o talo grosso de uma moranga, uma terceira talvez pedisse sua opinião sobre o preço das melancias. Mino gostava de ajudá-las tanto quanto apreciava a escuridão das ruelas; a ausência do céu sobre sua cabeça; o clima secreto, misterioso, de sua cidade. Hoje, ele usava sua máscara e cantarolava para si enquanto seguia pelas *calli* estreitas, caminhando para o norte e o oeste, atravessando pontes de madeira, caminhando por passadiços baixos de pedra, empolgado com a ideia de encontrar novos atalhos para se perder com Letta. E a música de ambos soava ao seu redor.

Ao virar à esquerda, na cafeteria perto do rio Terà, a *calle* terminou e se abriu para o magnífico dia ensolarado do Campo Santa Margherita. A enorme praça era pavimentada com pedras brancas, cercada por lojas e residências. Era uma das maiores praças de Veneza, abrigava mil pessoas durante procissões. Uma dúzia de entradas a iluminava para as multidões em constante movimento, todas mascaradas, todas se movendo juntas, como uma grande onda em tons pastel. O ar cheirava a frango assado e amêndoas temperadas com canela.

O lugar fazia Mino se lembrar de um momento quase no fim de sua canção favorita de Porpora, quando o coro todo alcançava uma única nota gloriosa. Uma melodia tão grandiosa quanto o céu. Aquele momento, aquela música, trazia a mesma sensação de chegar ao Campo Santa Margherita.

E seria ali que esperaria por ela.

Era apenas meio-dia, mas o *carnevale* já ocupava as ruas. Os bailes a fantasia durariam seis meses. Quando Mino era pequeno e vivia enfurnado no Incuráveis, essa época parecia interminável. Agora, metade de um ano não parecia suficiente para comemorar sua independência.

Ele sabia que, quando o *carnevale* acabasse, ainda haveria muitas outras festas para preencher o ano. Em maio, finalmente poderia ir a San Marco para assistir ao doge lançando uma aliança ao Adriático na Festa da Ascensão, o aniversário simbólico do casamento entre Veneza e o mar. E em setembro, a Regata Histórica seria o auge do seu trabalho no estaleiro. Mas nenhum festival se comparava ao *carnevale*. Cheio de riscos e prazeres, aquele era o momento certo para começar o restante de sua vida com Letta.

A máscara branca cobria seu rosto, mas, ao olhar para a esquerda, para a direita, sua visão restrita parecia, de alguma forma, mais ampla. Seu novo tricórnio preto prendia a *bauta*. A segunda máscara estava em sua mão; a aliança, no bolso do casaco.

Uma eternidade passou antes que Mino as visse, o mar de garotas vestidas em casacos azuis iguais, um espetáculo de juventude, rostos expostos em uma cidade de máscaras. A abadessa grisalha seguia na frente com os braços cruzados, os olhos fitando o chão com um ar modesto. Ela guiava suas protegidas para a Basilica dei Frari, onde assistiriam ao coro se apresentar antes da festa.

Caminhando em fila, as alunas do conservatório entoavam cânticos, as belas vozes baixas atraindo olhares. Lá estava Reine, que, após ter o dedão quebrado, passara um ano mancando antes de finalmente desistir. Ele não via Letta. Seu cabelo escuro estaria escondido sob um gorro de algodão branco, igual ao das outras meninas. Mino a imaginou no fim do grupo, irritada por só ter permissão de sair para marchar até outra igreja.

Ela amava o brilho noturno de Veneza — as velas tremeluzindo através das janelas acortinadas dos apartamentos, lamparinas balançando nas gondolas nos canais. Letta sabia diferenciar os horizontes ao norte, sul, leste e oeste. Sonhava em caminhar sobre aquelas linhas — mas detestava ter de andar *na* linha. Para a jovem, as saídas supervisionadas do Incuráveis eram insuportáveis em sua rigidez, contrastando com a cidade. Ela sempre voltava de mau humor. Mas talvez isso mudasse hoje.

Agora que a procissão se aproximava, Mino pressionou as costas contra uma parede de pedra, nervoso.

E então, lá estava ela, seu rosto tão radiante e nítido para o rapaz quanto as primeiras notas de uma ária. Os olhos escuros eram fascinantes sob aquele cabelo escuro, agora comprido o suficiente para ser preso em uma trança curta. Metade dos fios havia se soltado e batia em sua bochecha, mas ela não parecia perceber.

Violetta não era alta nem baixa, não era visivelmente magra nem gorda — mas, mesmo assim, era tão diferente das outras garotas, mesmo de uniforme, mesmo com o olhar focado no chão. Ela caminhava entre o grupo, mas não fazia parte dele. Sua coluna era mais empertigada; seus ombros, menos tensos. Por vários segundos, seus olhos permaneceram fechados, e Mino percebeu que ela escrevia músicas mentalmente. Ele contou seus passos. Violetta estava dançando, seus pés em sapatilhas deslizando de acordo com o ritmo de uma música que apenas ela conseguia ouvir.

Ela passou sem vê-lo, virou a esquina do rio Terà, e, por um instante, aquilo lhe pareceu um presságio terrível do que estava por vir. Mas ele tinha um plano, uma visão de como o dia transcorreria.

Mino se enfiou no meio de casais de amantes, alcançou o mar de garotas do Incuráveis assim que elas chegaram ao campo aberto. Pombos voaram. Mesas de cafeterias eram ocupadas por clientes mascarados que apreciavam taças de cristal cheias de *acqaioli*. Sinos de igreja soavam na torre de pedra medieval de Santa Margherita, na extremidade norte. Por um instante, a abadessa permitiu que elas parassem e admirassem o espetáculo especialmente veneziano que eram os homens, as mulheres e as crianças mascaradas às dez horas da manhã de um domingo.

Mino ouviu as arfadas surpresas das garotas mais novas. Sentiu o fascínio que emanava delas como uma aura. E não perdeu tempo. Teria apenas mais alguns instantes antes que alguém o notasse. Ele foi atrás de Letta no final do grupo.

Então segurou a mão dela e a apertou. A moça o fitou por cima do ombro como se reconhecesse seu toque antes mesmo de vê-lo.

— Sou eu — disse Mino, e lhe deu um puxão. Queria parecer sorridente e travesso enquanto passava a segunda máscara para ela. Mas, por trás do próprio disfarce, seu rosto estava retesado de medo.

— Vamos — forçou-se a dizer, rouco, e, graças a Deus, Letta não parou nem para olhar para trás.

Assim que os dois viraram a esquina correndo, ele a puxou para uma alcova sob uma pequena *Madonna* de mármore.

— O que estamos fazendo? — perguntou ela, rindo.

— Você vai ver.

Ele lhe ofereceu a segunda máscara, e Letta sorriu.

— Como você me encontrou no momento em que eu mais precisava estar livre?

— Porque eu conheço você. — Mino pressionou a *bauta* no rosto dela. Então esticou as mãos e amarrou as fitas atrás de sua cabeça. Sentiu a respiração e o cabelo sedoso contra o braço enquanto a amarrava. Ele se afastou para admirá-la. A visão de Violetta, escondida para o restante do mundo, quase o fez se debulhar em lágrimas. — Ficou perfeito.

Letta tocou a cobertura de linho encerado sobre sua bochecha, passou os dedos pelo nariz elevado e pelas aberturas dos olhos.

— Não estou acreditando — disse ela. — Obrigada.

— Vire sua capa pelo avesso — orientou Mino. — Vai chamar menos atenção assim.

Ele a ajudou, ocultando o radiante tecido azul e deixando a lã azul-marinho, mais comum, exposta. Letta estava radiante. Mino queria beijá-la, mas sabia que devia esperar. Eles só precisavam andar por três minutos para chegar ao apartamento. Ele o alugara para aquele momento. Queria já estar lá, mostrar tudo a ela, fechar a porta e se sentir finalmente em casa.

Mas sabia como ela devia estar se sentindo com sua recém-conquistada liberdade. A primeira vez no mundo por conta própria. Letta precisaria correr, respirar, admirar aquilo. Então, em vez de direcioná-la para a Calle de le Pazienza, Mino disse:

— Para onde vamos?

A pergunta a deixou encantada. Ele notou o prenúncio de um sorriso no leve inclinar da máscara. Letta pegou a mão dele e saiu correndo. O vento contra a pele de Mino, a força de seus dedos entrelaçados e as batidas rápidas de seu coração lhe proporcionaram uma alegria que ele nunca sentira antes. Aquilo realmente estava acontecendo. Os dois estavam livres, juntos. Jamais teriam de voltar.

— Abaixe! — gritou Letta, rindo enquanto desviavam por pouco de um balde fumegante de peixe grelhado sendo baixado de uma janela, pendurado em uma corda.

Um mascate pegou o balde antes que os atingisse, balançando uma faca para os dois, irritado.

Quando passaram por um *magazzen*, a mais pobre das tavernas, que fedia a bebidas baratas e doces, Letta se virou para ele e chegou mais perto.

— Vamos beber alguma coisa?

Mino não estava acostumado a vê-la nervosa enquanto ria.

— Aqui, não — respondeu. Tinha uma garrafa de vinho de melhor qualidade em seu apartamento. Ele queria fazer um brinde. — Vamos continuar andando.

Ela assentiu. Seus pés voaram.

Os dois correram até chegarem à elegante ponte de pedra na Ca' Foscari. Pararam ao mesmo tempo. Estavam ofegantes, porém algo mais os prendia ali. Para Mino, era a sensação de que a travessia teria um significado, como se fossem chegar diferentes ao outro lado.

Cinco largos degraus de pedra levavam à ponte, cinco levavam ao chão do outro lado. No centro, no trecho curto e liso de pedra, uma dúzia de venezianos mascarados se demorava, admirando a vista.

Violetta o puxou pelos degraus e, no meio da ponte, se apoiou no parapeito. O vento balançava seu cabelo. Ela apertou sua mão, e Mino tentou observar a vista pelos olhos da moça. Letta fitava o norte, onde o rio menor se encontrava com o Grande Canal, a artéria central que pulsava por Veneza, separando Dorsoduro dos outros bairros da cidade. Se os canais menores fossem solos de violino, o Grande Canal seria uma orquestra completa — dez vezes maior, mais rápido, abrigando centenas de navios em seus braços. Era ladeado em ambos os lados pelos *palazzi* mais elegantes, oferecendo a melhor vista da república.

Os dois poderiam sair da ponte e entrar em uma gôndola. Chegariam ao Grande Canal em poucos minutos. Era nisso que ela estava pensando? Até onde conseguiriam ir?

Com o rosto de Letta encoberto pela *bauta*, Mino se tornara mais ciente de seus pulsos finos, de seu pescoço elegante, da forma como ela parara na ponta dos pés. Ele mal podia esperar para tirar a máscara no santuário de seu apartamento, onde não teriam de se preocupar em serem vistos.

— Maravilhoso — sussurrou Violetta, balançando a cabeça.

Ela secou as lágrimas, mas então ficou com medo de estragar a máscara e deu batidinhas sob os olhos.

— Não se preocupe.

O rapaz pegou um lenço, enfiou-o sob a *bauta*.

— Com o quê? — perguntou ela.

— Com nada.

Ao redor, Mino via casais iguais a eles, de mãos dadas, aproveitando o dia, o sol batendo no canal, a canção dos gondoleiros, o anonimato das máscaras.

Ele queria agir naquele momento. Queria tomá-la em seus braços e beijá-la com todo o amor de seu coração. Queria contar os planos que fizera. Precisou reunir todas as forças para não fazer tudo naquele instante, ali, para sempre.

Talvez ela ficasse assustada. Ele não podia ser impulsivo, aquele era o território de Letta. Seus planos haviam sido bolados pensando nela — levando em consideração cada singularidade da jovem. Então seguiria conforme o planejado.

— Estar aqui vale dez vezes qualquer castigo que a abadessa invente — comentou Letta. — Onde você conseguiu as máscaras? Parecem novas.

— Tem mais — disse ele.

Violetta inclinou a cabeça, fitando-o como nunca fizera antes. Só isso já fazia tudo valer a pena.

Mino pegou a mão dela e voltou pela ponte, pelas *calli* estreitas. Ele a guiou, evitando o Campo Santa Margherita. Àquela altura, as garotas já deviam ter entrado na igreja. O coro cantava na nave, atrás da grade de latão. Se os dois não tivessem fugido, ela estaria em um banco apertado, triste por saber que a vida vibrava lá fora.

Mas estavam juntos. Eles pararam diante do número 26, e Mino pegou a chave.

Não explicou que lugar era aquele, sentindo a curiosidade da amada enquanto abria a porta e sinalizava para que ela entrasse. Então seguiu na frente, subindo a escada até o quarto andar.

O apartamento fora providenciado pelo *sior* Baldona, o contramestre do *squero* e líder da associação. Na primeira vez que Mino vira o lugar, o achara absurdamente luxuoso, apesar do pé-direito baixo e de o espaço ser um quarto do tamanho de seu dormitório no Incuráveis. Tudo aquilo era seu. Poderia ser deles. Havia uma pequena lareira com uma fornalha com espaço para uma chaleira de ferro. No total, eram três cômodos — um quarto, um pequeno escritório e a sala principal —, cada um com sua janela. Uma delas tinha vista para um pequeno canal, outra, para a *calle* e a cafeteria da esquina. A janela do quarto dava para o prédio vizinho, mas era a favorita de Mino, pois abrigava um vaso de jasmim cujo aroma perfumava todo o ambiente quando ele abria o vidro. Era fácil imaginar Letta ali.

Quando limpara o apartamento e espalhara as pétalas de jasmim pela manhã, ele a imaginara feliz sob aquele teto.

Agora, observava tudo sob uma perspectiva diferente. O apartamento seria suficiente?

Violetta vagava pelos cômodos, tocando a pequena lareira na alcova, espiando o escritório com a escrivaninha apertada e uma cadeira. Mino a imaginara sentada ali, lendo ou compondo músicas, cantando. Será que ela visualizava as mesmas coisas? A moça se apoiou no batente da porta do quarto e analisou a cama estreita, a mesa com os livros, a janela.

Quando viu o violino, pareceu levar um susto. Depois disso, notou as flores, todas as pétalas que Mino colocara sobre a cama.

Letta se virou para ele, tirando a máscara. Sua beleza o abalou, mas ela parecia magoada, com os lábios entreabertos e os olhos cheios de tristeza.

— Mino?

O rapaz percebeu que ela ainda pensava que havia sido abandonada quando ele partira do Incuráveis. Ele tirou a própria máscara e puxou a jovem para seus braços.

— Sim. É meu.

— Parabéns. — A voz dela soava tão tensa quanto seu corpo, afastado do dele dentro do abraço.

— Letta, aquela luz nos seus olhos quando eu lhe dei a máscara — disse Mino — é tudo o que eu quero na vida.

A moça olhou para o chão.

— É melhor não se acostumar com isso — disse ela. — Depois de hoje, é bem provável que nunca mais me deixem sair do orfanato. — Letta lhe acariciou a bochecha. — Mas valeu a pena. Estou feliz por você. Agora posso imaginá-lo aqui.

— Não volte — disse ele, segurando as mãos dela. — Fique aqui. Comigo.

Letta riu.

— Fazendo o quê?

— Como assim?

Os dois estariam juntos. Por que ela se importava com o que fariam?

— Minha vida é só música — respondeu Letta. — Se eu não entrar para o coro, não posso cantar em Veneza.

Ela poderia cantar ali, com ele. Mino quase disse isso, mas então percebeu que soaria ridículo. Apesar de todas as suas preocupações, não pensara na rígida lei veneziana que proibia as órfãs de cantarem fora dos hospitais. Ele perdeu ligeiramente o equilíbrio.

É claro que ele conhecia o talento de Letta; vira a forma como ela era tomada por energia ao cantar, mas nunca a vira se apresentar diante de uma plateia. Quando ela reclamava dos ensaios com o maestro, talvez ele não tivesse percebido o fascínio que aquela experiência também lhe causava. Mino achava que o simples fato de poder cantar a deixaria feliz. Que ela não conseguia imaginar nada melhor no Incuráveis do que a vida no coro. Que os dois poderiam tocar juntos, ali, e ser felizes. Pois, para ele, não havia felicidade maior do que estar junto dela. Agora, entendia que isso não seria o suficiente.

— Existem outras alternativas — disse ele, rápido. — Vamos pensar em uma solução.

— Mino, as coristas que cantam fora do Incuráveis são punidas com...

— Eu sei — interrompeu ele.

As coristas faziam votos rígidos, jurando lealdade ao hospital. Mino nunca ouvira falar de uma moça punida por cantar em outro lugar, mas sabia que esses casos eram julgados pelo governo. A República de Veneza contava com o dinheiro recebido pelas vozes do coro para manter suas igrejas, e não com patrocínios particulares. Então, uma corista — e qualquer um que a contratasse — teria de pagar multas caras e comparecer perante os juízes supremos de Veneza, o impiedoso Conselho dos Dez. Eles não hesitavam em jogar pessoas na prisão; coisas horríveis aconteciam nas cadeias venezianas.

Mas Violetta não fizera esses votos.

— Você ainda não entrou para o coro — insistiu Mino. — Pode cantar em qualquer lugar se estiver disfarçada. Se existe alguém capaz de enganar as autoridades, esse alguém é você.

Ela soltou uma risada, um som estranho em que ele não confiou.

— Hoje foi um dia divertido, Mino. Uma ótima despedida. Nunca vou esquecer...

— Letta. Eu te amo. Sempre te amei. — A voz dele soava trêmula, irreconhecível. Talvez fosse o nervosismo, porém Mino sabia que, se não falasse naquele momento, perderia a oportunidade. Então, se aproximou da jovem e a abraçou. Pressionou os lábios contra os dela, com mais delicadeza do que desejava. Antes que pudesse determinar como ela reagiria ao beijo, se afastou. — Quer casar comigo?

Letta o encarou, boquiaberta. Pela primeira vez, ela não parecia saber o que dizer. Isso já era esperado. Ele insistiria. Quantas vezes um tinha convencido o outro a se arriscar? A relação dele funcionava assim.

Mas Mino não esperava aquela mudança no olhar dela, que pareceu perder a luz. Ele pensara que Letta se sentiria protegida no apartamento, com sua praticidade. Que continuaria sendo ela mesma, corajosa e livre, e que ele a manteria segura.

— Você está se sentindo culpado por ter me deixado lá. Mas isso — a moça fez um gesto apontando o apartamento, as flores —, isso é bobagem.

— Você não me ama — disse ele.

— Eu te amo, sim — afirmou ela, veemente, e Mino baixou a cabeça.

Amor, na opinião de Mino, seria tomar o amado nos braços, levar os lábios ao dele, dizer *Eu te amo* com todas as suas forças.

— A única parte da minha vida que jamais quis mudar, Mino, é você. Mas tudo está diferente agora. — Letta suspirou. — Case com alguém melhor do que eu.

— Essa pessoa não existe.

A jovem estava chorando agora, lágrimas silenciosas que secava antes que elas pudessem escorrer pelas bochechas.

— Eu não posso lhe dar o que você quer.

Mino entendeu.

— Filhos.

— Não posso.

— Letta...

— Eu os decepcionaria — disse ela, determinada. — E decepcionaria você também.

— Não acredito nisso. Quantas vezes você cantou aquelas palavras para mim?

— Aquelas palavras não eram minhas.

Ele a encarou. Como assim?

— Eu nunca fingi ser outra pessoa para você — continuou Letta, agora tremendo. — Não sou uma esposa. Não posso ser mãe de ninguém...

— Nem todas as mães são péssimas. Minha mãe me amava. Não me lembro muito dela, mas sei que isso é verdade. Acredito que ela não teve escolha.

Sem se dar conta do que fazia, a mão dele entrara no bolso da calça e pegara sua metade da pintura. Mino passou os dedos pela corrente de prata, analisou o desenho da mulher, desejando, mais do que nunca, que ela pudesse lhe aconselhar. Ele ainda acreditava que um dia encontraria a mãe. Agora que saíra do Incuráveis, ele a encontraria.

Então notou que Letta observava o objeto em suas mãos com frieza. Ela sempre parecia irritada quando via a imagem.

— E se você estiver errado? — perguntou a garota.

Os olhos de Mino se encheram de lágrimas.

— As pessoas precisam de uma família, Letta. Precisam de amor. Você não tem motivos para sentir medo. Não comigo.

Letta se virou de costas.

— Você está enganado sobre tudo — disse ela, e sua voz era gélida como o vento do inverno. Ainda de costas, continuou: — Sabe como eu conheço aquela canção, Mino? Ela não é nossa. É daquela mulher.

Ele tocou o ombro de Letta, virou-a, ergueu o queixo dela com um dedo até os dois se encararem. Naqueles olhos enormes, escuros, havia determinação. Mas também algo novo — medo.

— Ouvi sua mãe cantando aquela canção. Eu a vi naquela noite.

Mino largou as mãos dela. Ele sentira as palavras subindo pelo peito de Letta antes de saírem por seus lábios, mas não as compreendia. Será que ela estava mentindo? Como poderia saber disso? Aquelas perguntas eram profundas demais para serem cogitadas.

— Mino. Me deixe explicar.

Ele balançou a cabeça, e a verdade ficou óbvia: Letta o recusara. Nem cogitara seu pedido. E, pior, usara sua mãe como desculpa para se distanciar.

O apartamento pareceu desabar ao seu redor. Ele não podia continuar ali. Então se virou para a porta.

𝄢

Mamãe? Mino não conseguia ver seu rosto. Com certeza o conhecia, mas perdera a capacidade de imaginá-lo. Ela era o céu que empurrava nuvens em sua direção. O lodo no fundo do canal. Já fazia muito tempo que suas buscas pela mãe vinham acompanhadas de uma sensação ruim.

Letta falara a verdade? Ela ouvira mesmo a canção? Será que poderia ter lhe contado qualquer detalhe sobre sua mãe? Será que poderia tê-lo ajudado a procurá-la, a encontrar algum resquício da família que ele tanto desejava?

Ele tinha a terrível sensação de que as palavras dela *eram* verdadeiras, pois, caso contrário, como conheceria a canção? Mas, por outro lado, por que ela nunca tocara no assunto? Letta sabia o quanto Mino desejava encontrar a mãe.

E se fosse mentira... isso seria pior? De toda forma, Letta não o amava. Nem parara para considerar seu pedido antes de recusá-lo.

Uma tempestade desabou de repente. Mino ficou tão surpreso que se esqueceu de seus devaneios e percebeu que caminhara até o Incuráveis. Até a parede oeste, até a roda. Então caiu de joelhos e começou a chorar. Soluços fortes, que o faziam engasgar, atravessavam seu corpo enquanto ele apoiava a cabeça contra a pedra.

A chuva caiu. O rapaz agarrou a maçaneta de metal. Fora isso que a mãe fizera naquela noite? Onde estava a mulher que o dera à luz? Por que Letta não o amava o suficiente?

— Quem está aí? — perguntou uma voz da cozinha.

De repente, Mino percebeu que estava com frio. Ele olhou para o interior, encontrou olhos do outro lado. Reine, a francesa.

— Ouvi um barulho. — Ela o fitou. — Você é o garoto que foi trabalhar no *squero*...

— Abra a porta.

Ele ainda tinha a chave da cozinheira, que abria a cozinha pelo lado de dentro. Passou-a pela roda.

Depois de alguns instantes lutando com a fechadura, a francesa o deixou entrar, abrindo a porta com hesitação, dando um pulo para trás quando Mino esbarrou nela ao passar rápido. Sua tristeza era tamanha que ele mal conseguia se manter de pé.

— Você está bem? — Os dedos da garota tatearam seu casaco. — Está ensopado.

— O que você está fazendo nesse lado do hospital? — perguntou ele enquanto ela deslizava o manto por seus braços e o pendurava sobre uma cadeira.

— Você não ficou sabendo que Violetta fugiu? Temos que procurar por ela.

— Eu não sabia — disse Mino, apático, desabando sobre a cadeira.

Será que alguém o associava a Letta? Os dois só se encontravam no telhado. Ninguém sabia de sua amizade.

— É bem típico dela, estragar o único dia em que podemos sair daqui — disse Reine. Ele olhou para cima. A francesa achava que Letta lhe causara sofrimento de propósito. — Você parece doente, Mino. Quer beber alguma coisa?

— Não — respondeu ele.

Mino não sabia como ela descobrira seu nome. O cabelo da moça havia se soltado da trança e estava um pouco molhado por causa da chuva, mas sua capa parecia seca. Alguns garotos falavam sobre Reine, sobre como ela era bonita, sobre como era diferente das outras por ser rica, por ter pais. Ela caminhava de um jeito diferente, falava de um jeito diferente. Mas Letta também falara de Reine, e Mino tinha a forte sensação de que a francesa era incapaz de amar qualquer coisa da mesma forma que ele amava Letta. O amor exigia imaginação.

— Eu queria conhecer você — sussurrou Reine perto de seus lábios, surpreendendo-o.

Mino ficou imóvel. Ele estava tão triste que parecia desprendido da realidade. Notou os braços da garota se aproximando, o queixo se inclinando. O rosto chegando mais perto do seu.

Reine o beijou. Em sua desconexão com o mundo, Mino se levantou e retribuiu o beijo. Ele queria se perder em outra pessoa. Segurou o quadril dela, a cintura. Puxou-a e beijou-a com todas as forças, determinado, mesmo com o coração dizendo não. Ele deveria estar beijando a mulher que amava, não aquela desconhecida que emanava um perfume doce. Os ombros dela eram mais largos, seu corpo, mais denso que o de Letta. Mas era sólida, como se fosse algo em que pudesse se segurar. Reine o puxou, encostando-se na parede, soltando o laço da capa e afastando-a, libertando seu corpo. As pernas dela se enroscaram ao redor dele, e seu corpo se remexeu até Mino segurar suas coxas.

— Você encontrou outra.

Mino largou Reine e se virou.

Letta. O que ele tinha feito? A repulsa em seu rosto a tornava irreconhecível. Ela parecia furiosa — olhos estreitos, dentes trincados, rosto pálido. Mino foi tomado pelo arrependimento. Como podia ter beijado Reine?

— Letta...

— Eu a vi — disse ela, falando baixo e devagar. — Eu vi quando sua mãe deixou você na roda.

Ele queria acordar daquele pesadelo e voltar a sonhar, mas o olhar de Letta o paralisara. Era como se estivesse diante de uma desconhecida.

— Nunca vi uma pessoa tão aliviada quanto a sua mãe ao deixar você aqui.

Dentro de Mino, algo se retorceu. Ele a encarou, horrorizado, com raiva, enquanto Letta tirava algo do bolso da capa. Era a partitura com a canção dos dois, que ele escrevera, a promessa que deixara para ela no telhado.

Eu sou sua, você é meu...

Agora, as mãos dela atacavam o papel, rasgando-o e jogando os pedaços na lareira da cozinha. Havia tanta raiva naqueles olhos enquanto observavam a partitura queimar, uma raiva tão profunda que Mino achou que nunca a compreenderia por completo. E, pela primeira vez, não queria tentar. Conhecer Letta exigia muita energia. Ele adorava aquilo nela. Mas, agora, estava exausto. Queria desaparecer.

Sua mão encontrou a metade da pintura que carregava no bolso. Seus dedos a apertaram.

Lentamente, ele se tornou ciente dos passos que se aproximavam.

— Nós a encontramos! — gritou Reine, e Mino tirou os olhos de Letta para fitar o braço da francesa, que acenava. A abadessa veio correndo pelo corredor, cercada por um coro de *maestri* e *zie*. — Ela está aqui. Violetta está aqui.

Letta observou a abadessa se aproximar, então seu olhar procurou as saídas do cômodo. Ela o encarou e ergueu uma sobrancelha. Ontem, Mino acharia que aquilo era um pedido para fugirem juntos. Hoje, viu o brilho de raiva em seus olhos e teve a certeza de que ela não o amava.

Quando os braços da abadessa a envolveram, Letta resistiu menos do que ele esperava. Ela desabou. Nem olhou para trás enquanto a levavam embora.

Mino partiu do Incuráveis. Para nunca mais voltar.

3

Três semanas de refeições solitárias. Cinco semanas esfregando o chão. Cabelo cortado, de novo. Confissões públicas diante das outras garotas todas as noites. Nada de caminhadas para angariar donativos nem saídas por um ano. Novamente seu nome no livro de suspensões do maestro. O castigo de Violetta afetava todas as partes de sua rotina. Mas não a afetaria.

— Por que você fugiu? — perguntou Laura, vindo até sua cama naquela noite.

A amiga só sabia que ela escapulira do grupo, perdera a apresentação do coro e voltara horas depois. Mino sempre fora seu segredo.

— Achei que valeria a pena.

— E valeu?

Em sua mente, Violetta viu a ponte na Ca' Foscari. Viu a vista do Grande Canal, sentiu Mino ao seu lado.

— No começo, foi o melhor dia da minha vida.

Violetta não aguentaria contar mais do que isso a Laura. Apenas Reine sabia que algo acontecera entre ela e Mino. Era de se imaginar que a francesa a trairia na primeira oportunidade que tivesse, mas o segredo ficou entre as duas. Talvez porque Reine seria expulsa por ter beijado o rapaz. Violetta não gostava da ideia de compartilhar um segredo com aquela garota. Queria que a tristeza por perder Mino fosse só sua.

Seu estômago embrulhava só de pensar nas últimas palavras que dissera a ele. Violetta as ouvia o tempo todo, carregando seu balde para cima e para baixo das escadarias, tomando sua sopa solitária, confessando-se diante do padre.

— Abençoe-me, padre, porque pequei. — Violetta se apoiou na divisória, sentindo a testa e os seios úmidos com a unção da água benta. — Já faz um mês desde minha última confissão.

— E que pecados cometeste desde então? — A pergunta do padre Marché era tão familiar, sempre com a mesma cadência, um tom bondoso, porém cansado, um pouco entediado.

As respostas de Violetta seguiam o mesmo padrão todas as vezes: ela havia sido preguiçosa e egoísta, desobedecera à abadessa, tomara o nome de Deus em vão. Mas hoje seria diferente. Suas palavras a fizeram engasgar. Era difícil forçá-las a sair.

— Menti para um amigo.

Do outro lado da grade, o padre a encarou. Ele nunca havia feito isso antes.

— Isso a atormenta.

A garota assentiu; lágrimas escorriam de seus olhos.

— Foi imperdoável.

— Nada é imperdoável se você se arrepende e paga suas penitências — disse ele com uma fé que Violetta não sentia.

O padre tagarelou sobre Ave-Marias; ela as repetiu, entorpecida. Então, foi absolvida, mas isso não tranquilizou em nada sua mente e seu coração. Enquanto saía do confessionário, sentia que havia sido infectada pelas próprias ações.

Mino achava que ela não o amava. Porém, com exceção da música, ele era a melhor coisa em sua vida. Quando os dois tocavam no telhado, Violetta sabia que aquela alegria era real. Apesar disso, eles precisavam seguir rumos diferentes. Não havia alternativa. Ela sempre soubera que aquela amizade teria um limite. Mino teria uma vida fora do Incuráveis. Violetta, não. Ela queria que ele tivesse um futuro brilhante, com a família que tanto desejava e merecia. Mas não poderia lhe dar isso. Não poderia trazer crianças para um mundo tão difícil.

Já vira uma mãe abandonar o filho. Ela mesma fora abandonada. Violetta sabia que não conseguiria arcar com a enorme responsabilidade de criar um ser humano — e de dar tamanho voto de confiança a alguém. Como não seria boa mãe, não teria filhos.

O pedido de casamento a surpreendera. Mino não sabia como a visão daquele momento na roda a afetara. Teria sido melhor ter contado que o vira ser abandonado logo que se conheceram, mas ela não queria que aquela noite o assombrasse. E também não queria pensar de novo no que acontecera, não queria responder as perguntas do amigo. Violetta sabia que Mino queria encontrar a mãe, que ainda carregava consigo sua metade da pintura. E, apesar de ela não fazer ideia do que acontecera com a mulher, seus instintos diziam que encontrá-la não lhe traria nada de bom.

Ele precisava seguir com a vida. Violetta queria que Mino realizasse todos os seus desejos, que nunca se preocupasse com ela nem com aquele lugar. Que se lembrasse dela com carinho.

Mas, agora, essa possibilidade fora por água abaixo, e isso a deixava arrasada. Violetta se arrependia amargamente por ter rasgado a carta, a canção deles.

As semanas escuras e chuvosas se arrastaram antes de surgir uma noite clara o suficiente para uma fuga ao telhado. Ela parou no sótão, agarrada a Letta, com medo de seguir em frente. A risada de barítono de Mino, seu violino harmonioso, o cabelo que caía sobre os olhos enquanto ele observava a Giudecca do outro lado do canal — essas coisas haviam se tornado tão parte da vista quanto o domo da Salute e os *palazzi* à beira do rio, os pilares brancos da igreja do Redentor. Lamparinas iluminavam as gôndolas que iam e vinham da Giudecca, fazendo com que os remadores, em suas capas escuras e em seus cachecóis pesados, se tornassem apenas silhuetas. Conforme ela saía pela janela, sentiu o cheiro da chuva da tarde nas *calli*. Como seguiria adiante sem ele?

O vento atravessava a água, frio, e o céu estava coberto por nuvens finas, rápidas. Violetta apertou a capa contra o corpo.

O Natal se aproximava. O *carnevale* logo se acalmaria para o intervalo de dezembro. Durante as duas semanas do Advento, os venezianos lotariam o Incuráveis. Era uma época do ano feliz para o hospital, mas Violetta não conseguia sentir essa alegria.

Seu plano era continuar no telhado até não mais esperar que o braço de Mino envolvesse sua cintura, até não mais esperar que ele fizesse piadas sobre as pessoas que passavam lá embaixo. Agradeceu pela escuridão, que deixava todas as *calli* parecidas. A noite fazia com que fosse impossível encontrar a rota que seguira para sair do apartamento de Mino e chegar ao hospital. Agora, Violetta se perguntava por que voltara, por que não seguira para o horizonte.

O telhado latejava com a ausência de Mino. Ela caiu de joelhos e chorou. Voltaria ali amanhã. Tentaria de novo até aquele lugar se tornar só seu.

𝄢

A febre chegou ao Incuráveis no começo de dezembro. Primeiro, Laura reclamou de crises de suor e palpitações. Depois, Olivia ficou de cama, muito doente. Logo, a maioria das garotas do andar de Violetta havia sido acometida pela enfermidade. Ela torceu para ser infectada também — para ser dominada por algo além da ausência de Mino.

No décimo segundo dia de dezembro, Violetta comparava os ensaios a uma carcaça de frango destrinchada. Ela só ouvia os furos na música — o momento que o violino de Laura deveria soar durante o primeiro *allegro*, quando as contraltos ausentes faziam as sopranos soarem preguiçosas, como se as dez partilhassem um único pulmão. Elas apresentavam uma imitação vergonhosa do oratório de Porpora. Pelo menos a única pessoa a escutá-las era a abadessa.

Desde que cantara com Mino pela primeira vez, Violetta tentara reproduzir aquele som nas aulas de música. Mas, mesmo treinando seu alcance e sua flexibilidade com Giustina, e melhorando, nunca conseguiu alcançar a mesma graciosidade que vinha tão fácil com Mino. Desde que ele fora embora, ela só piorara. Sua voz soava desajeitada, como na infância.

Reine, sempre saudável, ficara encarregada da ária naquela manhã. Essa era a parte de Giustina, mas as duas pupilas não conseguiam alcançar os tons angélicos da mentora. Violetta tentou não prestar atenção. Antes, ela odiava a francesa por sua riqueza, por seu esnobismo, por sua família. Agora, Reine também simbolizava seu maior arrependimento. Era impossível olhar para a garota sem ver o rosto triste de Mino.

Quando ele lhe pedira em casamento, ela acreditara nas suas intenções e no seu amor — mesmo sem poder aceitar nada daquilo. Então vira o ardor de seus lábios e de suas mãos sobre Reine. E se sentira uma tola. Mas o que ela fizera fora pior. O padre podia ter absolvido seus pecados, mas Violetta sabia que sua mentira era imperdoável.

A voz de Reine engasgou em uma nota melismática, e a abadessa deu uma pancada no pódio.

— Mais uma vez — ordenou ela, irritada.

Agora que Violetta começara a pensar em Mino, era difícil parar. A cada dia, ficava mais fácil expulsá-lo de sua mente, porém ele ainda encontrava formas de entrar. Na véspera, ela sentira cheiro de limão no pátio e instantaneamente se transportara para a ponte Foscari, admirando o Grande Canal com ele ao seu lado, sentindo o cheiro do perfume da mulher à sua esquerda. Ela nem se lembrara da mulher — ou de qualquer outra pessoa que estava na ponte aquele dia — até sentir o aroma do limão e se ver de volta àquele momento com Mino. Quem dera os dois pudessem ter continuado ali para sempre, antes de magoarem um ao outro.

Depois das aulas, a abadessa se aproximou de Violetta e lhe entregou uma máscara branca bicuda, do tipo que os médicos usavam durante a epidemia da peste. Essências desinfetantes eram depositadas no bico, com o objetivo de bloquear os vapores emanados pelos doentes.

— Laura quer falar com você.

Violetta foi correndo até a enfermaria, temendo o pior. Conseguia contar nos dedos de uma das mãos a quantidade de vezes que entrara na enfermaria do hospital. Os sifilíticos ficavam quase tão separados das alunas do conservatório quanto os garotos. Ela parou diante da porta para colocar a máscara, amarrando as fitas sobre o cabelo curto. E, sem querer, lembrou-se de Mino, amarrando a fita de sua máscara naquela fatídica tarde.

Então entrou no quarto, ficando tonta com o cheiro do chá de guaiaco, que provocava efeito sudorífico nos pacientes. Nos fundos, quase uma dúzia de órfãs febris jazia em isolamento. O clima ali era triste e de um calor insuportável, apesar de a maioria dos pacientes estarem tremendo.

Usando outra máscara bicuda, uma enfermeira sobrecarregada rondava as camas, irritada, verificando os sifilíticos e as meninas. Violetta ficou com pena da mulher. Ela era uma *figlia di commun*, alguém que costumava frequentar o conservatório, mas que jamais entrara para o coro. E provavelmente morreria ali, vítima de alguma doença. Outra musicista fracassada ocuparia seu lugar.

Quando Violetta viu Laura, correu até a amiga, aliviada por encontrá-la apoiada em dois travesseiros, alerta. Seu cabelo encaracolado parecia sujo, e sua pele, pálida.

— Você está ótima — disse Violetta.

— Eu pareço morta. Como foi o ensaio?

— Dane-se o ensaio. Quer que eu traga o seu violino?

Laura umedeceu os lábios ressecados, engoliu em seco.

— Olivia morreu hoje.

Violetta arfou. Nos dias em que ela se atrasava para o café da manhã, Olivia guardava comida para lhe dar. As duas haviam nascido no mesmo inverno. Ela a conhecia desde sempre.

— Eu serei a próxima — sussurrou Laura.

Violeta agarrou os ombros da amiga.

— Você não vai morrer. Eu preciso de você.

Os olhos de Laura se encheram de lágrimas. Os de Violetta, também. Por fim, um sorriso se abriu nos lábios da garota acamada.

— Deus é testemunha de que isso é verdade.

As duas riram. Era um som agoniado, e as lágrimas logo voltaram a escorrer por suas bochechas.

Então Laura ficou quieta, observando algo atrás da amiga. Violetta seguiu seu olhar. As enfermeiras traziam outra moça.

— Giustina — sussurrou ela, se levantando.

— Pode ir — disse Laura.

Ela correu até a *sottomaestra*, cuja consciência oscilava enquanto as enfermeiras procuravam outra cama. Sua pele parecia extremamente vermelha. A moça se remexia, presa em um sonho febril. Violetta sentiu o calor que emanava do corpo dela.

Ajoelhando ao lado de Giustina, ela começou a cantarolar a ária do oratório de Porpora. A *sottomaestra* não abriu os olhos, mas se acalmou. Violetta acariciou seu cabelo, agora cantando de verdade, um pouco mais alto, pronunciando a música como se fosse uma oração. Ela fechou os olhos e se imaginou no telhado, se rendendo com uma intensidade tranquila ao crescendo das notas agudas no fim da canção.

Quando abriu os olhos, escutou aplausos. Era uma paciente sifilítica a algumas camas de distância, uma moça que não parecia ser muito mais velha do que ela, com olhos verdes brilhantes.

— Adoro um bom crescendo — comentou ela, a voz surpreendentemente suave, tão baixa que Violetta teve de se inclinar para ela. — Eu costumava ir à opera duas vezes por semana. — Ela fez uma careta, fechando os olhos por um instante para recuperar o fôlego antes de continuar: — Às vezes, ouvimos vocês cantando do outro lado da parede. Se a sua música não for capaz de curar sua amiga, não sei o que mais seria.

A moça se benzeu.

Violetta ficou comovida, imaginando aquela frágil mulher em sua vida anterior, cheia de óperas e agitação. Como era estranho saber que as duas viviam sob o mesmo teto e nunca tinham se visto antes.

— Voltarei amanhã.

A moça abriu um sorriso irônico.

— Estarei aqui.

Violetta olhou para Giustina, que dormia tranquilamente. No canto, Laura também dormia.

— O amor está aqui — sussurrou ela para a *sottomaestra*.

Quando saiu para o pátio, alguém segurou seu ombro. Ela se virou e deu de cara com um homem alto tirando a própria máscara bicuda. Era Porpora.

— Você é aluna do conservatório — disse ele, sua voz um barítono profundo. — Giustina é sua *sottomaestra*, não é?

— Sim, maestro — respondeu Violetta com o coração disparado.

Porpora nunca lhe dirigira a palavra. Será que ele a ouvira cantando? Que vergonha. Nem sua postura estivera correta.

— Ela lhe ensinou bem — elogiou ele.

— Giustina é uma boa professora. Também é *sottomaestra* de Reine.

As palavras saíram apressadas, e Violetta detestou ter mencionado a francesa, mas não queria que o maestro perdesse o respeito que tinha por Giustina, achando que ela desperdiçara tempo com seu talento medíocre. Pelo menos Reine tinha a postura de uma estrela.

— Venha — disse Porpora. — Podemos rezar pela recuperação de Giustina. Depois, vamos conversar sobre uma ária nova.

𝄢

A copista trouxe duas folhas de papel tão frescas que a tinta ainda brilhava. No escritório do maestro, Violetta sentou-se diante dele e leu sua mais recente composição. Suas estavam costas mais esticadas do que a corda de um violino. Ficou com medo de quebrar qualquer que fosse o feitiço que colocara Porpora ali com ela. Qualquer palavra ou movimento deselegante poderia alertá-lo de seu erro.

O maestro era talentoso, mas nada organizado. Papéis e livros sobre música abarrotavam sua escrivaninha e chegavam a cair no chão. Um oboé ocupava um dos cantos da sala, ao lado de um par de pantufas de seda vermelha. O ar cheirava a anis e poeira. Violetta se perguntou se ele voltava para casa à noite. Onde descansava? Será que tinha esposa e filhos? O que *ele* tentava dizer com sua música?

Porpora dava detalhes sobre como ela devia cantar a nova ária da missa de domingo. Violetta? Cantando a ária. Com o coro. Diante de uma plateia de mil pessoas. Ela se esforçou para parecer tranquila.

— Durante o Advento — disse ele, focado na partitura —, tudo antecipa a chegada do salvador. É uma época de intensidade e expectativa, a atmosfera ideal para a música que escrevi. Mas a maioria das pessoas para quem você vai cantar no domingo está voltando a frequentar a missa depois das seis semanas de esbórnia do *carnevale*. E, agora, essas pessoas só poderão ir aos bailes depois do Natal. Elas estão de luto.

Porpora riu, e Violetta soltou algo parecido com uma risada. Estava tão nervosa que teria a mesma reação se o maestro começasse a imitar um pombo.

— O seu trabalho é transmitir essa expectativa. Expectativa pela chegada de Cristo... pela ressurreição do júbilo após o Natal. Temos que lembrar ao público que ninguém está se despedindo da alegria. O *carnevale* é um amante, mas Deus é nosso lar. Sua voz deve fazer com que as pessoas se sintam bem-vindas em casa.

— Essa é uma metáfora estranha para uma órfã, *sior* — argumentou Violetta, e ele a fitou. — Entendo o que quis dizer — continuou ela, rapidamente, pois não queria perder a chance de cantar no coro.

— Acho que você tem razão — comentou Porpora, largando a partitura e inclinando a cabeça na direção dela. — Consegue pensar em uma metáfora mais adequada?

— Talvez o *carnevale* seja um sonho, e Deus seja o despertar. Talvez nossa música seja o pássaro canoro que chama as almas para abandonar o primeiro e seguir para o segundo.

Ele a encarou.

— Talvez você seja o pássaro canoro.

Violetta olhou para baixo. Ela não era o pássaro canoro, e os dois sabiam muito bem disso. Havia apenas uma Giustina. Mas alguns pássaros conseguiam chilrear pela manhã. Ela era capaz disso, pelo menos.

Então analisou a partitura. Era uma ária *da capo*, não longa, mas bastante aguda, que obrigaria Violetta a sair do tom em que se sentia mais confortável. Ela ficou nervosa ao ler a primeira parte, imaginando sua voz falhando ao alcançar as notas mais altas. A parte seguinte possuía um tom mais baixo, porém mais rápido. E então voltaria para o começo. Dava para imaginar Giustina dando vida àquela música. Seria uma tristeza desperdiçá-la com Violetta.

— Quer ensaiar? — perguntou Porpora.

O maestro abriu um sorriso discreto ao detectar sua surpresa.

Violetta se levantou e alisou o vestido. Então pigarreou e torceu para que ele não notasse sua tremedeira enquanto empertigava os ombros e pensava em tudo que Giustina lhe ensinara:

As costelas são uma gaiola; a boca é uma porta que liberta sua voz.
Uma nota é um viajante que só pensa na próxima parada.
Coragem vale mais que talento.

Violetta não pensou em como seria cantar diante da igreja inteira no domingo. Ela apenas estava ali, naquela sala, com o maestro, as instruções de Giustina e uma partitura nova em folha. Então encheu os pulmões e começou.

O início foi maravilhoso, com um dó sustenido menor surpreendentemente adequado para sua voz, suave e conectado com um longo legato. Ela se entregou ao momento, e, quando chegou à parte seguinte, com seus *staccatos* e acordes maiores contrastantes, concentrou-se na respiração e foi recompensada ao alcançar os mais rápidos com um afinamento tolerável. Porpora não tinha comentado suas preferências sobre a execução do ritornelo dos primeiros versos, mas, ao voltar para ele, Violetta cantou *forte*, com uma série grandiosa de trinados improvisados. Ela se esforçou, porém, ao chegar ao final, sentiu que não fizera o bastante. E pediu aos céus que Giustina se recuperasse logo.

Os olhos do maestro não exibiam prazer nem decepção.

— Você acha que conseguiria melhorar?

— Foi minha primeira tentativa — gaguejou Violetta.

— O tempo e o aspecto técnico das notas serão aprimorados, mas estou falando daqui. — Ele se levantou, se aproximou, cutucou o centro do peito dela com um dedo. — Você conseguiria melhorar aqui?

$$\mathbf{9}\text{:}$$

Durante três dias, Violetta ignorou o telhado. Ela vivia sob constante supervisão — tratada como um candelabro de cristal de Murano que precisava de cuidados extremos. Era sufocante, e seria bom poder passar um tempo sozinha, mas também havia novos prazeres. Ela ganhara uma assistente temporária, uma menina de 9 anos que se chamava Helena e que entrara para o conservatório fazia pouco tempo. Todos os dias, Helena a acompanhava na ida às suas reuniões com Porpora e na volta também. Violetta se sentia importante ao subir a escadaria e entrar no escritório com a menina. Era algo a que aspirar de novo, depois que Giustina se recuperasse e aqueles dias se tornassem apenas uma lembrança.

Com o passar da semana, conforme mais coristas adoeciam, várias alunas do conservatório foram convidadas a substituí-las nos ensaios. Reine era uma delas. A francesa e Violetta ignoravam uma à outra na mesa de jantar do coro. Elas não se permitiam se acostumar com as novas posições, já que a velha ordem voltaria assim que a febre abandonasse o Incuráveis. Giustina assumiria seu posto como primeira soprano, e, com sorte, Violetta poderia voltar ao telhado.

Por ora, ela se sentia animada e ansiosa, novamente comprometida com o canto. Naquele estado de agradável pânico, seus pensamentos sobre Mino foram reprimidos, e a música se tornou sua única preocupação.

Ela ensaiava com Luisa, que tocava o baixo contínuo na espineta, que era a base do coro. Violetta cantava enquanto Luisa transformava o acompanhamento em algo ainda mais forte do que a composição de Porpora. Depois, colocava a máscara para visitar Laura e Giustina na enfermaria.

Laura estava melhorando, voltara a comer e tomava vinho diluído em água com especiarias, mas Giustina continuava febril e quase não falava.

— Talvez ela melhore na semana que vem — disse Helena, mas Violetta sabia que a menina mentia.

Elas só deviam se preocupar com o domingo seguinte. Violetta ensaiou com o coro na galeria, desanimada com o quanto sua voz soava fraca, completamente sozinha na igreja enorme. Precisava dar tudo de si, respirar mais fundo. Livrar-se do medo. Ou pelo menos — como fizera na primeira noite no telhado com Mino — usá-lo em benefício próprio.

Se sua súbita ascensão ao coro tivesse acontecido dois meses atrás, antes de Mino partir, ele faria questão de fazê-la se lembrar de que aquele era o sonho dela. Com o que ele estaria sonhando agora, onde quer que estivesse?

Violetta rezou para que ele estivesse gostando do emprego, para que estivesse feliz, para que não pensasse nela.

𝄢

Na manhã de domingo, Violetta acordou do sonho da roda pela primeira vez desde a partida de Mino. Daquela vez, ela fora a mãe com o bebê escondido sob a capa. A voz bonita era sua.

Depois de percorrer apressadamente o gélido corredor até chegar à bacia, ela jogou água fria no rosto para afastar os sentimentos causados pelo sonho. Sua única preocupação devia ser o solo. Havia chegado o grande dia. Violetta pensou nas notas de abertura e, apesar do nervosismo, sorriu. Daria tudo certo.

Ela se vestiu, colocando as belas meias brancas e o novo vestido de seda branca, gola e mangas com babados de renda de bilros feita pelas *figlie di commun*. Seu cabelo não tinha jeito. Ela sentia saudade de Laura. Sentia saudade de Mino. Sentia tanta saudade do amigo que seu estômago chegava a doer.

Helena trouxe o café da manhã. O mingau estava fumegante, servido com mel e leite extra. Havia duas laranjas pequenas na bandeja e chá de hortelã.

Será que Mino comia sozinho? Era tão estranho não saber como ele comia, como segurava um garfo, se mastigava rápido ou devagar.

O sonho dominava sua mente. O que aconteceria se ela se rendesse, se o expurgasse? Como o suadouro de uma febre. De toda forma, precisava aquecer a voz. Violetta deixou o café da manhã de lado e foi até a janela. Então, subiu na cama, se apoiou no vidro e cantou a música dos dois.

𝄢

Na igreja lotada do Incuráveis, o sol entrava pelo clerestório em feixes brilhantes. Os venezianos se apinhavam nos bancos em suas capas de inverno vermelhas, azul-pavão e cinza. Usavam luvas brancas e saias de tafetá encrespadas, bordadas com flores. Como pareciam minúsculos ao se levantar para o *kyrie eleison*. Em meio às orações, a maioria lançava olhares discretos para o coro escondido pela grade de latão.

Violetta já ouvira as coristas comentando sobre aquele fenômeno — elas suspiravam diante da pressão de serem observadas ou morriam de rir, empolgadas. Mas era diferente quando a pessoa que sentia o peso daqueles olhares era ela. A conexão física que as cantoras compartilhavam com a república era palpável. Hoje, Violetta a sentia. Sua voz pertencia a Veneza.

A palma de suas mãos estava suando quando Porpora se levantou diante da congregação. Ele encontrou os olhos dela e assentiu levemente com a cabeça. A orquestra começou a tocar. As notas a acalmaram. Violetta sabia a música. Ninguém esperava uma obra-prima. Ela só precisava cantar.

A primeira era uma glória. Violetta cantou como sempre cantava, alcançando as notas de forma direta, porém de maneira leve, sem segurá-las com muita intensidade nem por tempo demais. No meio do compasso, sentiu uma energia estranha emanando de Reine, que cantava triunfante, como se quisesse provar que ela, e não Violetta, era a verdadeira merecedora do solo. Violetta se virou para encará-la pela primeira vez desde aquele dia no *carnevale*.

Reine a fitava com ódio. O olhar de Violetta desceu para os lábios fartos e rosados da francesa. Eles eram perfeitos, lindos, expressivos, ideais em todos os sentidos. Ela os viu beijando Mino e sentiu algo se dissolver dentro de si.

Foi só então que se permitiu enxergar o que ignorara naquele dia, cega de raiva: ele não beijara Reine por vingança. Ele beijara Reine da mesma forma que alguém se afogando se agarra a uma boia.

Violetta se permitiu admitir que *queria* ter sido ela a estar nos braços dele; que queria pressionar seus lábios contra os dele de novo; que queria expressar todo aquele desejo reprimido entre os dois; que queria Mino. Ela passara tanto tempo fazendo o que era necessário, separando suas ações de seus sentimentos porque não queria que ele deixasse de fazer as coisas por sua causa. Agora, seu corpo alcançava suas emoções, e ela sentiu...

Amor.

Ela sempre o amara. E lhe causara tamanho sofrimento.

Violetta queria chorar, mas precisava cantar.

A glória comunal chegou ao fim e se transformou em sua ária, como uma *calle* estreita que faz uma curva e se abre em uma grande *piazza*. Ela piscou ao encarar a imensidão diante de si e, imersa em seu coração partido, começou.

Não cantou da forma como combinara com Porpora. Violetta não exalava esperança pelo retorno de Cristo ou do *carnevale*, nem por despertar ou por voltar para casa. Ela cantava como se tudo que amasse tivesse desaparecido e ninguém fosse capaz de recuperá-lo.

Lágrimas escorriam pelo seu rosto enquanto ela saía da ponte e entrava no ritornelo. A *cadenza* ao fim se aproximava, a parte em que a orquestra inteira pararia e ela cantaria os últimos versos *a capella*. Violetta se perdeu, impulsionando a voz pela grade como se sua dor fosse capaz de derreter o metal.

No fim, em vez de cantar mais alto, como ensaiara, sua voz se tornou suave. Ela sentiu que todos os corpos na igreja se inclinavam para chegar mais perto.

Quando terminou, o lugar caiu em silêncio. Violetta notou alguns movimentos discretos lá embaixo e percebeu que os paroquianos secavam as lágrimas. As próprias bochechas estavam molhadas, prova de que aquilo realmente havia acontecido. Ela se sentia exausta e viva.

Tudo estava prestes a mudar.

4

Mino acordou com o nariz encostado no focinho de um cachorro preto e branco. Ele se afastou, fazendo uma careta ao sentir uma ardência na bochecha. Ao tocá-la, úmida e fria, percebeu que havia rolado enquanto dormia, parando sobre uma poça congelada. Aquilo revelava muito de seu estado quando caíra no sono. Ele esfregou o rosto contra o ombro para secá-lo, apertou o pescoço tensionado e se encolheu sob a alcova em que dormira.

O sol estava nascendo ou se pondo? Não importava. Ele fechou os olhos contra a luz oscilante. Não havia nada pior do que acordar na rua.

Aquele era um novo dia, e a vida sem Letta continuava insuportável. Quando Mino saíra do Incuráveis, mais de quatro meses antes, estava tão deprimido que não tinha forças para nada. Nunca voltara ao estaleiro. Perdera o apartamento. Durante todo o rigoroso inverno, ele comera o que conseguira achar, dormira em qualquer lugar que encontrasse, e bebera tanto quanto possível. Por onde quer que perambulasse, sua tristeza o acompanhava.

O cachorro voltou, farejando tudo, deixando pontos molhados em sua bochecha. Mino ergueu uma das mãos, querendo afastar o animal, mas sentiu o pelo emaranhado, as orelhas macias, a cabeça quente que se apoiou em sua palma.

— O que você quer? — perguntou ao cachorro, que, diante de seu mau humor, chegou mais perto em vez de fugir.

Ele notou que o animal o observava com total atenção, algo que ninguém fazia havia meses. As pessoas não o notavam mais. Era impressionante como um homem podia desaparecer em plena luz do dia.

Sua cabeça latejava. Ele olhou para a garrafa ao seu lado — ainda restavam dois goles de um líquido marrom e traiçoeiro. Se terminasse a bebida, talvez se sentisse melhor, pelo menos por um tempo, mas a ideia fez seu estômago se revirar. Ele estava com fome. Tentou se lembrar de quando comera pela última vez.

O cão ganiu, bateu uma das patas em algo diante dele. Mino olhou para baixo e viu um par de botas de couro preto. O material era de qualidade, mas o calçado, completamente diferente daqueles que os homens do *squero* usavam. Aquelas eram as botas de um homem rico, leves como pantufas, mas com solas firmes, com costuras ornamentadas e bordas no topo tão largas quanto a palma de sua mão; provavelmente bateriam nas suas panturrilhas. O cachorro inclinou a cabeça e, com o focinho, empurrou as botas em sua direção. Então soltou um latino fino, como se dissesse: *São suas.*

Mino olhou de um lado para o outro da rua, mas não havia ninguém observando-o. O sol estava se pondo; isso agora era nítido pelo tipo de gente que perambulava ao redor. Não eram trabalhadores, e sim aristocratas mascarados, risonhos, bêbados, seguindo para festas em cada esquina. Um menino de 12 anos descia a *calle* com uma tocha, acendendo velas feitas de galhos de planta encharcados de gordura e posicionadas em suportes de pedra diante de portas.

Mino fez uma careta ao olhar para seus sapatos deploráveis, cheios de furos. As meias estavam aparentes através dos buracos no couro fino, a lã cinza esfarrapada, em condições ainda piores. Um dedão estava exposto, imundo e embranquecido de frio. Fazia semanas que ele não os descalçava. O contraste com aquelas botas novas o encheu de vergonha.

Ele arrancou os sapatos. E também se livrou daquelas meias horrorosas. Com cuidado, calçou uma das botas. Imediatamente se sentiu aquecido, como se recebesse um abraço. Mino fechou os olhos, pressionou o pé contra a sola. A bota estava um pouco apertada, mas ele jamais a tiraria. Ela cederia com o tempo e ficaria perfeita.

Depois de calçar a outra, ele acariciou o couro e se sentou sobre os pés, escondendo os calçados novos. Já se sentia mais quente.

Então encarou o cachorro.

— Você rouba sapatos para todos os vagabundos que encontra?

O cão deu duas voltas em torno de si e se deitou ao lado de Mino, apoiando o queixo em sua coxa. Fazia meses que ele não tinha tanto contato com outro ser vivo.

— *Sprezzatura* — disse ele, lembrando-se da forma como Porpora pedia às musicistas do Incuráveis que tocassem, com uma tranquilidade proposital que camuflava a dificuldade do que faziam.

Ao ouvir a palavra, o cachorro latiu, inclinando o queixo para o céu.

— Vou chamá-lo de Sprezz — decidiu o rapaz, coçando o cão quando ele se deitou de barriga para cima para receber carinho. — Eu me chamo Mino.

Certas noites, enquanto tentava dormir em alguma *calle* gelada, ele cogitava mudar de nome. Aquele não fora o nome que lhe deram ao nascer, e sim o que recebera ao se tornar órfão. Mas, agora, ele havia deixado o orfanato para trás.

Só que não se lembrava do nome que a mãe lhe dera. Nos últimos tempos, ela parecia mais distante do que nunca. Mino riu, amargurado, ao pensar que pretendia usar seus contatos na associação dos *squeri* para encontrá-la. Sua imprudência dera um fim a seus planos.

Mesmo se conseguisse encontrá-la, como poderia encará-la no estado em que se estava? Morando na rua, sem qualquer perspectiva ou dinheiro — ele era um zé-ninguém. Não merecia encontrar a mulher de quem se lembrava. Nem saberia como agir caso o fizesse.

Sprezz ficou de pé, parecendo querer incentivá-lo a se levantar também. Fevereiro estava chegando ao fim, e o sol brilhava timidamente, mal aquecendo as ruas durante o dia. Mino se ergueu, dobrando com relutância a capa *tabarro* que usava como cobertor. Ele a encontrara em uma das noites que dormira diante da casa de ópera, o Teatro San Angelo. Um casal se escondera na alcova na qual ele estava deitado, implorando aos céus que conseguisse sonhar. Tentara passar despercebido, ficar invisível, enquanto a mulher jogava a capa do homem no chão durante uma maratona de beijos e gemidos acalorados. A peça aterrissara aos pés de Mino. A dupla se mantivera aquecida devido a suas atividades por um tempo, e ele se cobrira com a capa. Quando terminaram, esqueceram de pegá-la de volta. Os dois foram embora em direções opostas, sem trocar promessas.

Desde então, Mino a usava como coberta, às vezes pensando nos sons que a mulher emitira com ajuda do dono anterior da peça, mas nunca a usava durante o dia. Ainda vestia as roupas simples de sua época no Incuráveis — túnica branca, calça cinza. O tricórnio fora roubado enquanto dormia havia muito tempo. Assim como seu antigo par de sapatos, aquelas roupas deixavam bem claro que a capa não lhe pertencia. Talvez acabasse se metendo em encrenca se a exibisse em momentos que não fossem quando ele realmente precisava dela, como no meio das frias madrugadas.

Mas as botas novas pediam o *tabarro*. Mino ajeitou a capa sobre os ombros, da forma como ela deveria ser usada. O tecido batia nos joelhos, cobrindo as partes esfarrapadas da calça. Era uma peça tão elegante, nem dava para perceber que estava imunda.

Fazia muito tempo que não se sentia tão animado. Havia alguns soldos em seu bolso. As lamparinas eram acesas nas tabernas da rua. Ele e o cachorro podiam procurar algo para jantar.

Os dois passaram pela igreja de San Vidal, com seus pilares brancos, e deram a volta no Campo Santo Stefano e pelas cafeterias lotadas de turistas. Mino teria virado à esquerda, para o La Mascareta, onde a polenta era barata e o vinho era tinto, mas Sprezz se virou para a direita, latindo. *Venha comigo.* Contra sua vontade, ele começava a gostar do animal.

Não demorou muito para Mino perceber que estava recebendo um tratamento diferente. As pessoas o encaravam, mas não de um jeito ruim. Agora, ele era digno de cumprimentos.

— Boa noite, senhor — disse um desconhecido mascarado, inclinando o chapéu preto.

— *Buonasera* — respondeu ele.

As botas haviam mudado a forma como caminhava. As solas ecoavam de modo maravilhoso ao tocar o calçamento, anunciando sua chegada para a outra esquina da *calle*. Mino sabia que parecia faminto e sujo, mas qualquer aristocrata digno de seu *palazzo* teria a mesma aparência depois de o sol se pôr em Veneza.

Sprezz parou na frente de uma taberna, ergueu-se nas pernas traseiras e pressionou o focinho contra a janela. Mino tinha soldos suficientes para fazer uma refeição simples algumas vezes por semana, nos dias em que trabalhava levando baldes de dejetos para o barco com destino a Burano, onde o conteúdo era utilizado para fertilizar os campos. Porém, mesmo em seus dias mais ricos, ele só comia polenta barata, e nunca em um restaurante como aquele. Os aromas que vinham da cozinha eram tão bons que lhe davam vontade de chorar. Havia apenas duas moedas em seu bolso, e seu plano era usá-las em um estabelecimento mais barato, onde pudesse ganhar um sorriso da esposa do dono — algo diferente dos olhares indiferentes que recebia no restante do dia.

O cozinheiro bateu na janela. Mino presumiu que o homem tentava espantar Sprezz, mas então ele saiu com uma tigela cheia de espinhas de peixe e um prato menor com polenta. O rapaz ficou observando de longe, em um canto, enquanto o cozinheiro deixava as duas tigelas na ruela ao lado do restaurante e fazia carinho na cabeça do cachorro.

Assim que o homem entrou na taberna, Sprezz latiu para o novo dono, chamando-o, e Mino se aproximou, fascinado com a quantidade de carne macia ainda presa às espinhas do peixe. Colocou uma na boca. Ainda estava quente, temperada com suco de limão e alho. Que delícia. Ele fechou os olhos. Poderia passar a noite toda comendo aquilo.

Mino devorou as espinhas enquanto Sprezz esperava pacientemente, comendo apenas aquilo que ele dispensava. Os dois dividiram a polenta, o humano usando dois dedos como colher enquanto o cão dava bocadas pequenas, lambendo a comida que ficava acumulada em seu bigode. Quando terminaram, ele percebeu que fazia meses que não se sentia tão satisfeito. Então se lembrou das moedas no bolso e pensou no que poderia fazer com elas agora.

Mais abaixo na *calle*, a placa de uma *stufe* lhe chamou atenção. Ele adorava os banhos semanais no Incuráveis. Nunca fora a um estabelecimento como aquele antes, mas já ouvira o suficiente nas tabernas para saber que boa parte dos clientes dessas casas de banho era composta de cortesãs ou de homens que gostavam de observá-las.

Certa vez, ele dividira uma garrafa de vinho Madeira com um pintor de cabelo rebelde e encaracolado. O homem não podia bancar a contratação de uma modelo para seus quadros, mas tinha dois soldos para a *stufe*. Ele mostrara a Mino os desenhos que fizera das mulheres lá dentro. Tempos depois, o jovem vira as mesmas pinturas através das janelas de um *palazzo* diante da Ponte de Rialto.

As botas faziam com que ele quisesse se limpar. Mino parou diante da casa de banho e olhou para o cachorro, que se sentou e depois se deitou na soleira da porta. Ficaria esperando ali.

— Bom garoto.

Ele fez um carinho embaixo do focinho de Sprezz e entrou.

O cômodo era escuro e molhado. Uma garota pegou seu dinheiro e lhe indicou um canto onde deveria tirar as roupas. Uma mulher mais velha e rechonchuda surgiu, toda sorridente. Ela lhe entregou um robe e o guiou por um labirinto iluminado por velas, até chegarem a um cômodo com um banco de pedra octogonal no centro, cheio de baldes fumegantes. Não havia mais ninguém ali. Ela tirou seu robe e o ensopou com água quente. Então pegou uma esponja tão grande que precisava segurá-la com as duas mãos e o esfregou. Seus movimentos não eram nada delicados. Mino não estava acostumado a ser tocado de forma tão intensa e constante. Mas então a mulher jogou água fria em seu corpo, um líquido aromático, com aroma de casca de laranja e cravo, e sua pele formigou, parecendo brilhante e sensível ao toque. Ele queria contato físico com outra pessoa, alguém que não fosse aquela mulher e sua esponja.

Enquanto se vestia, Mino encontrou sua máscara no fundo do bolso do *tabarro*. Colocou-a no rosto. Finalmente se sentia digno da *bauta*. A última vez que a usara fora naquele dia com Violetta. Ele sabia que o dinheiro gasto na *stufe* fora bem-investido, que agora podia usar as roupas com dignidade, mas sentia uma falta imensa de suas moedas, exatamente como sempre acontecia quando as gastava com comida. Mino ansiava — e ao mesmo tempo temia — pela próxima vez que descarregaria nabos dos barcos de legumes ao nascer do sol, ou que levaria correspondência para um *corriere* em troca de mais dois soldos, que gastaria com nada.

Lá fora, Sprezz o esperava. Lado a lado, os dois seguiram para a Piazza San Marco.

Em certos dias, Mino ansiava pela bela música tocada nas ruas do coração da cidade. Em outros, apenas a suportava. Ele entrou em San Marco, a praça central de Veneza, uma *piazza* enorme e retangular, emoldurada por galerias cheias de colunas até perder de vista. O chão e os edifícios ao redor eram da mesma pedra cinza de tom claro, dando destaque aos grandes pináculos dourados e domos brancos da basílica bizantina ao leste. As cafeterias viviam lotadas ali. E sempre havia música.

Hoje, o céu do fim de tarde tinha um ar dramático, seu cor-de-rosa acinzentado coberto por volumosas nuvens roxas além do Grande Canal. Fazia frio, mas a primavera se aproximava. Mino e Sprezz pararam para assistir a um violinista acompanhado de uma cantora. Para ele, parecia óbvio que os dois eram um casal, apesar de nunca trocarem olhares. A mulher tinha um rosto bonito e uma voz agradável, mas Mino crescera ouvindo cantos angelicais, então foi o violinista que chamou sua atenção.

O homem era muito bom, mas o violino era péssimo, barato demais para ser afinado da forma correta. Mesmo à distância de dez *piedi*,

Mino sabia que o cavalete precisava ser reforçado com uma peça de ébano mais grossa.

Pela milionésima vez, desejou ter levado o violino ao sair do apartamento naquele dia, mas fugira de Letta em um acesso de pânico, e os dias seguintes foram obscurecidos pela bebedeira com a qual tentara aplacar a vergonha. Quando finalmente se lembrara do instrumento e tentara voltar ao apartamento, as fechaduras haviam sido trocadas, e ninguém abrira a porta quando batera. Àquela altura, o instrumento certamente já havia sido penhorado.

Se ainda tivesse seu violino, será que tocaria na rua, como aquele homem, em troca de dinheiro? Essa hipótese era dolorosa demais para ser cogitada. Seu único desejo agora era consertar o instrumento do violinista, pegar seu alicate e sua serra. Queria encontrar categutes novos para trocar as cordas velhas. Queria ensinar aquele violino a cantar.

— Você parece estar procurando uma companhia para dançar tarantela — disse alguém ao seu lado.

Ele se virou e se deparou com duas mulheres em vestidos de seda. Elas usavam máscaras pretas menores, que cobriam apenas a metade superior do rosto. Seus tricórnios estavam inclinados de um jeito garboso. E ambas exibiam o sorrisinho sedutor que fazia a fama das venezianas.

Mino não sabia dançar tarantela, mas havia meses que as únicas palavras dirigidas a ele eram ordens para sair do caminho ou pagar uma conta. Ele não se imaginava dançando, mas também não podia rejeitar diretamente a mulher com o cabelo tingido de louro.

— Eu não ousaria deixar seu amante com ciúmes, *siora* — respondeu Mino, dramaticamente olhando de um lado para o outro. — Imagino que ele esteja por perto.

— Como está seu preparo físico? Talvez consiga correr mais rápido que ele. — A mulher riu e tocou o cabelo de Mino, que ficou paralisado diante da carícia surpreendente. — Essa é sua cor natural?

Ele fez uma mesura, se recuperando.

— Receio que sim.

— Ah, deixe crescer — pediu ela. — E me faça uma peruca. Nunca vi um cabelo tão bonito...

— E macio — acrescentou a amiga morena, acariciando Mino. — O que faz da vida, *sior Oro?*

Sr. Ouro.

Ele estava tão atordoado por receber tamanha atenção que começou a responder a primeira coisa que lhe veio à mente.

— Gondo...

Mas então se interrompeu. No passado, teria orgulho de falar do trabalho como aprendiz, do emprego que jogara fora. Agora que passara quase o *carnevale* inteiro vagabundeando pelas ruas de Veneza e ouvira os comentários das pessoas, sabia que a construção de gôndolas era uma tarefa insignificante para os ricaços que frequentavam bailes de máscaras.

Mas as mulheres tinham escutado o que queriam, exclamando:

— Um gondoleiro!

Elas viram o *tabarro*, as botas e o belo cabelo louro e presumiram que Mino trabalhava para a aristocracia.

— De qual família? — perguntou a loura.

Ele não seria um simples gondoleiro, transitando pela mesma rota no canal. As duas achavam que era o empregado particular de uma família nobre. Mino, que passara quase metade de um ano na miséria, que só chegava perto de alguém rico quando se esbarravam pela *calle*. Mino, um zé-ninguém.

As mulheres o encaravam com os queixos empinados, e ele se perguntou por quanto tempo conseguiria sustentar a mentira. Letta saberia usar aquilo em benefício próprio.

— As senhoras estão vigiando a vida de alguém? — perguntou ele, brincando.

Gondoleiros particulares sabiam tudo sobre a vida íntima dos empregadores.

— É o dever de uma dama, se for esperta — respondeu a morena. Então, virando-se para a amiga, acrescentou: — Ele não vai lhe contar nada.

Mino fez uma mesura e sorriu, encarnando completamente o papel.

— A guilda dos gondoleiros me proíbe. Homens já foram afogados por tamanha indiscrição.

— Pois bem, não vamos fazer perguntas — disse a loura. — Mas talvez o senhor possa nos dar um conselho, quem sabe...

Ela apoiou a mão sobre o peito de Mino. Ele prendeu a respiração. Aquele toque era o contato mais íntimo que tinha em meses.

— Minha amiga acha que está sendo traída pelo amante — explicou a morena, se inclinando entre os dois.

— Que tolo — disse ele, dando a única resposta apropriada.

A loura ficou satisfeita. Ela chegou ainda mais perto e baixou a voz enquanto, às suas costas, os músicos guardavam os instrumentos.

— Todos os dias — contou a mulher — são as mesmas desculpas. Ele me encontra à meia-noite, louco de desejo, mas há algo errado. Ao pôr do sol, na hora dos aperitivos — ela olhou ao redor da *piazza*, para a multidão que bebia copinhos de licor sob a luz pálida do fim do dia —, ele desaparece. Sei que ele não está com a esposa. — A loura apontou por cima do ombro. — Ela está bem ali, com seu *cicisbeo*! Não, ele vai a algum lugar em Dorsoduro todos os dias, ao pôr do sol.

— Missas — falou Mino, baixinho.

Para separar os meninos das meninas no Incuráveis, as garotas frequentavam a missa matutina, enquanto os garotos assistiam ao serviço no fim do dia, mais curto. Mino se imaginou lá agora, ouvindo Giustina cantar "Salve Regina".

As gargalhadas das mulheres o trouxeram de volta à *piazza*.

— Meu *sior* só vai à igreja quando o doge manda. Os deuses dele são o vinho e o dinheiro.

— Os corais apresentam músicas lindas — insistiu Mino.

— Todos sabem disso — respondeu a loura —, mas nós não vamos nem à ópera juntos. Para ele, já basta ouvir os músicos de rua.

Mino olhou ao redor. O violinista fora embora, mas outros dois tomavam seu lugar, afinando os instrumentos. Mais uma vez, ele desejou segurar seus violinos, sentir o arco deslizar com seu corpo inteiro. Ele nunca havia ido à ópera, mas sabia que homens atravessavam três *sestieri* e o Grande Canal apenas para ouvir o coro do Incuráveis.

A morena parecia pensativa.

— Luigi Fontacari acabou de se casar com uma cantora do Incuráveis. É uma moça linda. E jovem. O velho diz que ela canta como um canário, mas ninguém além dele pode ouvi-la.

— Por quê? — Quis saber a loura.

— Ela fez um voto — explicou Mino. — É uma condição para receber o dote do Incuráveis. Quando uma corista sai do *ospedale*, só pode cantar dentro de casa.

— Que triste — comentou a loura.

A morena assentiu.

— E era uma moça famosa. Imagine só, desistir de tudo. — Ela soltou uma risada irônica. — Pelo velho Fontacari, ainda por cima. Vamos rezar para que consiga um bom *cicisbeo*.

As duas riram.

Mino se inclinou para a frente, com o coração na boca.

— Como era o nome dela, da cantora do Incuráveis?

— As pessoas a chamavam de Giustina, *bella voce* — respondeu a morena.

𝄢

Mino passou a noite inteira lutando contra a própria descrença. Giustina se casara assim tão cedo? Ele tentou não pensar na vaga aberta no coro por sua saída. Precisou reunir todas as forças para não seguir as mulheres quando as duas partiram para espionar o namorado casado da loura.

Até então, ele não havia se permitido refletir sobre o destino de Violetta. Agora, vagando pela *piazza* iluminada pela lua, não conseguia pensar em outra coisa. Será que Letta entrara para o coro, como queria? Ou será que o lugar de Giustina fora ocupado por Reine, como ela temia?

No passado, ele achava que, àquela altura, teria ganhado dinheiro suficiente no *squero* para se mudar com a amada para uma casa maior, mais confortável. Para se casarem. Talvez até com algum herdeiro a caminho, se Letta quisesse. E também achava que já teria encontrado a mãe. Ou, se não *ela* propriamente dita, pelo menos alguma prova de sua existência, de sua família.

Seus sonhos deviam parecer mais perto, não mais inalcançáveis do que nunca. Só que nada daquilo havia acontecido. Ele não reconhecia a vida que levava agora.

De manhã, enquanto o sol nascia sobre a água, ele e Sprezz ficaram vadiando por San Marco. Perto da basílica pintada de dourado, onde a *piazza* se abria para fitar o Grande Canal, duas colunas se agigantavam sobre a praça. Fazia mais de seis séculos que estavam ali, vindas do Oriente. Uma abrigava a magnífica e gigantesca estátua de bronze de um leão alado. Sua crina era abundante e encaracolada, o rabo quase parecia se mover, seu porte lembrava o de um anjo prestes a voar; o animal era símbolo de San Marco, da cidade. Era Veneza, forjada em metal.

A outra coluna exibia uma escultura de mármore de São Teodoro, com um crocodilo morto a seus pés. O santo representava a independência da república. Olhando para cima, Mino pensou em Letta.

A pálida luz cor-de-rosa iluminava o canal enquanto ele se sentava, apoiando-se naquela coluna. A base era cercada por três degraus de pedra, gastos e transformados em assentos com o passar dos anos. Ele fez carinho embaixo do focinho de Sprezz. Estava com sono, mas sua mente não conseguia descansar.

Quem fora promovida ao coro — Violetta ou Reine? Certa vez, Mino ouvira a abadessa sussurrar que Reine pagava ao orfanato dez vezes mais que o total de donativos angariados pelas órfãs nas caminhadas por Dorsoduro. A francesa presumiria que a vaga de Giustina seria dela; nada em sua vida a preparara para pensar o contrário.

Mas, por outro lado, havia Violetta. Apesar da reputação de encrenqueira, quase todos que conviviam com ela a adoravam. A jovem nunca conseguira entender seu efeito sobre os outros. Uma vez, dissera a Mino que ele era a única pessoa que ficaria triste se ela morresse. Ele fora burro o suficiente para entender isso como um elogio, palavras profundas de uma moça agradecida por seu amor. Depois, percebera que ela falava sério. Letta realmente era incapaz de notar aquilo que ele via quando a observava pela janela do pátio. Ela dizia que Laura amava todo mundo, sem entender que Laura a amava mais do que qualquer pessoa. Não percebia que era idolatrada pelas meninas mais novas, que imitavam sua forma de caminhar e as entonações de sua voz. Mino entendia por que isso acontecia. Violetta era mais livre que qualquer um dos órfãos, e todos queriam ter um gostinho daquela sensação.

Mas achava que, pelo menos, seus sentimentos estavam claros para ela. Letta sempre dizia que conseguia ler seus pensamentos, e Mino havia acreditado nisso, feliz por saber que nem sempre precisava dizer as coisas em voz alta. Era uma sensação animadora — sentir-se ao mesmo tempo transparente e amado. E ele encarara isso como um fato. Presumira que Violetta sabia que, se alguém lhe abrisse o coração, encontraria o nome dela entalhado na superfície.

Naquela tarde, o pedido de casamento parecera um mero detalhe em seu romance; ele tinha certeza de que ela já esperava por aquilo.

O rapaz fechou os olhos e ouviu a voz de Letta. Foi tomado pelo som. Nos dias em que os dois tocavam no telhado — o violino dele, a voz dela —, seu mundo ficava completo. Naquela época, ele tivera certeza de que um futuro maravilhoso os aguardava.

— Que cachorro bonito.

O braço de Mino cercou Sprezz enquanto ele acordava de repente. Havia caído no sono, apoiado na coluna. A luz do dia sumira. Já era fim de tarde, e uma imensidão de homens e mulheres se desviava dele enquanto seguiam para as pontes. Ele procurou o dono da voz, tentando se localizar, apertando Sprezz.

— Eu tinha um cachorro — continuou o homem. Mino o encontrou parado no cais, a alguns metros de distância, apoiado em um remo grande. Ele usava o uniforme dos gondoleiros públicos, uma camisa preta e branca e um chapéu de palha. Parecia ter a mesma idade que ele. — Faz dois anos que Cereja morreu. Faz dois anos que ninguém me entende.

O gondoleiro abriu um sorriso triste, e Mino ficou com pena dele. Fazia apenas um dia que conhecia Sprezz, mas preferia morrer a perdê-lo.

Ele soltou o cachorro.

— Sprezz não morde, se você quiser falar com ele.

O cão foi até o homem, que se inclinou para acariciar sua cabeça.

— Acho que ele quer dar uma volta — disse o gondoleiro quando Sprezz pulou na gôndola, cheirando tudo. — Aonde você quer ir, garotinho?

— Volte, Sprezz — chamou Mino.

— Não tem problema. — O homem sorriu ao ver o cachorro em pé, apoiando as patas dianteiras no leme do barco. — Querem dar um passeio? É por minha conta. Estou indo para a Zattere.

Mino olhou para o cachorro, que balançava o rabo, e depois para o gondoleiro sorridente. A Zattere levava ao Incuráveis. Se fosse andando, demoraria quase uma hora para chegar à alameda, mas o trajeto de barco certamente seria mais rápido. Ele olhou para o sol quase poente. Cinco da tarde, talvez. Mino não acreditava em sorte nem em sinais, mas, se saíssem agora, chegaria a tempo de assistir à missa. Ele poderia descobrir se Letta havia entrado para o coro ou não. Poderia encontrar uma forma de ficar em paz com a notícia que recebera.

— Por que não? — concordou ele, e entrou no barco, tentando não deixar transparecer seu nervosismo com o balanço.

No *squero*, como parte do treinamento, recebera uma aula básica de remo para entender o funcionamento das embarcações que ele construiria. Mas aquela única hora no canal tranquilo perto da oficina parecia ter acontecido em outra vida. Mino se sentou o mais rápido possível no primeiro banco, sem nem chegar ao abrigo sob a *fèlze* de madeira que os passageiros deveriam ocupar.

Sprezz pulou no banco, batendo o rabo em Mino, que o abraçou, tentando se acalmar.

— Eu me chamo Mino.

— Carlo — apresentou-se o gondoleiro, se inclinando para lhe apertar a mão sem sair do posto nos fundos do barco. Ele usou o remo para empurrar a gôndola para fora do píer e o enfiou no canal. Então começou a remar.

Fazia mais frio ali dentro do que na praça, e Mino se enrolou mais no *tabarro*.

Analisando os pequenos movimentos circulares que os braços de Carlo faziam, a inclinação de seu torso e seu impressionante equilíbrio, ele começou a se lembrar da aula. Aquele homem simbolizava o mundo que Mino poderia ter criado se tivesse continuado no *squero*. Ele observou atentamente a forma como as remadas de Carlo quase não abalavam a superfície, como seu corpo se apoiava no remo, inclinando--se para a frente de tal maneira que parecia prestes a cair na água. Mas, olhando ao redor, Mino viu que todos os barqueiros pelos quais passavam remavam exatamente da mesma forma, com o peito estufado. Remar era uma dança entre o gondoleiro e o canal.

Aquela visão oculta de sua cidade, alguns *piedi* abaixo da rua, era novidade. Ele viu a parte inferior das *calli* por onde caminhara tantas vezes, coberta de musgo verde. Sentiu a piscadela gélida da escuridão enquanto passavam sob pontes. Viu como as construções se inclinavam um pouco para a frente, como se tentassem se tocar sobre a água. Mino achava que conhecia os sons de Veneza, mas passear pelos canais era se tornar parte de um ritmo que jamais ouvira antes. A bela música da água não parava; as ondas alcançavam notas que se prolongavam para sempre.

A gôndola entrou no redemoinho do Grande Canal, se unindo à frota de barcos pretos e brilhantes que se moviam pela água como se respirassem em uníssono. Carlo abriu caminho entre centenas de embarcações, assobiando para amigos, continuando o verso seguinte da música que alguém cantarolava enquanto passavam. Em dado momento, o leme do barco passou de raspão por outro, e os gondoleiros trocaram ofensas, animados.

— Vou afogar seus filhos, seu idiota — gritou o outro homem.

— Pelo menos a minha *madonna* não é uma puta — rebateu Carlo, piscando para Mino.

Sprezz latiu, expressando seu apoio.

O vento os impulsionou, e o balanço deixou Mino meio enjoado, mas a luz do sol aquecia sua pele. Tudo na água resplandecia sob seu brilho. Era assim que as pessoas se deslocavam por Veneza. Na vida que ele sonhara em ter, um dia conseguiria juntar dinheiro suficiente para proporcionar aquilo a Letta. Mas, agora, seria tão impossível bancar um passeio de gôndola quanto ser merecedor de seu amor, e, ao voltar a olhar para o Grande Canal, Mino ficou amargurado com a visão de tantos passageiros despreocupados.

Quinze minutos depois, a gôndola chegou à Zattere. Da água, a fachada do Incuráveis parecia mais alta, mais sombria, mais impenetrável. E assim o era para Mino agora. Ele não podia entrar no único lar do qual se lembrava. Só poderia passar pela porta pública da igreja. Essa percepção foi mais dolorosa do que ele esperava, e o rapaz sentiu um forte aperto no peito.

Carlo prendeu o barco enquanto Mino lhe agradecia e pulava para a rua, respirando pela boca para acalmar o estômago embrulhado. Sprezz o seguiu até chegarem à entrada, onde deu duas voltas em torno de si e se sentou para esperar.

Mino baixou a cabeça e entrou na igreja. O lugar estava lotado, como sempre, ocupado por mais de mil venezianos e turistas. Ele puxou a capa para cima, analisando o *terrazzo* ladrilhado enquanto seguia para o banco mais próximo. Sentia-se exposto. As leis deviam permitir o uso de máscaras ali dentro.

Evitou olhar para a grade de latão. Não queria que sua presença fosse notada, porém, mais do que isso, preferia ouvir o destino de Violetta, não o ver. Queria que a música lhe contasse se ela havia sido bem-sucedida.

Mino não imaginava que as orações do padre Marché o afetariam tanto, mas o consolo que trouxeram foi imediato, como comida em um estômago vazio. O sacerdote rezou o *kyrie eleison*, guiou a congregação pela glória e o credo, e o rapaz ficou triste por saber que sua presença nunca mais seria notada naquele lugar, com todos os seus mistérios reconfortantes.

Ele fechou os olhos quando a música começou, o corpo tenso de nervosismo durante os dois primeiros movimentos da orquestra. Então a voz dela surgiu, um som que remetia às manhãs, fazendo com que tudo se elevasse.

Ah, Letta.

A magia de seu canto preencheu a igreja, preencheu Mino até parecer que seu corpo explodiria. Naquela voz, ele ouviu os detalhes de uma vida como primeira soprano. Ele a viu em um cômodo amplo, iluminado pelo sol, suas assistentes entusiasmadas, os anos de fama que viriam, o dinheiro e os pretendentes. Então abriu os olhos e se forçou a encará-la.

Do outro lado da grade, a pele pálida de Letta reluzia. O movimento de seus lábios o encantava. Mino queria se levantar, gritar o quanto estava arrependido, escalar a parede e pular a grade. Queria abraçá-la, interromper a música com um beijo.

Tudo terminou tão rápido. Quando os expectadores se levantaram para ir embora, ele permaneceu sentado. Não conseguia se mexer. Ao olhar para cima, viu que ela já havia saído, levada pelas outras, primeiro para um quarto de descanso onde as meninas mais novas lhe dariam chá, como a própria Violetta costumava fazer com Giustina.

Apesar de aquilo ser tudo que precisava ver, Mino queria mais. Queria falar com ela. Queria abraçá-la. Mas como? Deveria procurar a abadessa e implorar um encontro, como qualquer outro homem que desejava se encontrar com uma corista?

Não podia fazer isso. Letta não queria vê-lo nunca mais. E o que ele diria? Parabéns? Ela se tornara um ser superior agora, com o vestido branco, o cabelo brilhante e arrumado com um novo penteado. Aquele era seu destino.

Violetta nunca poderia ter sido sua.

Mino sempre sentira que não era suficiente para ela. Seu pedido de casamento fora uma maneira de lutar contra esse sentimento, mas ele jamais tivera chance. Aquela vida era muito maior do que qualquer coisa que ele pudesse lhe oferecer.

Abatido, ele saiu da igreja, chegando à rua completamente entorpecido. A noite caíra, e as luzes da Giudecca eram refletidas pelo canal. Sprezz surgiu ao seu lado, e Mino lhe deu um tapinha enquanto andava sem rumo. Quando deu por si, tinha voltado à gôndola de Carlo. Queria conversar com alguém, se distrair.

O barco estava lá, mas o gondoleiro havia sumido. O chapéu de palha ficara pendurado na estaca do píer, e Mino o pegou, girando-o nas mãos, distraído. Quando Sprezz latiu, ele ergueu o olhar e se deparou com um homem trajando o sofisticado manto vermelho dos senadores.

— Preciso sair daqui. Rápido. Esse barco é seu?

Mino fez que não com a cabeça, mas, quando olhou para cima, o homem jogou uma bolsa de pele de cobra em sua direção. Estava cheia de moedas, mais ouro do que ele já vira na vida.

— Como posso ajudar? — perguntou ele.

— Leve-me a La Sirena. Não deixe que ninguém nos siga.

O senador já havia entrado na gôndola e se sentava no interior da *felze* de madeira, agitando as mangas largas da beca. Então tirou uma *bauta* da capa e a amarrou no rosto, reposicionando o tricórnio sobre a cabeça. Já era quaresma, época em que as máscaras eram proibidas nas ruas, mas muitos venezianos continuavam fazendo uso delas para o caso de a noite sair do controle. Nas casas de aposta da vizinhança, especialmente tão longe do Palácio do Doge em San Marco como estavam, o desejo pelo anonimato permeava as rígidas leis da cidade.

O passageiro pareceu relaxar sob a máscara e a *felze*. Mino percebeu que ele olhava pela janela, para uma mulher que corria na direção do barco. Isso o fez pensar nas damas que conhecera mais cedo, então riu baixinho. Em todos os anos que passara ali, nunca se dera conta de que o Incuráveis era um lugar onde os homens podiam desaparecer temporariamente.

— Vamos! — ordenou o senador.

Mino assobiou para Sprezz, que pulou na gôndola. Suas mãos suavam. Ele não acreditava no que estava prestes a fazer. Se aquilo desse certo, traria o barco de volta assim que pudesse. Pediria desculpas a Carlo e dividiria o dinheiro com ele. E agradeceria a São Judas Tadeu, santo das causas impossíveis. Por enquanto, seu único foco devia ser remar. Precisava daquele ouro. Ele colocou o chapéu de palha, rezou para que o que ele havia aprendido em suas aulas no passado dominasse seus braços e o guiasse. E seguiu para os fundos do barco.

Mino ergueu o remo da toleteira no lado direito da embarcação. Usou-a para empurrar a estaca do píer, como Carlo fizera. Sprezz correu pelo barco, subindo no banco para ficar perto do dono. Os braços de Mino tremiam, suas mãos congelavam no vento, as juntas dos dedos estavam ficando esbranquiçadas. Seu coração disparou quando o remo atingiu a água. Ele o segurou contra a corrente, testando-o. Não sabia aonde estava indo, não fazia ideia do que era La Sirena, mas entendeu o básico: o homem queria fugir da mulher. O dinheiro seria seu se conseguisse realizar essa façanha.

— Você não tem o toque veneziano — reclamou o senador, sacudindo uma bota molhada pela água gelada que Mino jogara no barco com um movimento do remo.

Ele começou a fazer gestos mais suaves. Círculos menores, como Carlo fizera. Iria aprender.

Tudo daria certo se não precisasse fazer curvas. Mas o barco se aproximava de uma interseção com outro canal estreito. Qual seria a opção mais difícil: fazer a curva para o canal tranquilo, menor — ou continuar pela via movimentada e turbulenta da Giudecca? As duas pareciam impossíveis.

Ao ouvir o aviso estridente de um gondoleiro próximo, que saiu do canal estreito na hora em que ele teria entrado, suas opções acabaram. Mino remou com força, fazendo círculos rápidos para a direita, girando a proa para evitar a batida. Mas os dentes de aço no *fèrro* do leme de sua gôndola acertaram os dentes da outra, e os dois barcos ficaram presos um no outro. O impacto quase o fez cair de cara na água. Ele se esforçou para manter o equilíbrio antes de esticar a mão para segurar Sprezz.

Seus pensamentos se voltaram para o saco de moedas em seu bolso, sabendo que poderia perdê-lo se não bancasse o barqueiro. Então, imitando Carlo, começou a ofender o outro gondoleiro.

— Você está remando um barco ou mexendo polenta com essa espátula, seu palhaço? — gritou ele para o sujeito, que forçava o remo entre os barcos para tentar soltá-los.

— Foi a piranha da sua mãe que me ensinou — rebateu o homem.

Mino estava se aproximando da proa para tentar soltar o *ferro* com o próprio remo, mas ficou paralisado, chocado com aquelas palavras. Elas pareciam uma acusação. Ele não havia conseguido encontrar a mãe, nem conseguido começar a procurá-la.

A raiva o dominou. Raiva de si mesmo, raiva do homem que ousava insultar sua mãe. O remo estava em suas mãos...

Mas, naquele momento, o gondoleiro conseguiu soltar os dentes de aço, separando os dois barcos e lançando Mino para o canal mais estreito.

Ouvindo o outro homem continuar a cantar sua barcarola, como se nada desagradável tivesse acontecido, ele respirou fundo e tentou se acalmar.

E decidiu que, se conseguisse sair daquele barco, mudaria de vida. Usaria o dinheiro para tomar um rumo, para se dedicar à busca pela família. Aquela missa provara de uma vez por todas que Letta nunca seria sua. Ele teria de rastrear o amor na direção oposta, encontrar sua fonte.

Mino olhou para o senador, que o encarou e riu.

— Barqueiros — comentou o passageiro para si mesmo.

O rapaz soltou o ar, aliviado por saber que não perdera o dinheiro.

— Onde fica La Sirena? — perguntou ele.

O senador o fitou, achando graça.

— Achei que todos os homens de Dorsoduro já tivessem se esbaldado em La Sirena. — Ele apontou para o norte, na direção do Grande Canal. — *Sempre dritto.* — A única orientação dada em Veneza: sempre reto. — Vire à esquerda no rio della Toletta. Fica à direita, logo depois da terceira ponte.

No canal tranquilo, longe da mulher, tanto Mino quanto o senador relaxaram. O aristocrata voltou a se acomodar sob a *felze*, e o rapaz reuniu todo o conhecimento que adquirira no *squero*. Tentou sentir todas as 280 partes de madeira que formavam a embarcação se encaixando como peças de um quebra-cabeça. Ele sabia que o barco era assimétrico na proa para conseguir entrar nas curvas dos canais. Sabia que o *ferro* pesado equilibrava o peso do condutor nos fundos do barco. De repente, Mino foi tomado pela calma. Ele conhecia o formato do remo, entendia que precisava virá-lo de um lado para o outro. Por instinto, percebeu que as manobras nas curvas dos canais deviam ser feitas em três etapas.

Dez minutos depois, a gôndola chegou ao rio della Toletta. Mino passou pelas três pontes, se abaixou para desviar de uma árvore. O sobreiro havia se expandido para fora do jardim pequeno e murado que o abrigava, e seus galhos quase atravessavam o canal, como uma ponte. Seu tronco era lustroso e mosqueado; seus ramalhetes de folhas, verdes e enrugados, salpicados com bolotas.

Ele estava exausto. O destino final do passageiro ficava pouco depois da copa da árvore. Era uma construção discreta, distinguível das vizinhas apenas por uma única lamparina de vidro azul acesa sobre uma porta do segundo andar. Mino apoiou o remo nas pedras da rua a fim de parar o barco, como vira Carlo fazer. O senador lhe deu um tapinha no ombro e saiu apressado.

— Estou lhe devendo uma — gritou ele, seguindo para a escada em caracol nas sombras, subindo os degraus e alcançando a porta com a luz azul.

La Sirena.

Mino sabia que devia voltar logo para a Zattere, devolver o barco para Carlo e lhe pedir desculpas. Mas, ao virar a gôndola para o outro lado, uma placa de madeira sob a lamparina de vidro azul chamou sua atenção. Ela exibia a cauda de um peixe saindo da água.

Era um desenho lindo — e familiar, como um sonho que tivera muito tempo antes. Ele não conseguia tirar os olhos da placa, mesmo enquanto fazia uma curva e continuava a remar para a frente. Foi tomado pela compulsão de voltar, de subir as escadas e entrar em La Sirena.

5

Cinco meses haviam se passado desde a manhã de dezembro em que Violetta cantara sua primeira ária, e, desde então, parecia que ela vivia a vida de outra pessoa. Naquele dia, Porpora a tirara do conservatório e a promovera ao coro antes mesmo que ela se desse conta do que estava acontecendo.

Seu passado como a órfã que sobrevivia graças à caridade dos outros havia ficado para trás. Agora, sua existência tinha um propósito. Mas era impossível esquecer o golpe de sorte que a levara até ali. Se não tivesse sido abandonada pela mãe, se não tivesse deixado Mino arrasado com aquela mentira, se Giustina não tivesse ficado tão doente, Violetta não estaria no coro. Às vezes, o destino parecia tão caprichoso, que sua vitória fazia com que ela se lembrasse de um rio congelado, prestes a se quebrar.

Seus dias giravam em torno de duas apresentações: a missa matutina e a vespertina. Nos dias de festa ou durante visitas de embaixadores importantes, uma terceira apresentação poderia ocorrer. As cerimônias eram rápidas, porém cansativas, e as outras horas do dia permaneciam tão rígidas quanto antes: Violetta acordava à mesma hora e fazia as mesmas preces. Após a missa, sua manhã era ocupada pelos mesmos ensaios em grupo e pelas aulas particulares, apesar de ela ter duas alunas mais jovens agora. As mesmas refeições comunitárias eram feitas na companhia das outras mulheres e meninas, com a diferença de que agora ela podia tomar uma caneca de vinho. Tudo permanecia igual e ao mesmo tempo diferente, ornamentado por sua posição como a soprano mais jovem do coro. Ela tinha apenas 18 anos; não havia sonhado em ser promovida ao coro assim tão cedo.

No primeiro domingo em que cantara a ária, fora convocada para a sala da abadessa.

Acabou, pensara ela. Alguém encontrara a *bauta* no fundo de seu baú. Ou eles tinham mudado de ideia e resolvido promover Reine. Ou ela não lavara seu prato, ou não arrumara o quarto, ou não acompanhara as páginas com as letras do libreto com a dignidade esperada de uma corista. Violetta se preparara para receber outro golpe.

— Uma lira para você, para gastar agora — dissera a abadessa, depositando uma moeda de prata sobre a mesa —, e um cequim para seu dote, para depois.

Violetta encarara a moeda de prata sobre a mesa, depois a de ouro, que desaparecia dentro de uma bolsinha preta nas mãos da abadessa. Lentamente, ela pegara a lira, apertara-a contra a mão até senti-la quente.

— Para mim?

— Sua remuneração. — A abadessa assentira com a cabeça. — Você pode usar o dinheiro como preferir. Recomendo que economize, é claro. Seu dote ficará guardado aqui na minha sala. — Ela erguera a bolsa e a guardara em uma gaveta com tranca na escrivaninha. — Cada corista tem uma. Venha até aqui uma vez por semana para receber sua mesada.

Ao sair da sala, Violetta sentira a moeda pulsando em sua mão. Ela queria sair correndo pelo portão da frente e gastá-la na primeira cafeteria que encontrasse. Não sabia o que conseguiria comprar com aquele dinheiro nem o valor das coisas na cidade. Quanto custaria um *acqaioli*? Um passeio de gôndola? Um leque de renda francês? Quanto seria o aluguel semanal de um apartamento?

Quanto precisaria pagar por uma vida fora daqueles muros?

Ela logo descobrira que as outras coristas gastavam seu dinheiro dentro do Incuráveis, em novos colarinhos de renda por cinco liras ou em frutas extras por uma lira. Mas Violetta preferia guardar o dinheiro dela no baú, com a *bauta*. Com o tempo, suas moedas se multiplicaram, e ela trocara seis por um cequim de ouro com a abadessa. E depois por outro. Um dia, encontraria uma forma de gastá-los.

Agora, durante a tarde, no intervalo entre o almoço e a missa vespertina, ela descansava a voz. Porpora acreditava que a parte da voz que falava, e não cantava, engrossava a língua e dificultava o canto, então, todos os dias, eram necessárias horas de silêncio. Violetta ouvia as observações do maestro, pegava sua partitura, sua xícara de água quente com limão e um cachecol de lã para o pescoço. Mesmo em maio, quando o clima ficava mais quente, era preciso proteger a garganta. Então, subia a escada para a suíte da *sottomaestra* do coro, onde sua espreguiçadeira de seda vermelha a aguardava. Ela e Laura haviam se mudado para a suíte dupla na primavera, quando fizeram os votos.

As duas se comprometeram a se apresentar por dez anos. Concordaram em dar aulas para duas garotas mais novas que, por sua vez, se tornariam suas assistentes. E, por último e mais importante, haviam jurado que jamais tocariam ou cantariam em público caso saíssem do Incuráveis para se casar. Violetta ficara tensa ao pronunciar os votos, sentindo o orfanato se apertar ao seu redor. Seu sonho havia se realizado, mas a que preço? Ela pensara em Mino, no que ele dissera quando lhe pedira em casamento — que os dois poderiam encontrar uma forma de burlar as regras, que ela poderia se apresentar em algum lugar de Veneza. Na época, Violetta rira da ideia. Agora, não ria mais.

Violetta sabia que devia ficar feliz pela mudança em sua vida, mas, às vezes, sentia que o horizonte se tornava cada vez mais distante. Às vezes, desejava voltar à época em que cantava com Mino no telhado, quando nada e tudo pareciam possíveis.

— Você está nas nuvens hoje — comentou Laura em uma quinta-feira de maio. Após duas horas de ensaio, ambas estavam cansadas.

Ela esfregava bálsamo de alecrim nos calos dos dedos. Violetta bebia de sua xícara fumegante. — Não responda — brincou. — Sei que não pode falar. Mas saiba que estou prestando atenção e sei que você está remoendo alguma coisa.

Violetta sorriu para a amiga, apertando os lábios de forma dramática. Cada uma tinha um grande quarto belamente mobiliado no novo alojamento, mas as duas passavam boa parte do tempo livre na sala de estar que compartilhavam. Aquele se tornara o lugar favorito de Violetta, como uma *altana* particular. Apenas ela e Laura sendo jovens, sozinhas. Podiam conversar à vontade ali — pelo menos quando a soprano tinha permissão para falar.

Às vezes, ela sentia peso na consciência por não contar à amiga sobre Mino, mas os acontecimentos daquele dia ainda eram tão dolorosos e íntimos que não conseguia mencioná-los em voz alta. Preferia guardá--los para si, como uma canção secreta e desoladora.

A suíte estava quente. A primavera desabrochara em Veneza. Agora, as noites tinham cheiro de jasmim, e as moças trocavam os vestidos de lã por leves túnicas de linho branco. A luz do sol atravessava a janela grande e brilhava, convidativa, sobre a vista para o canal.

Aquele cômodo costumava deixá-las intimidadas. Anos antes, quando se tornara aluna de Giustina, Violetta carregava partituras de um lado para o outro, da copista à sala da *sottomaestra*. Agora, ela e Laura tinham criadas, garotinhas com vozes fracas, que subiam e desciam a escada no instante que as duas pediam qualquer coisa.

Havia írises sobre a cornija da lareira, flores de glicínia sobre a mesa, um grande buquê de rosas em um vaso de cristal sobre o piano. A abadessa nunca revelava o nome dos homens que enviavam as flores, mas as amigas recebiam uma montanha de buquês a cada apresentação. Violetta não se importava com sua origem. As flores eram uma explosão de cores para as musicistas, que de repente se viam sem tempo para sair, sem conseguir nem escapar para o pátio a fim de apreciar seu único limoeiro perfumado. Quando se sentia presa no Incuráveis, mesmo em seu novo quarto luxuoso, ela enfiava o rosto nas flores e respirava fundo. Por um breve instante, tudo parecia melhor. A vibração da vida exterior se tornava mais perceptível.

— Sei que devia ficar quieta — disse Laura, erguendo o olhar enquanto Violetta cheirava as rosas, roçando os dedos pelas teclas do piano. — Mas há dias em que eu não consigo parar de pensar que não devia estar aqui. — Ela engoliu em seco, olhando para a outra moça rapidamente. Seus olhos castanhos cheios de tristeza. — Não responda. Eu só queria...

— Seu lugar sempre foi aqui — afirmou Violetta.

A amiga era mais importante do que alguns minutos de silêncio para o bem-estar de sua voz. Laura se incomodava com as circunstâncias em que fora promovida, assim como Violetta.

Quando a febre se espalhara pelo Incuráveis, Ginerva, a *sottomaestra* de violino da amiga, morrera. Laura quase morrera também, mas, recentemente, confessara que as palavras de Violetta — o desesperado *eu preciso de você* — a ajudaram a superar o pior. Agora, as duas haviam alcançado posições de destaque no coro, mas se sentiam culpadas.

— Todo mundo sabe que você nasceu para isso — continuou Violetta. — Ginerva sorri sempre que olha para baixo e vê você tocando seu violino. — Ela seguiu para a espreguiçadeira e se sentou. Tomou um gole da água quente com limão e ficou um tempo em silêncio, triste com as lembranças da própria *sottomaestra*. Giustina se recuperara da doença em janeiro, mas abandonara o Incuráveis em fevereiro. — Podia ter sido pior — disse ela. — Ginerva podia ter tido a sorte de Giustina e se casado.

— Não fale assim — rebateu Laura.

Mas Violetta falava sério. Ela se sentia responsável pela situação da mestra. Se sua apresentação no auge da febre não tivesse sido tão surpreendentemente boa, Porpora manteria Giustina na posição de primeira soprano por muitos anos. Ela só tinha 26 anos. Porém, parte dos encargos da *sottomaestra* era treinar a próxima corista, e Violetta provara que estava pronta — bem mais cedo do que o esperado. O maestro gostava de jovens talentos. Dezoito era melhor que 26. E, simples assim, com o foco nos futuros rendimentos da igreja, Violetta fora promovida. Giustina poderia ter permanecido como uma maestra que não se apresentava ou como uma soprano de menor importância no coro, mas não seria a estrela.

Ela jamais se esqueceria do dia em que Giustina a convidara para visitá-la no quarto — na cama que agora era sua — e pedira a Violetta que cantasse. A jovem já sabia o que tinha de fazer, a emoção exata que devia sentir para fazer sua voz decolar, mas não precisou pensar em Mino naquele dia. Sua tristeza pela *sottomaestra* bastava. Ela cantou a ária favorita da mentora, da ópera *Alessandro nell'Indie*, de Hasse. Giustina perdera a fala, tudo que conseguiu fazer foi beijar sua mão. Ela aceitara seu destino e seu casamento com uma dignidade silenciosa que assombrava sua pupila.

— Um dia, a mesma coisa pode acontecer conosco — comentou Violetta. — Talvez seja melhor não sermos tão boas professoras quanto nossas *sottomaestras*. Assim estaremos pedindo para sermos substituídas.

— De novo com essa conversa, Violetta? — A outra moça balançou a cabeça. — Casar não deve ser tão ruim assim. E se o seu marido for um homem bondoso? Pense nos bebês. Eu gostaria de ensinar minhas filhas a tocar violino um dia.

— Eu, não — respondeu ela, apertando o cachecol. — Nunca.

Violetta sentiu que Laura a encarava. Então pegou sua partitura e tentou se concentrar na ária, ciente de que suas bochechas estavam ficando vermelhas. Aquele debate não era novidade entre as duas, e Laura sempre discordava do fato de ela jamais querer se casar. Porém, hoje, havia algo diferente. A conversa fazia Violetta suar. A palavra *casamento* não era mais uma possibilidade remota, e sim o motivo pelo qual Mino a odiava. O motivo pelo qual tudo dera errado entre os dois.

— Você sente falta dele? — perguntou Laura. Ela sorriu, como se quisesse amenizar a tensão, mas seus olhos brilhavam de curiosidade. — Você sabe de quem estou falando.

O coração de Violetta perdeu o compasso.

— Como você sabe? — sussurrou ela por fim, aliviada por poder compartilhar o segredo e arrasada por ter de falar de Mino em voz alta.

A amiga olhou para baixo e massageou os calos nos dedos.

— Às vezes, eu acordava quando você saía da cama. Uma noite, segui você até o sótão, vi quando saiu pela janela. Para o telhado. Fiquei tão chocada que não consegui me mexer. Então escutei um barulho e me escondi. Era ele, fazendo o mesmo caminho alguns minutos depois.

— Laura pareceu tímida ao encontrar o olhar de Violetta. — Nunca vou me esquecer da sua felicidade no café da manhã do dia seguinte. Admito que fiquei com inveja. E fascinada. Depois disso, eu sempre percebia quando você o encontrava.

— Ah, Laura — disse Violetta, ofegante, as mãos pressionando o peito. — Meu coração está tão apertado.

A amiga se aproximou imediatamente, sentou-se ao seu lado e apoiou a testa na de Violetta.

— Eu sei. Sempre quis perguntar como era estar lá em cima, com ele. Mas você acha que me preocupo demais.

— Então ficou preocupada com o fato de eu me preocupar por você se preocupar? — perguntou Violetta, e as duas riram, apesar de tudo.

— Fiquei com medo de você achar que eu a deduraria. Mas então, quando a abadessa castigou você, quando ele foi embora, não consegui lhe dizer que eu entendia. E, agora, as coisas estão tão diferentes. — Ela olhou ao redor da sala com uma descrença palpável. — Mas você continua triste. — A violinista segurou as mãos da amiga. — O que aconteceu?

Violetta deixou que os olhos de Laura a aquecessem, como faziam quando as duas eram mais novas.

— Ele me pediu em casamento.

Laura arfou.

— Por que você não aceitou?

Ela não devia ter se surpreendido com a reação imediata da amiga. Laura era uma romântica inveterada. Se estivesse no lugar de Violetta, teria aceitado.

— E o coro, Laura? — perguntou ela. — Você abandonaria seu violino hoje para nunca mais tocar?

— E o amor, Violetta? Você abriria mão do amor para sempre? Você o amava, não é? Não continua amando?

Violetta fechou os olhos. *Eu era dele, ele era meu.* Mas que diferença isso fazia? Ela estava ali. Havia escolhido a música em vez de Mino. E o magoara tanto que nunca mais o veria de novo.

— Violetta?

— Isso é passado — sussurrou ela.

Foi um alívio quando as assistentes delas, Helena e Diana, entraram na sala para encher sua xícara e trocar as flores dos vasos.

𝄢

Naquela noite, deitada na cama, Violetta não conseguia parar de pensar em Mino. Nem dormir; não queria sonhar com a música deles. Tentou tirá-lo da cabeça, mas nada — nem as músicas de Porpora, nem a apresentação do dia seguinte, nem o desejado banho da manhã — era capaz de competir com suas lembranças. Ela ainda conseguia se recordar da sensação de estar naquela ponte, olhando para o Grande Canal. Como a vida parecera maravilhosa ao lado de Mino.

Violetta se levantou, foi até a janela e abriu a vidraça inferior. Em seguida, inclinou-se para fora, a fim de inalar o ar quente da primavera. Aquilo era maravilhoso, mas faltava alguma coisa. Observar o canal, com suas gôndolas iluminadas, tomadas por risadas, não bastava. Nem mesmo subir ao telhado bastaria.

Ela passara uma tarde de sua vida passeando pela cidade, sem supervisão; aquela não poderia ser a única oportunidade que teria.

Se tivesse aceitado o pedido de Mino, perderia a música, mas poderia encontrar outras alegrias no mundo. Será que ele as encontrara? Será que tinha mudado com essas descobertas? Ela queria conseguir imaginar a pessoa que seria agora, se tivesse aceitado o pedido de casamento.

Violetta foi até o baú e pegou seu vestido mais elegante, o de seda branca que usara na primeira apresentação com o coro. Como ele parecera bonito quando o vestira, com suas mangas adornadas com renda de bilros. Agora que pretendia usá-lo fora do Incuráveis, notava apenas sua simplicidade gritante. Mas ele teria de bastar. Ela tirou a camisola lisa e passou o vestido pela cabeça, puxando-o pelo corpo e alisando-o na altura do quadril. Em seguida, calçou os sapatos.

Finalmente, enfiou a mão no fundo do baú e encontrou a *bauta* branca, então amarrou a fita preta. Mesmo sozinha no quarto, já se sentia diferente, inquieta, com uma empolgação ávida. Violetta encarou a janela e esticou os braços da forma como vira as mulheres fazendo quando dançavam com os parceiros nas *piazzas*. Girou, mas o ar quente da noite não retribuiu seu abraço. Ela parecia uma criança.

Então voltou para a janela. Era o dia da Festa da Ascensão, o começo das duas semanas de festejos pelo casamento simbólico de Veneza com o mar. Violetta sentia a alegria pulsante que emanava da rua lá embaixo, dos grupos de rapazes e moças iguais ela — porém livres.

Ela tirou a capa do gancho ao lado da porta. Virou-a do avesso. Seu coração disparou.

Só uma noite. Só para ver como seria. Talvez ela entrasse em uma taberna. Talvez flertasse com um cavalheiro mascarado. Uma hora de liberdade nas ruas lhe renderia meses de lembranças quando voltasse às regras do Incuráveis. Aquele seria seu novo segredo. Ela poderia saborear as recordações quando se sentisse sufocada.

Se a descobrissem fora do orfanato no meio da madrugada, ela seria expulsa do coro. Mas, se não seguisse seu coração, perderia uma parte de si ainda mais importante do que a música.

Ela precisava tentar. Só não podia ser descoberta.

Será fácil, disse Mino em sua mente, brincalhão, incentivando-a.

A Zattere ficava dois andares abaixo do quarto. A escultura da órfã sobre a entrada do dormitório formava um apoio entre Violetta e o chão. Ela observou a distância. Parecia infinita. Então se lembrou de uma conversa que ouvira na *altana*, sobre uma escada de pano que um gondoleiro mantinha no barco para os momentos em que alguém precisava fugir de encontros amorosos no segundo andar de uma casa. Ela poderia voltar pelo parapeito desnivelado, mas escalável, que saía da janela da dispensa do boticário no térreo. Depois daqueles anos no sótão, soltar vidros de janelas era fácil. Aquela entrada específica fora descoberta na tarde em que Mino lhe pedira em casamento.

Com as mãos trêmulas, Violetta tirou o lençol da cama e amarrou uma extremidade ao varão da cortina, preso à parede. Deu um puxão e sentiu a firmeza do nó. Então fechou os olhos, se benzeu e rezou, pedindo proteção à *Madonna*, antes de jogar um pé e depois o outro pela janela. Segurando a corda improvisada, saiu do parapeito.

Cada músculo em seu corpo se tensionou enquanto ela descia lentamente pelo lençol. Quando a ponta de um dos pés tocou a cabeça da órfã, um gritinho alegre escapou de seus lábios. Ela se equilibrou. Não sabia para que lado iria quando chegasse ao chão. Mal podia esperar para descobrir.

Violetta embolou o lençol enroscado e, depois de três tentativas, finalmente conseguiu jogá-lo de volta no quarto, pela janela aberta. Da estátua, só precisava se pendurar ligeiramente e pular para a rua. Ela pensou em todas as vezes que olhara para baixo enquanto subia no telhado. Hoje, enquanto saltava para as pedras da Zattere, preferiu olhar para as estrelas.

Seu tornozelo doeu quando ela chegou ao chão, mas não adiantaria de nada se preocupar com aquilo agora. Ela ajeitou as roupas, posicionou a máscara no lugar certo e saiu correndo.

Era tão bom estar sozinha, independente de uma tribo de órfãs. Naquela noite, o ar parecia vivo, tomado pela primavera, e ela não se sentia sufocada pelo tamanho dos edifícios, e sim abraçada por eles. O vestido esvoaçava às suas costas, a fita da *bauta* balançava ao vento frio. Ela virou uma esquina e esbarrou em um grupo de pessoas fantasiadas.

— Desculpe — disse Violetta, conferindo se a máscara continuava no lugar.

— Você terá que nos recompensar por essa ofensa — respondeu um rapaz mascarado, fazendo uma mesura. — Venha conosco.

Violetta riu. Será que ele estava brincando?

O rapaz fazia parte de um grupo de seis pessoas: quatro moças, dois homens. Eles dividiam uma garrafa entre si; uma das mulheres ergueu a máscara para levá-la aos lábios. Então começaram a cantar uma música animada, executando passos de dança rodopiantes; Violetta nunca vira nada parecido com aquilo.

Uma das mulheres usava uma capa preta com a gola aberta. Por baixo, via-se o brilho de um belo vestido de seda cor-de-rosa, decotado, com um corpete cheio de fitas que refletiam a luz das velas na esquina da *calle*. Violetta se deu conta de que seu vestido era recatado e inadequado. Até suas melhores roupas pareciam estranhas fora do Incuráveis. Ela sentiu vergonha da capa virada do avesso, de como suas origens poderiam ser facilmente identificadas pela cor do tecido. A máscara era a única coisa que a aproximava dos demais.

— Aonde você vai sozinha? — perguntou o rapaz.

— Não sei — respondeu ela, nervosa, e riu.

— Então venha conosco — sugeriu a moça de vestido cor-de-rosa. — Estamos indo para uma festa fabulosa em um *palazzo* ao lado de La Sirena.

Antes que Violetta pudesse recusar o convite, a mulher enroscou o braço dela ao seu, e a questão foi resolvida. Ela se uniria ao grupo. Que diferença fazia para onde iriam?

Eles andavam rápido, e as solas de madeira do sapato incrustado de joias de sua nova amiga estrepitavam alegremente pela rua pavimentada de pedras. Violetta precisava correr para acompanhá-la em suas silenciosas sapatilhas de couro. Ficou com inveja da percussão dos passos da outra moça. Ela também queria criar música com o corpo.

— Como você se chama? — perguntou a mulher. Seu perfume tinha cheiro de rosas.

Letta foi a primeira resposta que lhe veio à mente. Mas ela não usaria o nome pelo qual apenas Mino a chamava. E não podia dizer que se chamava *Violetta*, é claro. Ela se tornara famosa por cantar no Incuráveis. Já ouvira algumas pessoas na igreja chamando-a de *Violetta, voce d'angelo* — voz angelical —, para sua grande surpresa.

Atrás da mulher, um ramo de jasmim chamou sua atenção. Eram as mesmas flores que Mino espalhara na cama do apartamento naquela tarde. Flores de rua. Flores simples. Nem ao menos um dos buquês que recebera nos últimos meses tinha um cheiro tão bom quanto o jasmim de Mino.

— Gelsomina — respondeu ela.

A resposta não fez diferença nenhuma para a mulher, que cravou as unhas pintadas ao redor do braço de Violetta e voltou a cantarolar sua música bêbada. Apressado, o grupo virou a esquina da *calle*. Algumas poucas velas iluminavam a rua. Mas, no intervalo entre elas, as *calli* permaneciam nas sombras, e havia longos trechos em que Violetta não conseguia enxergar quase nada, nem o caminho por onde ia, nem as pessoas ao seu redor.

Aquilo era emocionante e assustador, e, quando ela subitamente se viu diante da Scuola Grandi della Carità, o instituto que treinava músicos leigos, destino de dezenas de caminhadas para angariar donativos feitas pelo orfanato, mal conseguiu acreditar que permanecia na mesma cidade, a minutos de distância do Incuráveis. Ela queria se afastar de qualquer lugar onde já estivera, ao mesmo tempo que também queria parar e absorver cada segundo da noite.

Mas ela foi puxada pelo ritmo de seus novos amigos, que dançavam sobre as pontes, seguindo em fila para passar por grupos praticamente idênticos a eles. Será que ela poderia ter feito amizade com outras pessoas, seguido para um lugar diferente? Sua jornada era imprevisível. Violetta não queria imaginar aonde chegaria.

A noite tinha um clima mágico, toda a lagoa de Veneza parecia irradiar expectativa por tudo que ainda poderia acontecer. A jovem aprendeu a letra da música e começou a cantar com uma alegria hesitante quando os companheiros pararam diante de um grande portão de ferro.

Como ele estava aberto, todos entraram e seguiram até um jardim. O espaço não era grande, talvez do tamanho de sua suíte no Incuráveis. Em Veneza, se alguém quisesse um quintal espaçoso, teria de comprar um *palazzo* na ilha da Giudecca, menos populosa. Mas aquele jardim era iluminado por velas e muito bem-cuidado. Dois arbustos enormes tinham sido podados em forma de querubins voadores.

— Por aqui — orientou a mulher que ainda segurava seu braço.

Ela gesticulou para o *palazzo* diante do jardim. A casa era majestosa, com quatro andares em mármore num tom claro de cor-de-rosa e candelabros acesos em cada janela.

Duas tochas indicavam a entrada. Um criado de máscara, vestido de preto e exibindo uma volumosa peruca branca, guardava a porta. Ao ver o grupo, para o fascínio de Violetta, ele a escancarou e gesticulou para que entrassem.

Uma multidão de mascarados a empurrou para o hall de entrada. O pé-direito era altíssimo, e o piso requintado do *terrazzo* era feito de mármore preto e branco. Os outros convidados pareciam não reparar no esplendor da festa, como se aquilo tudo fosse normal. E talvez fosse mesmo.

À esquerda, três baús enormes estavam abertos, revelando uma imensidão de acessórios coloridos. Uma placa de madeira pendurada acima anunciava:

Fantasie-se à vontade.

Os convidados os atacavam, revirando-os em busca de algo que embelezasse suas fantasias já extravagantes. Violetta os imitou, ficando na ponta dos pés atrás da multidão, tentando ver as opções.

Um dos baús fora designado para abrigar apenas pilhas de uma máscara preta chamada *moretta*, que as mulheres da *altana* costumavam usar. Ela não tinha fitas nem cordas. Parecia presa ao rosto por milagre. Porém havia um minúsculo botão preto no interior, atrás dos lábios, que devia ser mordido. A pessoa que usava a *moretta* devia permanecer muda. Quando Violetta era mais nova, achava aquela ideia assustadora, mas as moças da *altana* riam ao falar daquilo, erotizando a peça. Agora, ela começava a entender. Uma mulher podia esconder a voz — assim como os seios ou a parte interior e macia das coxas — até decidir revelá-la.

Hoje, a amiga do vestido cor-de-rosa escolheu a *moretta*, e Violetta cogitou fazer o mesmo, mas ficou com medo de se distrair, abrir a boca e soltar a máscara. Não podia se arriscar.

Então, escolheu um enorme leque de renda preta, do tamanho de um alaúde, uma coroa entremeada com flores roxas e uma capa emplumada de zibelina azul, pecaminosamente macia. Ela a jogou por cima dos ombros e amarrou a fita sedosa em torno do pescoço. Em seguida, abanou o leque diante da máscara, aproveitando o delicioso anonimato.

Violetta atravessou o hall e entrou em um imenso salão de baile, decorado com grandes buquês de rosas perfumadas. Um grupo de convidados observava a festa da varanda no segundo andar, que rodeava o cômodo. Tapetes persas e velas mais grossas que garrafas de vinho davam um clima aconchegante à festa, mas qualquer um que se aproximasse de algum grupo de pessoas perceberia que o salão era animado por risadas, conversas acaloradas e mãos-bobas.

Ela piscou, maravilhada. Ali, todas as histórias que ouvira da *altana* ganhavam vida. Aquele era o lugar mais emocionante a que já fora, melhor que qualquer fantasia de sua infância, porque era real. E ela estava participando de tudo. Sua vida nunca mais seria a mesma.

No fundo, ouvia-se o som de uma harpa e de uma soprano, mas Violetta estava longe demais para escutar direito. Ela se aproximou, abrindo caminho entre a multidão, sem se afastar das paredes em tom pastel. Parou diante de uma pintura da Fortuna sorrindo para um casal mortal. Depois, desviou de uma pilha de convidados esparramados uns sobre os outros nos móveis, que tinham sido encostados na parede para abrir espaço para a pista de dança.

Mulheres vestidas de homens cruzavam o salão com bandejas de prata, servindo bebidas. A jovem as observou, se perguntando como seria usar roupas masculinas, parecer atraente para os dois sexos. Laura já teria desmaiado se estivesse ali, mas Violetta queria tocar a bochecha das criadas, as barbas desenhadas em seus queixos.

— Aceita um champanhe?

Uma das mulheres fez uma mesura diante dela, imitando a voz grossa de um homem. Aturdida, Violetta pegou uma taça e tomou um gole. Ficou surpresa quando sua boca pareceu formigar. Nunca sentira nada assim. Era maravilhoso, tinha um sabor muito diferente do vinho aguado que as coristas bebiam no jantar. A bebida tinha o gosto de flor de limoeiro com um toque de açúcar.

Desde que fora promovida ao coro, ela ficava incomodada em ser o centro das atenções. Naquela festa, estava livre. Podia fazer comentários bobos e beber. Ninguém a notaria. Ninguém se importaria.

Seus novos amigos haviam desaparecido. Todos se transformaram em pessoas diferentes quando entraram ali.

Violetta passou por um homem de peruca branca encaracolada, sentado em uma almofada azul peluda, com o rosto entre as mãos, se debulhando em lágrimas.

Uma mulher se inclinou na direção dele e ergueu seu rosto, oferecendo uma taça de champanhe, murmurando algo. O homem levantou um pouco a *bauta* torta e tomou a bebida como se fosse água. Depois, voltou a chorar.

— Ele está bem? — perguntou Violetta enquanto a mulher mostrava a taça para uma das criadas, sinalizando que queria mais.

A moça sorriu. Sua máscara era pequena, escondendo apenas os olhos e destacando uma pinta desenhada na covinha de sua bochecha esquerda. Os lábios tinham sido pintados de vermelho com ruge, algo proibido nas ruas de Veneza. Quando ela os abriu, o efeito foi hipnotizante.

— Ele acabou de perder a amante em uma partida de faraó.

Violetta ficou confusa com a resposta — seria a amante uma cortesã? O homem era *dono* dela? Achou melhor guardar essas dúvidas para si.

Agora, entendia por que o nome La Sirena lhe parecera tão familiar. Ela já ouvira boatos sobre o cassino mais exclusivo de Dorsoduro, onde fortunas e reputações nasciam e morriam, onde casos amorosos começavam por trás de cortinas de veludo. Seus cômodos escuros ignoravam as rígidas leis da república que proibiam joias, maquiagem e jogos de azar. As pessoas deviam ter vindo à festa depois de passar a noite fazendo apostas. Ela se lembrava de um comentário das mulheres da *altana*.

— La Sirena pode tirar quase tudo de uma pessoa — repetiu agora.

— De fato — respondeu a mulher, se inclinando para perto dela, falando baixo. — Mas também pode dar quase tudo. No *carnevale* passado, meu amante ganhou duas girafas africanas de um sultão. Ele as deixa em um estábulo às margens do Lido. Elas têm flancos tão macios.

— Eu a salvaria se pudesse jogar mais uma partida — choramingou o homem, ainda sentado na almofada.

A mulher chegou mais perto de Violetta, balançou a cabeça e sussurrou:

— Na verdade, ele está chorando porque, quando o dinheiro acabou, foi a *amante* que sugeriu ser apostada. E porque ela se jogou nos braços do vencedor. Carlo não teve tempo nem de me pedir um empréstimo. Carina já havia ido embora. — Dando um tapinha no ombro do homem, a mulher continuou: — Você não vai precisar esperar nem uma hora, Carlo. Ela voltará mais apaixonada do que nunca. O senador Gritti não tem nada de especial. Eu sei bem disso. — Ela estalou a língua, segurando-o por baixo dos braços e ajudando-o a se levantar. — Não esqueça, nosso anfitrião gosta de vencedores, não de perdedores. Então, se você não estiver disposto a se levantar e dançar, é melhor ir chorar em uma taberna qualquer.

O homem se empertigou, tirou a máscara para secar as lágrimas. Seu rosto era jovem e belo — pele bronzeada, dentes bonitos —, mas os olhos estavam vermelhos e tristes. Só então ele pareceu notar a presença de Violetta. A mesura com que a cumprimentou foi extravagante, encostando os fios da peruca no mosaico no piso do *terrazzo*.

— Pode me dar a honra de dançar a *furlana* comigo, moça desconhecida?

Violetta queria se concentrar na música, fechar os olhos e destrinchá-la em sua mente, mas achou que um homem na situação de Carlo não devia sofrer outra decepção, independentemente do quão nervosa ela se sentia por não saber dançar.

— Não conheço os passos — avisou, aceitando a mão oferecida.

— Tudo bem. Apenas escolha uma emoção e se agarre a ela como se fosse uma amante. — Carlo passou os braços em torno de sua cintura e a guiou para a pista de dança. — Eu escolho a agonia. Desde que me apaixonei por Carina, sou o melhor dançarino em todos os bailes.

Violetta apertou sua mão. Ele a encarou, e, através de suas respectivas máscaras, a dupla se entendeu.

Carlo a girou com tanta empolgação que seus pés saíram do chão. Quando ela observava dançarinos pela cidade, sempre achava que a dança era uma parceria, exigindo dois parceiros habilidosos. Porém, agora, não restava qualquer dúvida sobre o que devia fazer com as pernas, os braços e o quadril. Seu companheiro se movia com tanta determinação que suas mãos pareciam afiná-la, como se ela fosse um instrumento. Violetta se lembrou de quando girara diante da janela, mais cedo naquela noite, sabendo que não havia nada de infantil no que fazia agora.

Ao lado da harpista, uma cantora estava de pé, elegante em uma peruca ruiva e máscara branca. Ela não cantava com a entonação suave do vêneto, e sim com um sotaque que Violetta nunca ouvira antes.

Importada, percebeu ela. Austríaca ou napolitana. As melhores musicistas de Veneza viviam enclausuradas nos *ospedali*. Para cantar em uma casa de ópera ou em uma festa particular como aquela, a cantora precisaria vir de longe.

No meio da canção, Violetta já pegara o ritmo, feliz por encontrar a dançarina dentro de si. Quando a música terminou, ela se sentia diferente, mais mulher do que antes.

— Foi maravilhoso — disse, ofegante.

Carlo abriu um sorriso triste, sem soltá-la.

— Então, qual é o nome dele?

Violetta piscou. Que emoção sua dança transmitira? Ela desviou o olhar, sem querer pensar em nada além daquela noite.

Duas mãos cobriram os olhos de Carlo, e ele se virou para encarar uma moça minúscula que parecia um passarinho, cabelo louro esbranquiçado e uma máscara preta com adornos dourados.

— Viu só como você consegue viver sem mim? — perguntou ela em um tom brincalhão, indicando Violetta com a cabeça, sua máscara vibrando com a risada.

— Carina — disse Carlo, enchendo o pescoço da mulher de beijos. — Como eu sofro por sua causa. Não consigo viver sem você.

Carina o aninhou enquanto ele apoiava a cabeça em seu peito. E sorriu para Violetta.

— Seu amante também fica arrasado quando você dança com outro homem?

A lembrança de Mino beijando Reine imediatamente surgiu na mente de Violetta. Ela a expulsou, mas não conseguiu responder.

Carlo ergueu a cabeça, parecendo se lembrar da companheira de dança. Então fez outra mesura, beijou suas palmas e ambas as bochechas da máscara.

— Vou procurar por você sempre que eu ouvir uma harpa — disse ele.

— Será um prazer dançar com sua agonia de novo — respondeu Violetta, deixando-o com Carina.

Mas, depois que o casal rodopiou para longe, ela se sentiu extremamente sozinha. Decidiu atravessar o salão, passando sob um arco em busca de ar fresco. Do outro lado, deparou-se com uma escadaria de mármore iluminada por velas.

Ao subir um andar, Violetta encontrou uma biblioteca vazia, com uma varanda fechada por uma porta de vidro. A lareira estava acesa. Ela olhou ao redor, certificando-se de que ninguém a veria cruzar a sala. Então girou a maçaneta dourada e saiu. Estava um pouco mais frio lá fora. O ar tinha cheiro de mar, parecendo grudar na pele.

O Grande Canal se estendia à sua frente. Ela nunca o vira tão de perto. A única vez que se aproximara do rio fora naquela ponte com Mino, e, mesmo assim, vira apenas um pedacinho ao longe. Agora, Violetta olhou para a esquerda, para as fileiras curvadas de *palazzi* que ladeavam o canal. Olhou para a direita, onde a corrente seguia até a lagoa. Como a água era rápida e plácida ali. Ela a ouviu batendo contra os degraus cobertos de musgo do píer do *palazzo*.

Três gôndolas se balançavam lá embaixo, amarradas a estacas com tiras de couro. Ela se perguntou quem as guiava e para onde. A água do Grande Canal era tão bonita quanto a do canal da Giudecca, com a diferença que, ali, as belas casas na outra margem estavam tão próximas que ela conseguia ver seu interior pelas janelas. Bem na sua frente, outro salão exibia outro candelabro aceso, com outros mascarados dançando sob ele.

Será que todas as festas eram tão elegantes quanto aquela em que estava? Será que a extravagância se devia ao começo da *Festa della Sensa*, ou isso dependia apenas das preferências e condições financeiras do anfitrião? Será que algum dia descobriria a resposta para essas perguntas?

Ou iria embora dali, voltaria para o Incuráveis e nunca mais conseguiria fugir? Impossível. Uma moça não podia sentir o gosto de champanhe apenas uma vez na vida. Aquela noite seria um começo.

Seus pensamentos se voltaram para Mino. Será que as noites dele eram assim agora? Será que frequentava ambientes tão bonitos, com vistas tão espetaculares? Será que ele pensava nela?

Quando saíra do orfanato, o objetivo de Violetta não fora encontrá-lo no vasto labirinto que era Veneza. Ela não era tão tola assim. Mas a possibilidade passara por sua cabeça.

E se o encontrasse? E se os dois se reconhecessem? O que aconteceria?

Eu sou sua, você é meu...

Ela cantou para a noite veneziana.

— Você está fazendo a cantora napolitana passar vergonha lá embaixo — disse um homem às suas costas.

Violetta se virou, sem saber que alguém a escutava. O estranho parado na soleira da porta era alto e usava uma beca preta adornada com pelo de esquilo. Ela notou suas mangas, que simbolizavam a importância do dono. A forma correta de se cumprimentar um aristocrata era beijando sua manga; quanto mais larga, mais próxima do chão seria a mesura daquele que o cumprimentava. Se ela fosse cumprimentá-lo como mandava o figurino, seu queixo bateria no chão.

Ele não usava máscara. Violetta não vira mais ninguém com o rosto exposto naquela noite, e o achou extremamente bonito. Seu cabelo era escuro e espesso, preso com uma fita na nuca — bem diferente das perucas que a maioria dos convidados usava. Seus olhos radiantes eram de um azul claríssimo, como as estalactites de gelo que surgiam nas janelas durante a madrugada. Ele era mais velho, mas era difícil avaliar o quanto. Havia algo magnético naquele homem, algo que ia além de seus belos traços, de seu porte imponente, de suas roupas elegantes, apesar de Violetta não conseguir determinar o que era.

Então percebeu que ele já a observava fazia um tempo, desde antes dos breves segundos de sua canção. Parte dela se perguntou se o homem a vira dançar com Carlo, se observara o momento em que chegara à festa, em que fora convocada a se unir ao grupo de desconhecidos na rua, ou até quando fitara a lua e decidira que sua vida não era suficiente. Talvez ele tivesse visto tudo — ou talvez conseguisse ver tudo agora. Havia algo estranhamente perceptivo em seu olhar.

— Desculpe — disse ela. — Achei que estivesse sozinha.

O homem ergueu uma das sobrancelhas e sorriu.

— Um baile de máscaras é o melhor lugar para encontrar a solidão. — Quando Violetta baixou a cabeça, ele continuou: — Estou falando sério. Acho que as festas sempre parecem melhores de longe, quando estamos apenas observando.

Ele chegou mais perto, indicando a janela com a cabeça, chamando atenção para a festa no *palazzo* do outro lado do rio.

— Talvez tudo pareça melhor de longe — disse ela.

Agora, o homem se virou para encará-la, a centímetros de distância.

— Você, não. Nem sua música. — Devagar, ele esticou uma das mãos e tentou erguer a máscara dela. — Posso tomar a liberdade?

Violetta se afastou.

— Não!

Ela se desviou, encarando a porta, pronta para ir embora. Já se arriscara o bastante por uma noite. Estava na hora de voltar.

O homem segurou sua mão, mas então, sentindo seu nervosismo, a soltou.

— Tudo bem — disse ele. — Se não posso ver o seu rosto, como posso ouvi-la cantar de novo? Onde se apresenta? Não me diga... Você é a nova estrela do Teatro San Angelo. Todos a comparam com...

— Não — respondeu Violetta. — Não sou... Aquela música é só minha.

— Isso deveria ser considerado um crime — brincou o homem. — Um veneziano respeitável a denunciaria para o Conselho dos Dez. Para sua sorte, eu não sou respeitável.

Apesar de suas reservas, ela riu, e o homem respirou fundo, parecendo se soltar.

— Perdoe minha audácia. Mas sua voz me lembrou alguém que eu conhecia. — Um sorriso atravessou o rosto dele, mas Violetta sentiu que o tom despreocupado era falso. Ela queria saber o que ele escondia. Por um instante, os dois ficaram em silêncio. — Você cogitaria voltar em outra noite e se apresentar para uma plateia?

— Voltar aqui? Essa festa é sua? — perguntou ela.

O desconhecido assentiu.

— Sou completamente desafinado. Acabei me tornando patrono das artes. Passei a vida inteira tentando entender como fazem os grandes musicistas.

— Já ouvi falar que, para dançar bem, só precisamos seguir um sentimento. Talvez isso seja válido para todos os tipos de apresentação.

— Você acredita mesmo nisso? — perguntou ele.

Violetta sentiu que o homem tentava se aproximar dela com aquelas palavras. Era interessante conhecer alguém que patrocinava músicos fora do Incuráveis, mas ele não poderia ajudá-la. Ela era uma corista agora. Bem ou mal, já tomara sua decisão. Seria melhor tirar o foco da conversa de si mesma, afastar a tentação de sonhar com o que poderia ter sido e entregar sua identidade.

— Acho que os venezianos adoram sentimentos intensos — respondeu ela. — Não importa quais sejam.

— Talvez esse seja o problema da minha festa — argumentou o homem. Violetta esperava que ele olhasse para trás, na direção do som da baderna no andar de baixo, mas seu olhar continuou focado nela. — Sempre quero criar eventos tão bons que não deixem espaço para ninguém sentir nada além de prazer. Só que os convidados trazem uma variedade de emoções, de conflitos e arrependimentos.

Enquanto Violetta refletia sobre aquelas palavras, o relógio soou meia-noite. Gritos de alegria vieram do salão de baile. A harpa passou a tocar um *accelerato*, acompanhada por uma trombeta.

— Preciso ir — disse ela, porque algo naquele homem a instigava a permanecer ali, e tal desejo, mais do que qualquer outra coisa naquela noite, era perigoso.

Ela queria observar um pouco mais da impetuosidade da festa, mas já estava abusando da sorte. Logo, amanheceria. Não podia arriscar aparecer exausta ou rouca no ensaio. Então passou por ele, saindo da varanda.

— Você pode ficar um pouco mais?

A tristeza na voz do homem a fez parar na porta da biblioteca. Ela se virou e o observou seguir até a escrivaninha. Ele abriu uma gaveta e, depois de um instante, ergueu um saco branco de veludo. Então o desamarrou, tirando dele uma grande pedra redonda presa a uma corrente dourada.

A pedra tinha a cor exata do céu noturno, e seu interior estava salpicado com uma infinidade de grãos em um tom de azul mais claro, que pareciam estrelas. A cor mudava completamente quando o objeto era inclinado em um ângulo diferente ou quando iluminado por uma vela. A pedra se tornava mais escura, brilhando com mais exuberância.

Violetta ficou paralisada quando ele se aproximou e prendeu o cordão em torno de seu pescoço. Os dedos do homem roçaram sua pele, e um calor lhe subiu pelo corpo, chegando às suas bochechas.

— Quando você mudar de ideia — disse ele —, se quiser cantar para uma pessoa ou mil — sua voz era baixa, ao ouvido da jovem —, me procure. Aqui ou no meu cassino no fim da *calle*. Use o colar. Ninguém vai perguntar o seu nome. Meus funcionários a reconhecerão pela opala negra.

6

À meia-noite da Festa da Ascensão, uma noite bonita e agradável de maio, Mino corria pela Piazza San Marco, recolhendo as mesas e as cadeiras ainda ocupadas pelos clientes no pátio do café Venezia Trionfante. Para os ricos que tomavam vinho Madeira e flertavam sob os arcos, nunca anoitecia na *piazza*. Porém, para os donos das cafeterias, meia-noite era o momento em que os *sbirri* começavam a multar os estabelecimentos que ainda tivessem mobília na rua.

Floriano, o dono do Venezia Trionfante, era possuidor de uma esperteza muito veneziana. Ele encontrara uma brecha na lei e contratara homens como Mino para trocar os móveis de vime por gaiolas e caixas de madeira vazias que encontrava na feira vizinha. As regras dos *sbirri* não proibiam gaiolas na rua, então a festa podia continuar até o amanhecer.

Com o dinheiro da viagem de gôndola que fizera três meses antes, Mino comprara roupas novas e começara a alugar quartos em hospedarias. Porém, da mesma forma que todos os empregadores que o contrataram para pequenos serviços desde então, Floriano balançara a cabeça quando ele lhe mostrara o rosto na sua metade da pintura.

— Nada? — perguntara o rapaz, e algo em sua voz fizera o dono da cafeteria encará-lo com pena. — Minha mãe... — tentara explicar.

— Você pode trabalhar aqui sob a condição de que não vai mostrar essa pintura para os meus clientes. A pintura... e essa cara de coitado que está fazendo. — Floriano balançara a cabeça. — As pessoas vêm aqui para se divertir. — E então dera um leve soco no ombro de Mino. — Espero que consiga encontrá-la. Mas não aqui.

Floriano lhe pagava quatro soldos pela hora em que ele passava removendo as cadeiras dos clientes e substituindo-as por gaiolas de variados tamanhos. Para as damas, Mino cobria as superfícies com um guardanapo de linho para que não sujassem suas saias, reacomodando-as nos assentos com tanta delicadeza que elas mal percebiam que tinham trocado de lugar.

Antes de meia-noite e meia, o grupo todo já estava sentado mais perto do chão e cheirava levemente a feno, mas as conversas haviam se tornado mais íntimas, focando nos escândalos e nos bailes de máscaras mais recentes, nas modas francesas que seriam vendidas na manhã seguinte no centro da *piazza*. Pelas duas semanas seguintes, durante a *Festa della Sensa*, a aristocracia de Veneza faria compras nessas tendas. As pessoas encheriam seus guarda-roupas com vestes parisienses suficientes para durar até o próximo ano, quando as tendas voltariam.

A maioria das mulheres no Venezia Trionfante queria flertar com Mino, acariciar suas bochechas lisas, amarrar as *baute* em sua cabeça para vê-lo mascarado, passar as longas unhas pintadas por seu cabelo, mas ele sempre conseguia fugir de suas garras. De todos os seus empregos informais, aquele era o que pagava melhor, mas exigia eficiência. Mino já prometera a centenas de clientes que as encontraria mais tarde em uma festa ou em uma taberna escura, mas nunca cumpriu as promessas, e as mulheres não pareciam se importar. Naquele meio social, havia uma diversão em cada esquina.

Aquele contato próximo com a aristocracia era muito desconfortável. Não fazia muito tempo que ele sonhara em ter uma vida simples com Letta. Porém, agora que vivia nas ruas, os trabalhos que conseguia obrigavam-no a servir os aristocratas mais ricos de Veneza. As máscaras, as fantasias e as mentiras infinitas o deixavam exausto. Nada naquelas pessoas parecia real. Toda noite, depois que recebia seu dinheiro, Mino sentia vontade de sair vagando sem rumo, de deixar para trás a fantasia coletiva compartilhada pelos clientes endinheirados.

Às vezes, entrava em alguma taberna barata para beber, e essas noites sempre acabavam em decepção, com Mino mostrando a metade que tinha da pintura para um desconhecido que não compreendia sua busca nem se importava com ela. Mas, na maioria das vezes, ele zanzava pelas ruas com Sprezz, repousando na cama que pudesse bancar apenas quando não conseguia mais andar.

O cachorro esperava por ele na entrada de serviço do Venezia Trionfante. Mino o recompensou com uma asa de faisão assado tirada do prato de um cliente. Sprezz pulou para pegar a comida, quebrando o osso e lambendo o sal da boca. Os dois seguiram para o canal. O cão adorava andar pelas ruas, batendo a cabeça de leve contra os joelhos do dono quando eles paravam em um cruzamento.

Horas antes, enquanto o sol se punha sobre o domo branco da basílica de La Salute, o doge passara pelo Grande Canal, acenando do convés de seu majestoso *bucintoro*. O navio era quatro vezes mais largo que uma gôndola normal, decorado com guirlandas de flores. Multidões de venezianos haviam se reunido no passeio de San Marco e em barcos de todos os tamanhos para ver o doge. Usando o chapéu de cambraia branca que nunca parecia tirar, ele jogara a aliança de casamento cerimonial na turva água verde.

Mino sempre achara que a *Festa della Sensa* era uma data romântica, uma época de se comprometer, mais uma vez, com aquilo que se amava. Quando era mais jovem, nos anos antes de conhecer Letta, ele costumava usar essas duas semanas para cuidar do violino, saindo escondido do orfanato para trocar alguns ovos por breu na loja de impressão de livros nos fundos do Incuráveis. Ele cobria o arco com a translúcida cera amarelada e ficava admirado com o novo vigor e controle com que conseguia tocar.

Aquele era o primeiro ano que Mino via como o restante de Veneza comemorava a Ascensão, que se unia à multidão na alameda, assistindo à procissão de barcos. Ele vira o doge passar, indo em direção ao banquete na praia perto de Lido. O *bucintoro* fora seguido por uma enorme frota de barcos que exibiam bandeiras e estandartes. Nos deques dos barcos, homens ricos e bem-vestidos tocavam pífaros e trompetes. Mino se perguntou como seria estar com eles, tocando violino. Com o cabelo ao vento, o ritmo do barco sob os pés, sua música atingindo a multidão. Ele sentia falta de tocar.

Sentia falta de tocar com Letta.

Mino pensou na aliança de ouro na água. Ele nem ao menos vendera a aliança que encontrara. Agora, ela fazia parte da lagoa. Na noite em que fora embora do Incuráveis, jogara o anel no mar. Se tivesse previsto como seu futuro seria pobre, teria agido de outra forma. Porém, na época, a visão da joia era insuportável. Ele tinha de se livrar do símbolo de sua tolice.

Aquele anel pagaria por um mês de hospedagem. Mas não, por mais desesperado que estivesse agora, Mino sabia que jamais penhoraria a aliança. Só desejava não a ter jogado fora.

Ele precisava estar na *maranzaria* em cinco horas, para descarregar as caixas de laranja matinais. Ganharia apenas um soldo, mas o trabalho era fácil e tranquilo, além de sempre render café da manhã para ele e Sprezz. Mino sabia que devia dormir, mas o quarto que alugara pela semana era sujo, além de compartilhar a cama com um ou dois escandinavos que fediam a mofo.

A brisa que vinha do canal prometia o verão, mas o cheiro forte do jasmim noturno o levou de volta ao apartamento e àquela tarde de *carnevale*. Ele parou na beira da água e cogitou mergulhar para procurar a pequena aliança de ouro. Sabia que não teria sucesso, mas sonhou em permanecer submerso, procurando-a até sua desgraça acabar.

Quando finalmente olhou para o outro lado do canal, pensou ter tido um vislumbre, apenas por um instante, de um rabo de peixe gigante mergulhando na superfície escura. Ele esfregou os olhos.

La Sirena. Fazia meses que não pensava no cassino, assolado pelas infinitas emoções causadas por aquele dia no Incuráveis. De repente, o lugar parecia chamá-lo.

Ele queria estar lá, mas não sabia por quê. Queria beber em um lugar escuro, em um *sestiere* bem longe da alegria de San Marco. Antes de se dar conta do que fazia, começou a atravessar a Ponte de Rialto com Sprezz. Seus olhos evitaram focar no topo; agora, todas as pontes faziam com que ele se lembrasse daquela em que parara com Letta, onde, por um momento, todos os seus sonhos pareceram possíveis.

Mino foi se embrenhando pelas *calli*, passando por videntes e belas vendedoras de flores, que não deviam estar na rua àquela hora. Por duas vezes, chegou a um beco sem saída e precisou voltar. Então, de repente, lá estava o sobreiro cujo galho mais baixo atravessava o canal estreito. Lá estava a escada em caracol que ia da rua à varanda no segundo andar, à porta iluminada por uma lamparina de vidro azul. Lá estava a placa, o rabo de peixe de cabeça para baixo, tão intrigante quanto na primeira vez que Mino a vira. Apenas um homem grande parado na entrada fazia sua presença ali não parecer uma boa ideia.

— Nós já fomos apresentados? — perguntou ele quando Mino se aproximou.

A ausência de uma máscara no rosto do rapaz fazia com que desconfiassem dele. Mino sabia que todo mundo as usava dentro dos cassinos, independentemente da temporada ou das leis. Ele pegou a *bauta* e a amarrou, mas isso só fez o homem rir.

— Você já foi apresentado a todo mundo que deixa entrar? — perguntou Mino.

— Já fui apresentado ao dinheiro deles — rebateu o porteiro.

Ao contrário de outros dias, Mino tinha seis soldos no bolso. Cinco iriam para Zanata, a senhoria surda, para o aluguel do dia seguinte, mas não fariam diferença naquele momento. Mesmo se ele tivesse cem soldos no bolso, o homem não ficaria impressionado, não quando vigiava a porta de uma casa de apostas. Mino desejou ter guardado a bolsa de pele de cobra que ganhara do senador que deixara ali, meses antes. Jamais devia tê-la dado a Carlo como pedido de desculpas ao devolver a gôndola. Poderia exibi-la agora. Com uma bolsa daquelas, todos presumiriam que seu interior continha ouro.

— Aqui não é lugar para malandragem — disse o porteiro, e Mino entendeu que ali, é claro, era o lugar ideal para malandragem.

A cidade inteira era cheia de malandros, assim como era cheia de festas e conversas filosóficas, pessoas fazendo música e fazendo amor. Estavam em Veneza, afinal.

O aviso do porteiro lhe informou que seria possível ganhar dinheiro lá dentro, e não apenas nas mesas de apostas. Havia tarefas que pagavam melhor do que carregar laranjas e gaiolas, e por que Mino não poderia ser contratado para executá-las?

— Só quero beber — insistiu, e o porteiro balançou a cabeça.

Nesse momento, uma dupla de bêbados irrompeu pela porta, no meio de uma briga turbulenta. Os dois xingavam um ao outro, ofendiam suas respectivas mães e seus descendentes enquanto passavam por Mino e paravam no parapeito da ponte. Mais homens os seguiram, se amontoando ao redor, e o porteiro entrou em ação, as mãos imensas agarrando os dois brigões pelo pescoço. Ameaças foram berradas; socos, trocados e garrafas, quebradas — uma tempestade violenta e sem alvo específico, tornada ainda mais amargurada pelo vinho forte.

Mino e Sprezz, subitamente invisíveis, entraram rápido no cassino.

La Sirena era um lugar escuro, enevoado com a fumaça de tabaco. As paredes eram azulejadas, e o teto, baixo. Havia uma sala grande, cheia de mesas de apostas e um palco destacado ao fundo, com a parte de trás coberta por uma grossa cortina preta. O bar ocupava a parede à esquerda da entrada e brilhava com o esplendor de centenas de garrafas. Atrás do bar, havia uma passagem arqueada que levava a um segundo cômodo com assentos de veludo para que os frequentadores do local pudessem jantar ali ou usufruir de outros prazeres. Diante dele, apenas algumas velas continuavam acesas sobre as mesas e na bancada. No palco, uma mulher cantava uma canção lenta e melancólica, acompanhada por um violinista que não tirava os olhos dela, mesmo sendo ignorado.

Mino seguiu para os fundos, para ouvir melhor. A visão da dupla fez seu peito latejar por tudo que perdera. O apartamento. O violino. O emprego. E Letta. Apenas porque ele achara que os dois só precisavam tocar juntos para serem felizes.

Agora, tudo que ele podia fazer era esquecer os velhos sonhos. Ele nunca teria sucesso naquela cidade se ficasse de coração partido sempre que ouvisse uma mulher cantando ao som de um violino.

O rapaz atravessou o cassino, seguido por Sprezz, passando por algumas cabines cheias de homens abatidos jogando cartas. Chegou ao bar. Ele estava acostumado ao vinho de qualidade inferior que conseguia comprar fiado nas precárias *magazzens* perto do Rialto. Ali, não serviam nada parecido com aquilo. Aquelas eram garrafas novas de Tokaj e Recioto. Se pedisse alguma bebida, teria de pagar. Ele encontrou os olhos da garçonete através de suas máscaras. Era uma moça jovem, e, pelo porte e pela rapidez com que servia os clientes, dava para ver que era brava. Mino tocou uma garrafa marrom que parecia razoável, colocou a única moeda extra que tinha em cima do balcão. E torceu para ser o suficiente.

A garçonete o encarou, e ele sentiu que, se tivesse chegado algumas horas antes, talvez recebesse um tratamento mais gentil, mas ela estava cansada agora, depois de horas aturando aquelas pessoas. A mulher serviu uma dose pequena no copo e guardou a moeda.

Com relutância, Mino tirou outra moeda no bolso e a depositou sobre a mão que ela havia esticado. Ela encheu seu copo até a boca.

— Se você não tem dinheiro para jogar — disse a garçonete, se inclinando sobre o bar para fazer carinho nas orelhas de Sprezz —, sente-se perto dos músicos. Fique longe desses sujeitos. — Ela indicou com a cabeça a única mesa animada que restava no cassino, na qual cinco homens apostavam em um jogo de cartas barulhento e impiedoso. — Só a ralé continua aqui a essa hora. As outras pessoas já foram para a festa do Federico.

Mino não sabia quem era Federico. Seu único interesse era o vinho, que acabou rápido demais. Ele queria mais. Estava prestes a se sentar sozinho diante da cantora quando um dos homens na cabine o chamou.

— Garoto...

Mino olhou para cima. O grupo tinha acabado o jogo. Estavam tão bêbados que não conseguiam abrir a próxima garrafa de vinho.

— Sente-se conosco. Nos ajude.

O homem balançou um saca-rolhas no ar, e o rapaz se aproximou.

Depois de seis meses fora do Incuráveis, Mino sabia manusear o pequeno instrumento de metal como ninguém. Ele queria beber mais e se sentia solitário o suficiente para não se importar com a companhia da ralé. Enquanto se sentava, evitou olhar para a garçonete. Sprezz deitou aos seus pés.

— Faz três dias que ela sumiu — dizia um homem com a peruca branca torta. Virando-se para Mino, explicou: — Minha esposa.

Ele já ouvira histórias parecidas dos clientes do Venezia Trionfante.

— E então? — perguntou um segundo homem de peruca, enchendo um copo com vinho cor de âmbar.

— No fim das contas — respondeu o primeiro —, contratei o investigador.

Os homens sentados à mesa murmuraram e se remexeram. Mino se inclinou para a frente.

— Eu tinha certeza de que ele a encontraria na cama de algum almofadinha — continuou o homem. — Uma coisa é arrumar um amante, mas abandonar a casa, a família, é outra bem diferente.

— Três dias é tempo demais — concordou outro.

— Eu estava pronto para matá-la — continuou o primeiro antes de dar de ombros com uma indiferença rabugenta. — Mas ela já estava morta. — Ele pegou um longo cachimbo de madeira e soprou a fumaça devagar. — Caiu em um canal, apareceu boiando entre as gôndolas.

— O investigador sempre as encontra, vivas ou mortas — comentou outro ocupante da mesa enquanto a garrafa passava pelos amigos.

Mino engoliu em seco, nervoso.

— Estou procurando alguém. — A canção pulsava às suas costas, acompanhando o ritmo das batidas rápidas de seu coração. Ele sabia que fora até ali por um motivo. Sentir-se atraído por La Sirena desde a primeira vez que vira aquela porta. A intuição de que sua presença ali poderia mudar sua vida lhe deu coragem. — Minha mãe.

— Eu vi a sua mãe. — O homem ao seu lado lhe deu uma cotovelada brincalhona. — Ontem à noite.

— Eu a vi hoje de manhã — acrescentou um segundo, e todos ao redor riram.

Mino se serviu de mais vinho, ignorando as piadas.

— Como posso entrar em contato com esse investigador, o que encontra mulheres vivas ou mortas?

— Você é órfão? — perguntou um homem que Mino ainda não ouvira falar. Ele era o mais jovem do grupo, pequeno, amigável. — Morava em um *ospedale*?

A palavra suscitou a curiosidade dos outros, mas, antes que começassem a fazer perguntas indelicadas sobre as órfãs, Mino respondeu:

— Faz muito tempo que saí de lá. Prefiro não pensar nisso. Só na minha mãe.

— Você tem metade de uma pintura? — perguntou o rapaz, curioso.

— Metade de uma pintura? — repetiu o homem com a peruca torta.

Com relutância, Mino a tirou do bolso. Segurou-a com força, mas a exibiu para a mesa.

O homem com a peruca torta tentou pegá-la, ficou irritado quando Mino não a soltou. Então a observou em sua mão, parecendo ficar tão cativado com a imagem quanto o dono dela.

— Eu já vi essa mulher — disse ele, e os outros riram. Mais piadas brotaram. — Não, é sério. — Agora, olhava para Mino de um jeito diferente, sincero. — Juro pela honra da minha mãe. — Os outros ficaram quietos e começaram a prestar atenção. — Em Castello, há uma mulher que é igualzinha à dessa pintura. — Ele refletiu por um instante, balançou a cabeça. — Só que mais velha, deve ter uns 35, 40 anos.

— A pintura foi feita há 12 anos, no mínimo — disse Mino, rouco. Seria possível?

O homem lhe passou um endereço na região leste da cidade.

— Vá falar com ela. Se for sua mãe, traga-a aqui para bebermos por minha conta.

𝄢

Mino e Sprezz dormiram em um campo pequeno e silencioso em Castello, na extremidade nordeste da cidade, perto do endereço que o homem de peruca torta lhe dera.

Quando acordou, sentia-se nojento, suando sob o brilho forte do sol nascente. Sabia que estava com uma aparência horrível, mas não tinha dinheiro suficiente para se limpar em uma *stufe*. Ele lavou o rosto com a água do canal, passou os dedos molhados pelo cabelo e deixou o líquido escorrer por seu rosto enquanto se perguntava: seria hoje o grande dia? A manhã estava escaldante, mas Mino tremia de ansiedade. Sacudiu a capa para tirar galhos e folhas, cuspiu nas botas para poli-las e tentou tirar as pulgas de Sprezz enquanto o cachorro rosnava em protesto.

— Não vamos conseguir ficar melhor do que isso — disse ele ao cachorro, e os dois viraram a esquina, desceram a *calle* e se aproximaram de um edifício alto e estreito com uma aldrava de latão na porta, no formato de uma leoa rugindo.

A mulher que atendeu a batida de Mino era bonita, voluptuosa, com a pele pálida e alguns anos mais velha. Um dos ombros estava exposto, pois sua camisola larga abandonara o posto. Seu sorriso, tímido e cansado, deixou claro tudo que ele precisava saber sobre o estabelecimento.

Seu cérebro foi tomado pela esperança de estar enganado — sobre o endereço ou sobre suas suspeitas. Mino a ignorou. Não havia motivo para continuar se iludindo. Aquilo era um bordel, e, se sua mãe fosse prostituta, paciência. Ela ainda seria sua mãe. Quem era ele para julgar o que os outros faziam para sobreviver?

— Nós só abrimos ao anoitecer, docinho — disse a mulher, se apoiando na porta.

Ela estendeu o pé desnudo para acariciar as costas de Sprezz. O cachorro adorou, erguendo o queixo e fechando os olhos.

— Não vim para... Estou procurando por uma... — gaguejou Mino.

— Você não quer uma puta, e sim uma dama, certo? — arriscou ela sem pestanejar, provocando-o, mas de um jeito gentil. — Alguém específico?

Ele revirou o bolso em busca da pintura, esperando exibi-la e ver os olhos da mulher se iluminarem em reconhecimento. Torceu para que não precisasse dizer mais nada. Seu coração disparou.

A moça se inclinou para a frente e observou o rosto pintado.

— Entre.

Mino se segurou no batente para se equilibrar. Lágrimas se acumularam em seus olhos. Ele cogitou dar meia-volta e sair correndo. Que besteira não ter tomado banho, comprado uma navalha fiado, se esforçado para pelo menos parecer ter um pouco de dignidade.

A mulher o guiou por uma sala de estar surrada, porém elegante, até chegarem a uma pequena cozinha que cheirava a café e levedura. Ela o acomodou em uma cadeira diante de uma mesinha de madeira, na frente de uma janela que exibia uma fileira de ameixas brilhantes sobre o peitoril. Então se sentou diante dele, ajeitou a camisola e voltou a descascar os ovos cozidos que estavam em uma tigela.

— Onde? — sussurrou Mino.

A mulher depositou um ovo em um prato e o empurrou em sua direção.

— Coma — disse ela, servindo uma xícara de café. — Beba.

Ele estava tão faminto que nem tentou recusar. Comeu três ovos, ofereceu a gema do quarto para Sprezz, tomou duas xícaras do café forte. Mas sua fome só aumentou.

— Obrigado.

— Você é órfão — disse a mulher, dando uma mordida no último ovo e mastigando alto, de forma hipnotizante.

Mino concordou com a cabeça. Ela sabia disso por causa de sua metade da pintura. Mas por que continuava sentada ali? Por que não chamava a pessoa que parecia com a imagem que ele lhe mostrara, o motivo pelo qual tivera permissão para entrar?

— Acabou de sair do *ospedale*? — continuou a mulher.

— Faz um tempo — respondeu Mino.

Será que ela não via como ele estava sujo, como era mais maltrapilho que qualquer órfão?

— Pouco tempo — disse ela, franzindo a testa. — Pelo amor de Deus, você nem entendeu a piada.

— Que piada?

— Qual é o seu nome?

— Mino — respondeu ele. — Que piada?

— Vou tentar adivinhar o que aconteceu, Mino. Ontem à noite, você estava bêbado e mostrou sua pintura para outro bêbado, que lhe passou esse endereço?

O rapaz engoliu em seco.

— Ele jurou...

— Pela honra da mãe dele? — Ela suspirou, acenou a mão. — Todo idiota nessa cidade fala para todo órfão que sua mãe é uma prostituta, esperando para ser salva pelo filho. E é bem provável que estejam certos sobre a parte de serem prostitutas. Mas não sobre desejarem salvação. — A mulher estalou as juntas dos dedos. — Todas as minhas amigas já deixaram pelo menos um bebê em algum *ospedale*. A moça na pintura não é sua mãe, Mino. E ela não está esperando lá em cima. A pessoa que lhe disse para vir até aqui estava zombando de você.

O tom de voz dela contrastava com suas palavras. A mulher tentava ser gentil. Mino baixou a cabeça, enojado consigo mesmo. Sprezz apoiou o queixo na coxa do dono e suspirou.

— Quero que termine o seu café — disse ela, levantando-se da mesa e sacudindo as cascas de ovo da saia. — Depois, vá embora antes que alguém desça. — A mulher seguiu para a janela, ficando de costas para ele. — Você não pode confiar nas pessoas, Mino. Prometa que não vai fazer isso de novo.

Sem dizer uma palavra, ele bebeu o café. Mas, antes de se levantar, uma cacofonia de passos de sola de madeira desceu a escada. De repente, havia mais duas mulheres ali, enchendo a cozinha com saias vermelhas e o cheiro de âmbar-gris, a desejada colônia terrosa, quase musgosa, que vinha do Oriente. Mino queria ir embora, mas não conseguia tirar os olhos das três. Estava tão cansado que cogitou ficar ali e pedir uma cama, gastar o restante do seu dinheiro até ser expulso.

Uma das recém-chegadas se sentou em seu colo e perguntou, sussurrando, se podia tomar um gole do seu café.

— Nós só abrimos ao pôr do sol, mas por você...

— Ele não quer uma puta — disse a primeira mulher. — É um dos órfãos.

— Pela minha experiência — comentou a prostituta no colo de Mino —, uma coisa não exclui a outra.

Agora, Sprezz latiu e rosnou, e Mino o encarou. Hora de ir embora.

— Adeus, Mino — disse a mulher que lhe dera os ovos. — Pare de olhar para trás; se concentre no futuro. Forme sua própria família. Você será mais feliz assim.

Aquelas palavras pareciam impossíveis e verdadeiras. Relutante, Mino se levantou, se espremendo para sair de baixo da mulher em seu colo, se desculpando. Enfim, conseguiu chegar à porta e sair para a rua quente, tão ensolarada que era difícil enxergar.

— E agora? — perguntou a Sprezz.

Ele enfiou as mãos nos bolsos e ficou paralisado. Suas moedas haviam sumido.

Os quatro soldos eram tudo o que tinha, e aquela prostituta os roubara. Ele voltou para a casa, bateu com força à porta. Ninguém atendeu.

Então deu um soco no batente de pedra da entrada do bordel, gritou de dor. E desistiu.

No início de uma *calle* apertada, Sprezz usou o focinho para empurrar Mino na direção de uma cafeteria. O rapaz suspirou e se sentiu pior ainda enquanto o cachorro fazia sua performance de pedinte charmoso e voltava com uma generosa porção de restos de peixe. Os dois se sentaram na beira do canal. Envergonhado, Mino comeu.

Roubado. Humilhado. De volta às ruas.

Letta jamais deixaria que algo assim acontecesse com ela. Bastava pensar em onde ela estava agora para saber disso. A estrela do coro. Mino era apenas outro idiota indignado em uma cidade cheia deles.

𝄢

Ele foi assistir-lhe de novo naquela noite. Não conseguia evitar. Letta nunca o amaria, mas, pelo menos, Mino podia ouvir sua voz. Porém, quando chegou aos Incuráveis, a missa havia acabado, as pessoas saíam da igreja.

De máscara, com a capa amarrada com firmeza sobre as roupas do orfanato, apesar do calor, o rapaz ficou parado diante do antigo lar. Olhou para o telhado e procurou por ela.

Letta não era mais aquela garota. Ela estaria em sua suíte particular, sendo paparicada. Ou conversando com Porpora sobre música. Não teria mais tempo para o horizonte.

Será que ela sentia falta de tudo aquilo?

Mino ficou ali até a escuridão cercar o prédio. Sprezz dormia aos seus pés, sonhando.

— É você? Mino? Sprezz?

Ele olhou na direção da voz e se deparou com Carlo, o gondoleiro cujo barco havia pegado emprestado, ancorado mais uma vez na Zattere. O outro rapaz sorriu e acenou.

— Você está com uma cara péssima.

— Estou passando por um momento difícil — admitiu Mino.

— Pior do que antes? — Carlo abriu um sorriso e apertou o ombro de Mino. — Da última vez que você passou por um momento difícil, roubou meu barco.

— Acredite se quiser, as coisas pioraram. Tome conta do seu remo.

— Venha — disse Carlo antes de descer até a gôndola e acenar para Mino segui-lo. — Entre. Eu lhe pago uma bebida.

Era isso que ele queria ouvir.

— Em qualquer lugar, menos em La Sirena.

— Meu amigo — disse Carlo, rindo —, aonde mais poderíamos ir?

7

Depois da Festa da Ascensão, Violetta passou uma semana acordando com a opala negra na palma da mão. As noites eram quentes; as manhãs, mais quentes ainda, o ar denso estava úmido. No sono, ela chutava as cobertas para longe, arrancava a camisola, mas não soltava o colar. Seus dedos tracejavam a pedra iridescente. Era uma prova de que aquela noite realmente acontecera.

As músicas, as fantasias, beber champanhe e dançar a *furlana* com um belo desconhecido. Sair para a varanda, a promessa de verão e da vista para o Grande Canal. E, principalmente, o homem que conhecera no fim. O homem que queria proibir a tristeza, que lhe dera a pedra como uma chave para voltar àquele mundo.

Violetta se lembrou de quando ele prendeu o colar em torno de seu pescoço, de sua euforia ao sentir aquele toque. Ela tocou a pedra e fechou os olhos, voltando para o momento. Porém, quando tentou visualizar o rosto do homem, viu o de Mino, seus profundos olhos azuis perscrutando-a enquanto os dois tocavam no telhado. Viu o cabelo caído sobre a testa, que nunca parecia incomodá-lo. Viu seu sorriso esperançoso, de riso fácil.

Ela apertou a pedra e pensou em como costumava desdenhar da metade da pintura de Mino. Violetta era muito jovem na noite em que o tirara da roda mas já se incomodara ao vê-lo agarrado ao pedaço de madeira. Queria que ele tivesse se esquecido daquilo. Ela sabia que a mãe dele não voltaria. Mesmo assim, Mino permanecera apegado à lembrança. Agora, estava claro que esse apego era uma promessa de realizar o sonho de encontrá-la.

Será que ele conseguira? Violetta torcia para que sim. Se alguém seria capaz disso, era Mino. Ela nunca conhecera alguém tão bom em tudo que fazia. Talvez ele já tivesse encontrado primos, tios, uma avó em outro *sestiere*, que vivia em um apartamento com vista para uma bela praça e que tinha ramalhetes de alho secando na cozinha onde ensinaria o novo neto a cozinhar. Violetta o imaginou sentado a uma mesa cheia de amor, viu o espaço vazio ao seu lado que poderia ter sido dela.

Quando o arrependimento tirou seu fôlego, ela lembrou a si mesma que aquele era o sonho de Mino. Não dela. Seus sonhos mudavam o tempo todo; a única constante era que eles permaneciam fora de alcance. Parecia que sempre desejava demais. Violetta queria cantar no coro e queria ir a bailes de máscara. Queria Mino de volta e queria o homem que lhe dera a pedra.

Aquela noite não preenchera o vazio dentro de si, apenas o expandira. Seria aquela a maldição de sua orfandade? Ela nunca pararia de desejar sempre mais? Seu maior sonho era viver livre em algum lugar. Ainda era difícil visualizar esse lugar, mas, quando apertava a opala negra, Violetta quase o sentia.

𝄢

Quando o verão chegou ao seu opressivo ápice, Violetta já havia ousado fazer a escalada de sua janela outras três vezes. Em todas, usara a máscara, seu melhor vestido e a opala resplandecente pendurada no pescoço.

Na segunda escapada, ela puxara o lençol com força demais e o rasgara, caindo no chão. Havia conseguido se segurar por pouco, prendendo o pé na beirada da cabeça da órfã. Depois de um tempo, conseguira chegar à rua, mas ficara tão nervosa que não se aventurara muito longe.

Na vez seguinte, andara *demais* e passara tanto tempo perdida nas *calli* escuras e serpenteantes de Dorsoduro que só conseguira encontrar o caminho de volta para casa perto do amanhecer. Violetta tivera certeza absoluta de que jamais chegaria ao *ospedale* antes do dia clarear, que aquilo seria o fim do coro e o começo de uma sentença de prisão monástica em um convento. O fim da música.

E prometera a si mesma que pararia de fugir durante a noite.

Mas a atração das ruas, da vida, era forte demais. Ela só aguentara uma semana abafada antes de tentar de novo. Precisava encontrar o homem da festa. Algo nele a impelia a se entregar de corpo e alma. Assim, Violetta partira pensando em La Sirena, refazendo o caminho da primeira noite cuidadosamente. Mas, em algum ponto no labirinto de *calli*, perdera a coragem. Ficara com vergonha do vestido simples, dos sapatos velhos e da cabeça exposta. Era mais fácil permanecer anônima, seguir o fluxo de outro grupo de festeiros e se deixar levar.

Quando chegara ao *ospedale*, passara um tempo deitada na cama, com a cabeça girando pelo vinho que tomara, o colar ainda preso ao pescoço. Durante o dia, guardava-o dentro de sua *bauta*, assim como o dinheiro, no fundo do baú, mas, à noite, queria mantê-lo junto de si. Violetta se perguntou sobre seu fascínio pelo objeto e por que aquele desconhecido a presenteara com ele. Quanto será que valia? Ela passava por casas de penhor nas caminhadas para angariar donativos em Dorsoduro e às vezes se perguntava quanto conseguiria pela pedra. Em que gastaria o dinheiro. Não em *acqaioli* nem em um passeio de gôndola.

Quanto custaria ser realmente livre? Como seria viver assim? Em um lugar onde ninguém lembrasse que ela era órfã? Violetta apertou a pedra e passou um bom tempo pensando nisso. Se a vendesse, teria dinheiro suficiente para ir embora do Incuráveis, recomeçar a vida em uma cidade diferente, onde poderia cantar e viver como preferisse?

Onde poderia esquecer Mino? Será que existiria uma cidade assim? Ela não sabia.

Mas conhecia alguém que saberia. O homem que lhe dera o colar de opala.

Amanhã à noite, tentaria de novo. Colocaria a máscara e a opala. Não perderia a coragem nem o rumo. Chegaria a La Sirena.

𝄢

Na manhã seguinte, Violetta ficou enjoada antes mesmo de tomar café. Pediu uma porção dupla de comida, algo que nunca havia feito antes, mas seu estômago estava embrulhado, e ela precisava de algo para acalmá-lo. Então voltou ao quarto para aquecer a voz com as escalas antes da missa. E sabia que parecia distraída enquanto Helena penteava seu cabelo e fofocava sobre as garotas do conservatório. Havia boatos de que outra corista, Vania, se aposentaria em breve e que Reine seria promovida ao seu lugar.

— Você ficou irritada? — perguntou a pupila. — Sei que vocês não se gostam.

Violetta revirou os olhos, voltando a se concentrar nas escalas. A francesa era a menor de suas preocupações. Na próxima vez que saísse, precisaria tomar mais cuidado com o quanto bebia.

Laura estava tossindo demais, então fora orientada a ficar longe da amiga. Isso era um alívio, apesar de Violetta se sentir culpada por isso; Laura sabia ler seus pensamentos como ninguém. Ela sabia sobre o sótão, sobre Mino, mas as fugas da madrugada eram mais proibidas do que qualquer coisa que já fizera antes. Não queria que a amiga tivesse de inventar desculpas para salvá-la — ou se sentisse na obrigação de dedurá-la.

No ensaio, enquanto o coro cantava a ópera *Rosbale*, de Porpora, Violetta tinha dificuldade em manter o foco, observando o sol atravessar o céu pelas janelas do clerestório. A noite estava tão distante, a passagem do tempo era uma tortura.

𝄢

Sob a luz da lua, usando a máscara e seu vestido mais simples, com o colar guardado em um saquinho no bolso, Violetta escapou pela janela uma quinta vez.

Na alameda quente e ventosa, ela manteve distância de grupos grandes de festeiros. Porém, quando viu um jovem e elegante casal virando uma esquina na estreita calle Incurabili, correu para alcançá-los.

— Seu vestido é lindo — elogiou ela, caminhando ao lado da mulher, observando a saia de seda púrpura.

A mulher parou de andar, inclinou um lado do quadril na direção de Violetta, expondo a peça para mais elogios. Seu rosto não estava coberto por máscara, mas exibia uma pinta falsa conhecida como *la passionata*. Todas as pintas falsas venezianas tinham um significado diferente, e aquela dizia que a mulher estava perdidamente apaixonada pelo homem ao seu lado. Algumas órfãs, incluindo Laura, adoravam o romance de *la passionata*.

— Nunca vi uma seda tão bonita — comentou Violetta.

— É obra de uma costureira em La Minada, na *calle*...

— Será que ela faria outro igual?

— Tenho certeza de ela faria um para você — a mulher encarou o vestido de órfã de Violetta — pelo preço certo.

A soprano balançou a cabeça.

— Será que ela faria outro igual para você? Quero usar o seu. Hoje.

A mulher e o amante começaram a rir.

— Quanto está disposta a pagar? — zombou o homem, mas, assim que Violetta pegou a bolsa e começou a contar cequins, seus olhos se arregalaram, e a risada desapareceu.

— Cinco é o suficiente?

— Por que você pagaria tanto por um vestido? — perguntou a mulher, subitamente encarando-a com ar desconfiado.

A impaciência a fizera oferecer dinheiro demais. Ela não queria perder tempo barganhando, mas seria pior se a mulher tentasse descobrir sua identidade e o motivo pelo qual tinha tantas moedas.

Por sorte, o amante já a puxava para a alcova de uma porta, desamarrando as fitas da saia do vestido.

— Que diferença faz? — chiou ele.

Enquanto a bela saia caía no chão, a mulher se virou e o encarou de cara feia; uma negociação breve e silenciosa se passou entre os dois, e, pouco depois, ela começou a soltar a parte de cima do vestido e o corpete de renda, cada vez mais irritada enquanto passava a dúzia de alfinetes retos para Violetta.

Quando ela ficou apenas de espartilho e camisola, a soprano lhe entregou as moedas. O namorado esticou a mão, se oferecendo para pegá-las, mas a mulher rapidamente as guardou no bolso de linho preso à cintura. Então encarou Violetta e o vestido púrpura em suas mãos.

— Se me der seis, pode ficar com meu espartilho.

O amante virou o rosto para esconder uma risada, fosse por um prazer ganancioso ou pela excitação de ver sua amante apenas de camisola no meio de Veneza.

Fazia muito tempo que Violetta tinha curiosidade sobre a sensação e a aparência de seu corpo em um corselete. Mas não havia ninguém para amarrá-lo e já seria muito complicado prender o corpete e o vestido sozinha.

— Prefiro seu lenço — respondeu ela, gesticulando para o pescoço da mulher enquanto lutava para segurar as três peças do vestido novo e todos os alfinetes.

A mulher deu de ombros.

— Como quiser — disse, desamarrando a esvoaçante echarpe de seda do pescoço, aceitando o cequim extra. Em seguida, ajudou o namorado a tirar o *tabarro*, com o qual cobriu os ombros antes de os dois saírem apressados pela Zattere sem olhar para trás.

Violetta usou a mesma alcova para se trocar. Mesmo tendo prestado atenção enquanto a mulher tirava o corpete, foi bem complicado prender a rígida peça triangular ao tecido da camisola do *ospedale*. No Incuráveis, ninguém usava roupas tão complicadas assim. Ela espetou os seios com os alfinetes, xingando baixinho, dizendo a si mesma que aquilo valeria a pena. Após certo tempo, seguiu para a saia, apertando as fitas o máximo possível, tentando chegar perto do formato que um espartilho daria à sua cintura. Ela não conseguia respirar. Mas, em vez de afrouxar a saia, lembrou-se de quando observava as mulheres vestindo seus espartilhos na *altana*. Violetta olhou para o próprio corpo modificado e sorriu. Amarrou as fitas. Se respirasse mais devagar, tudo daria certo.

A parte de cima do vestido também era complicada, mas, àquela altura, seus dedos estavam impacientes. Se não se concentrasse, passaria a noite inteira ali, se alfinetando. Ela precisava de um *cicisbeo*, que não apenas prenderia o vestido, mas também se ofereceria para pentear seu cabelo. Violetta riu de si mesma. Estava mudando rápido.

Ela não usava maquiagem, pintas falsas, cachos no cabelo, mas possuía uma máscara e um vestido cuja saia se arrastava pelo chão. Tinha um colar que mudava de cor a cada passo que dava e um desejo que a impulsionava a seguir em frente. O vestido original foi escondido atrás de uma fonte, pois ela precisaria dele antes de voltar ao Incuráveis. Depois, Violetta seguiu pelas *calli* que levavam às suas lembranças do *palazzo*. Quando viu o imponente portão de ferro, sentiu o coração acelerar. Então olhou ao redor, procurando por um sinal do cassino que o homem dissera ficar por ali.

Uma luz azul no fim da *calle* chamou sua atenção, e ela se aproximou. Passou por três pontes, por uma árvore impressionante, com um galho prateado que se esticava por trás de um muro de tijolos vermelhos para molhar as folhas na água. Violetta nunca vira nada igual em Veneza; os raros vestígios verdes na cidade costumavam ser meticulosamente podados, obrigados a permanecer em espaços confinados. A necessidade daquela árvore de escapar de suas barreiras a emocionou.

Ela chegou a uma escada de pedra em caracol que levava a uma varanda. A luz azul vinha da lamparina pendurada ao lado da porta.

Enquanto subia a escada, segurou o corrimão de pedra lisa com uma das mãos. No topo, um porteiro a analisou, impassível. Sob a lanterna, havia uma placa que exibia o desenho de um rabo de peixe, azulado pela luz. Aquele era o lugar certo.

— Posso ajudar? — perguntou o porteiro.

Violetta ergueu o queixo, ajeitou o lenço no pescoço e discretamente lhe mostrou o colar de opala. O homem sério pareceu se tornar mais solícito.

— Um momento, *siora* — disse ele e desapareceu pela porta.

O porteiro logo voltou com outro homem, este duas vezes mais velho e também vestido de preto. Uma máscara cobria a metade superior de seu rosto. Violetta o reconheceu como o criado que a recebera no baile de máscaras do *palazzo*. Ela se lembrou do brilho em seu olhar.

— *Siora* — disse ele, se inclinando em uma reverência elegante. — Meu nome é Fortunato. Estou às suas ordens.

Violetta fez uma mesura. Em outras circunstâncias, seria uma gafe enorme não responder com o próprio nome, mas ela não se esquecera das palavras do homem que lhe dera o colar. O propósito do presente fora preservar seu anonimato, e Fortunato parecia compreender isso.

— Posso acompanhá-la até ele? — perguntou o criado.

— Não se preocupe — respondeu Violetta, subitamente nervosa com a rapidez dos eventos daquela noite. — Só preciso de alguns minutos.

Ele fez outra reverência.

— Caso precise de alguma coisa, me procure.

Ela executou outra mesura e seguiu para a porta, sentindo o poder da pedra pendurada em seu pescoço.

Entrar no cassino era como entrar em um mundo à parte. O lugar era completamente diferente do *palazzo* e seus tons pastel, seus detalhes em ouro escovado e seus candelabros resplandecentes. O cassino tinha uma aura mais sombria. O teto era forrado de couro; as paredes, cobertas com painéis que exibiam pinturas de amantes em poses que fizeram Violetta olhar duas vezes para elas e corar. Ela se pressionou contra as imagens, procurando pelo homem. Metade das pessoas ali usava belas *vesti* aristocráticas; talvez fosse mais difícil encontrá-lo do que imaginava.

De repente, o último encontro dos dois parecia insignificante, algo que acontecera séculos antes. Será que ele sequer se lembraria dela? Violetta tocou o pingente de opala. O presente continuava ali. Era real.

Um glissando emocionante era tocado em um chalumeau nos fundos do salão, casais se enroscavam nos cantos, e jogos de cartas despertavam exclamações animadas enquanto os olhos da soprano analisavam os arredores. Ela roçou a ponta dos dedos em uma mesa, sentiu montanhas de cera de velas antigas. E então ela o viu no bar, conversando com dois homens de becas vermelhas. Mais uma vez, ele era o único que não usava máscara.

Violetta passou um tempo analisando os traços dele à distância. O formato do queixo, a inclinação do nariz e o brilho sagaz daquele olhar pareciam tão familiares quanto seu próprio rosto. Era como se ela tivesse passado a vida inteira admirando um retrato dele. Ou como se finalmente transformasse em realidade o homem perfeito que passara anos imaginando.

Teria sido melhor vir antes. O tempo que se passou desde o encontro dos dois só servira para aumentar seu nervosismo. Enquanto ela atravessava o salão, sentiu o coração acelerar.

Ele se virou antes que Violetta tocasse seu ombro e, vendo o colar, sorriu. Então pegou a mão dela e a beijou.

— Eu estava começando a achar que você era um sonho — disse o homem.

Ele se lembrava dela. Violetta deixou a mão na dele depois do beijo.

— A cantora misteriosa — sussurrou ele em seu ouvido. — Champanhe?

— Só um pouco — respondeu ela, lembrando-se da primeira e única vez que tomara a bebida, na festa.

A visita ao cassino era tão fascinante quanto o baile de máscaras. Violetta respirou fundo quando sentiu os dedos do homem em sua cintura. Firme e seguro de si, ele a guiou pelo salão.

Depois de passar o último mês pensando naquele desconhecido, seu toque a deixou mais eufórica do que o esperado, fazendo-a estremecer. Ela se apoiou no toque, que subia levemente por suas costas, seu corpo todo se curvando na direção do homem como uma onda prestes a arrebentar. Quando os dois chegaram a uma mesa nos fundos do salão, ele a soltou, e seu calor pareceu partir cedo demais.

— Por favor — disse o homem, oferecendo-lhe uma cadeira.

Violetta se viu sentada diante de uma mulher que parecia saída de um quadro. Ela era mais velha, seu rosto brilhava sob a máscara preta e ela tinha uma pinta *sfrontata* pintada de preto no meio do nariz, o que significava audácia. Havia tantos colares em seu pescoço que era impossível ver a pele entre a clavícula e seu queixo. Ela desviou o olhar das cartas que jogava com outro homem e assentiu para Violetta.

— Prepare meu cachimbo, e seja mais cuidadosa dessa vez — ordenou a mulher em um tom tão desdenhoso que fez a jovem pensar em Reine.

Violetta sentiu as bochechas arderem. Se estivesse no Incuráveis, daria uma resposta atravessada àquele comentário, mas, ali, precisava passar despercebida, permanecer anônima.

— Lucrezia.

O dono do cassino segurou a mão da mulher, e Violetta notou que o toque a amoleceu. Ela ergueu o queixo e colocou a outra mão sobre a dele.

— Sim, querido?

Violetta ficou com ciúme, mas então se sentiu tola. Será que entendera errado o convite do desconhecido? Ela puxou o lenço no pescoço para cobrir a opala.

— Ela não é sua criada — explicou ele. — É uma cantora.

— Quase a mesma coisa — rebateu a mulher.

O homem se virou para Violetta com uma expressão pesarosa.

— Ela está interpretando Griselda nessa temporada da ópera, no San Samuele. É uma das contraltos mais talentosas de Veneza, e achei que vocês duas deviam se conhecer.

— Eu não... — começou a dizer Violetta.

— Se ela fosse uma cantora importante, Federico, eu já a conheceria.

Federico. Violetta achou que o nome combinava com ele. Ela articulou o nome com a língua, querendo dizê-lo em voz alta.

— Talvez você queira assistir ao espetáculo — continuou Federico, sentando-se entre as duas. — Lucrezia é tão boa que é difícil conseguir ingressos, mas tenho um camarote no teatro.

— Não posso — respondeu Violetta, arrasada.

Federico a analisou. Então se inclinou, chegando tão perto que ela se esqueceu de Lucrezia.

— É o horário? — perguntou ele. — Perto demais do pôr do sol?

Ela concordou com a cabeça, nervosa, tentando manter seu segredo, mas sem desencorajá-lo a fazer perguntas.

— É porque você tem uma família?

Federico queria saber se ela era casada. Violetta queria saber o mesmo sobre ele.

— O problema não é esse.

— Então o que é?

— Talvez ela não goste de ser cortejada por velhos na frente de suas amantes — comentou Lucrezia, dando uma baforada no cachimbo.

Violetta corou, mas Federico não se deixou abalar.

— Qual é o problema?

— Tenho obrigações — respondeu ela.

Federico sorriu.

— A que horas elas vão dormir?

— Que horas são agora? — Violetta também sorriu.

Ele tirou um relógio do bolso.

— Onze.

— Então... — refletiu ela. — Dez e meia?

— Perfeito — sugeriu ele. — Você pode assistir à última sessão de amanhã.

— Talvez — respondeu Violetta.

Sim.

Federico sorriu. Sob a mesa, seu joelho tocou o dela, e ele lhe passou uma chave.

𝄢

Enquanto cantava a ária na missa do dia seguinte, Violetta vibrava. Ela sentia a plateia se transformar com sua voz, criando um desejo coletivo de alcançar Deus. E sentia que era a única ali a desejar algo diferente. No final da apresentação, seus olhos encontraram outros através da grade com as laranjeiras esculpidas.

Federico. Ele a ouvia cantar. Em sua beca preta, ele se agigantava sobre os companheiros no banco, com as costas empertigadas, o queixo empinado em sua direção. Seu corpo parecia quase imóvel, mas a expressão em seu rosto sugeria uma mente que não parava de trabalhar.

Violetta o observou prender a respiração, sentiu a lágrima que escorria pela bochécha dele. Federico nunca vira seu rosto, e ela não usava o colar, mas, mesmo assim, a jovem entendeu que havia sido desmascarada.

Então se lembrou das mãos dele em torno de sua cintura na noite anterior. Dos joelhos se encostando de leve sob a mesa quando ele lhe passara a chave do camarote na ópera. A grade do coro tornava a distância ainda mais insuportável. Os dois quase conseguiam se ver. O desejo tomou seu corpo, seus pulmões. Ela cantou o restante da canção para ele.

𝄢

Violetta só ficou com medo mais tarde, enquanto jantava em silêncio com as coristas no salão do primeiro andar. Todos a encheram de elogios, principalmente Laura e Porpora, mas as palavras que costumavam enchê-la de confiança pareciam bobas quando comparadas às suas preocupações.

Agora, Federico tinha o poder de destruí-la. Se ele contasse a alguém que a vira na festa, tudo pelo que ela se esforçara tanto chegaria ao fim. Será que ele fora até lá para isso? Será que usaria a informação para chantageá-la? O que ele queria em troca? Violetta se torturou pela própria estupidez ao encará-lo, por confirmar suas suspeitas.

Por toda a tarde, durante as aulas e a reunião com Porpora, ela se perguntou se devia ir à ópera. Se fosse, sua presença seria uma confissão da própria identidade. Mas, se não fosse, corria o risco de deixá-lo irritado. Se não fosse... Violetta balançou a cabeça. Essa possibilidade não existia. Ficar se revirando na cama? Sozinha? Sem a música ou um mistério para lhe fazer companhia? Sem a possibilidade de sentir o toque de Federico? Ela já havia aceitado seu destino. A ideia a consumia. Iria à ópera.

$$\text{𝄢:}$$

O teatro San Samuele ficava do outro lado do Grande Canal. Com o mesmo vestido que usara na noite anterior, Violetta seguiu para um *traghetto*, onde gondoleiros transportavam pequenos grupos de pessoas pelos canais por uma pequena tarifa.

No caminho, atravessando as ruas sinuosas, a ponte em Ca' Foscari a pegou de surpresa. Violetta parou de supetão.

Ela se lembrou de Mino ao seu lado enquanto observava o frenesi alegre dos barcos, da imensidão das cores de rapazes e moças em roupas de baile, do cheiro do perfume de limão, e dele. Como fora ingênua.

Pensou no beijo rápido que os dois trocaram no apartamento. O momento havia passado antes que ela se desse conta do que estava acontecendo. Violetta fechou os olhos e se imaginou beijando Federico. Em sua cabeça, os dois homens se misturavam.

Uma gôndola passou embaixo da ponte, despertando-a do devaneio. Um homem mascarado a encarou pela janela da *felze* do barco. Violetta correu para chegar ao outro lado. Federico a esperava.

Ela encontrou o ponto do *traghetto* e pagou uma lira, se apertando com os outros na gôndola. O passeio de barco seria uma experiência nova. Enquanto o barqueiro empurrava o píer com o remo e eles começavam a deslizar pelo Grande Canal, ela agarrou o braço da mulher parada à sua frente, mas logo a soltou, envergonhada. Na pressa em chegar à ópera, não pensara em como aquele passeio seria maravilhoso, como Veneza parecia diferente quando vista da água. Enquanto se acostumava com o balanço, Violetta olhava ao redor, fascinada. Ouviu o som de flauta saindo da janela aberta de um *palazzo*. Sentiu o odor de peixe podre e de limões no ar. E ficou feliz pela oportunidade de fazer uma pausa em sua bela fuga sob as estrelas.

Quando voltou a terra, ela seguiu rápido para o que parecia ser o norte. Perguntou o caminho para cinco pessoas diferentes, e todas esperavam receber gorjeta pela resposta. E a única orientação que recebia era *sempre dritto*, sempre reto, algo impossível em Veneza. Por fim, chegou ao enorme teatro. Um porteiro pediu seu ingresso.

Violetta balançou a cabeça.

— Eu não...

— Não posso deixá-la entrar sem ingresso.

Ela ergueu a chave, hesitante.

— Venha comigo — respondeu o homem de imediato, guiando-a para dentro e por dois lances de escada.

Ele a levou até uma porta dourada e fez uma mesura, anunciando sua partida. Violetta colocou a chave na fechadura e a virou. Antes de a porta abrir, Federico já havia aparecido. Sem máscara, apenas seu rosto.

— Olá — disse ele, cheio de intensidade.

— Olá.

Por um instante, os dois apenas se encararam. As bochechas de Violetta coraram. Lá embaixo, bem longe, um tenor cantava sobre as armadilhas do amor. Ela sentia o nervosismo de Federico com a mesma intensidade que o seu.

— Fui ousado demais hoje cedo? — perguntou ele finalmente, analisando-a.

Violetta fez que não com a cabeça.

— Eu fui ousada demais quando entrei no seu *palazzo*. Uma mulher na minha posição não deveria...

— Entre — disse ele. — Vou guardar seu segredo.

Era isso que ela queria ouvir. Federico pegou sua mão e a puxou para dentro. Então fechou a porta. Violetta reparou que os dois estavam sozinhos. Finalmente. Ela apertou a mão dele e se aproximou. As palavras, a postura, o toque em suas costas enquanto ele a guiava para o sofá, tudo fazia seu coração disparar. A presença daquele homem a fazia se sentir radiante e protegida ao mesmo tempo.

Violetta se inclinou para ver o palco, que exibia um campo montanhoso pintado em um fundo de madeira. Ela só vira paisagens do interior em pinturas. O teatro era o mais próximo do mundo fora de Veneza a que chegara.

Seu olhar passou pela ópera, observando a plateia hipnotizada, inclinada para a frente em seus camarotes e nas fileiras de assentos diante da orquestra. As mulheres usavam vestidos rodados, lindos, e perucas com cachos elaborados. Todos usavam máscaras, mas a postura das pessoas indicava o quanto estavam cativadas pela apresentação. Violetta se lembrou de algo que a abadessa dissera havia muito tempo, enquanto passavam pela ala das sifilíticas.

— Como elas ficaram doentes? — perguntara Olivia.

As jovens órfãs não tinham permissão para entrar na enfermaria, e seus mistérios incitavam fascínio e medo.

— Pouca-vergonha — respondera a abadessa, séria. — Essas mulheres caíram em tentações pecaminosas, como ir à ópera. Mas o Senhor sempre as manda de volta para nós.

Agora, era nítido que as experiências da abadessa eram limitadas, que ela se sentia ameaçada por aquelas venezianas livres. Violetta queria ser como as mulheres ali no teatro, tranquilas, atraentes, buscando prazer e beleza na vida.

Ela se virou para Federico, roçou o joelho no dele. Prendeu a respiração. Os dois se olharam, e ele sorriu, tocando-lhe o rosto. Seus dedos contornaram a borda da *bauta* e passaram para sua pele, tocando seu queixo. Violetta sentiu um desejo louco de arrancar a máscara e permitir que Federico visse seu rosto, como ele fizera naquela manhã. Mas não podia. Certamente não ali, onde qualquer um podia desviar os olhos do palco.

De repente, Lucrezia apareceu acorrentada no cenário, sendo puxada por dois homens.

— Você chegou na hora do *grand finale* — comentou Federico, distraído.

Violetta olhou para a cantora no palco, lembrando-se de como o comportamento de Lucrezia se apaziguara na presença de Federico.

— Vocês dois... — começou a dizer. — Ela ama você?

— Nós fomos amantes. Mas sou o segundo filho, não posso me casar.

Violetta piscou.

— Por que não?

Havia tanto que ela não sabia.

A voz dele se tornou ressentida.

— Para preservar nosso patrimônio. Somos uma família ducal. Meu bisavô foi doge, e, desde então, cada um de seus descendentes tem poder de votação no Grande Conselho da república. Mas apenas um filho de cada geração tem direito de casar e inscrever seus herdeiros no Registro de Nomes da nobreza. Infelizmente, eu não sou um deles.

— Que coisa horrível — comentou Violetta.

Ela sentia pena das moças que saíam do Incuráveis para se casar. Sempre temera os laços e a responsabilidade de ser mãe. Mas tinha a liberdade de tomar essas decisões. E se alguém a proibisse de ter uma família?

Talvez ninguém fosse completamente livre.

— Não é tão ruim assim. — Federico riu, e Violetta queria perguntar por que, mas ele apontou para o palco, para Lucrezia, que cantava. — Ela não é uma pessoa simpática, mas é uma contralto muito talentosa. — E então voltou a encará-la. — Mas, por outro lado, você cresceu cercada pela melhor música do mundo.

— Como você me encontrou? — perguntou ela, temerosa.

Federico pegou a garrafa de champanhe no balde de gelo e lhe serviu uma taça.

— Faz muito tempo que escuto falar da famosa Violetta, *voce d'angelo*, mas não ia à missa desde a morte da minha mãe. Acho que eu não queria esperar muito para vê-la de novo.

— Você se esqueceu de mencionar a melhor parte. — Ela ergueu uma sobrancelha. Algo lhe dizia que Federico não fora assistir à apresentação por acaso, que sua presença fora cuidadosamente planejada. — *Como* você me encontrou?

— Você é feliz lá?

A pergunta a pegou desprevenida. Ela parou para pensar, assistindo a Lucrezia.

— Podia ser pior.

— E por que veio hoje? Por que se arriscar tanto?

Violetta não podia dizer a verdade: *Quero mais.* Tinha medo. Ali, finalmente, havia alguém que poderia ajudá-la a fugir. E se ela fosse capaz de tornar seus sonhos realidade?

— Quero ouvi-la cantar de novo — afirmou Federico. — Quero colocá-la em um palco.

— Não posso. Não em Veneza.

Ele se inclinou para a frente.

— Não aqui. A ópera atrai gente demais.

— Então onde?

Ele sorriu.

— Em La Sirena, onde dançamos escondidos da lei. Durante o dia, você cantaria no Incuráveis. À noite, viria cantar para mim.

Federico tomou suas mãos.

Ela se inclinou para perto dele, ofegante.

— Comece com uma apresentação por semana, no dia que preferir. Cante o que quiser. Vou transformá-la em uma estrela. E vou guardar seu segredo. Minha prioridade será protegê-la.

Federico observava o dedão de Violetta, que acariciava as costas da mão dele, em um gesto ousado. Era bem mais fácil usar o corpo, e não palavras, para transmitir seus desejos.

— Da forma como você fala, parece simples — disse ela.

Ele sorriu.

— Vamos assinar um contrato. Vou lhe pagar dez vezes mais do que a igreja.

As mãos de Violetta ficaram imóveis enquanto ela pensava no assunto. Federico estava falando sério. Nos seis meses em que cantava no coro, ela já ganhara uma pequena fortuna. Mas havia gastado quase todas as economias no vestido de seda púrpura, e o restante — seu dote — estava nas mãos da abadessa, guardado para um futuro marido ou para sua aposentadoria em um convento quando completasse 40 anos.

Não, Violetta não seguiria nenhum desses caminhos. Talvez seu destino fosse aquele, bem ali, com Federico.

— É mais fácil do que imagina — disse ele.

— Tenho medo — confessou ela.

— Eu também tenho — confessou Federico, surpreendendo-a. — Não escuto uma voz como a sua...

Pelo modo como ele hesitou, Violetta ficou esperando ouvir um *desde*, fazendo referência a um passado distante, mas isso não aconteceu.

— Preciso pensar — respondeu ela.

— Vou ficar esperando — garantiu ele enquanto, no palco, a cortina descia.

8

Nas noites de quinta-feira, La Sirena era palco de encontros não oficiais de três ordens esotéricas. Os cabalistas, com suas barbas brancas, ocupavam a grande mesa central sob o candelabro, os maçons tomavam vinho e jogavam cartas na cabine mais próxima do bar, e os alquimistas, adeptos do rosacrucianismo, sentavam-se ao fundo, perto dos músicos.

Carlo apresentara Mino aos rosa-cruzes na primeira noite em que foram juntos ao cassino. No começo, sua característica favorita naqueles homens era o fato de serem inimigos jurados dos maçons. O líder dos maçons era o homem que o aconselhara a procurar a mãe no bordel.

Mas essa inimizade não era a única coisa que tinham em comum. Apesar de Mino não ter dinheiro para jogar com os novos amigos (ele sempre aparecia no fim da longa partida de uíste), gostava de ler seus panfletos e refletir sobre a existência de um elixir da vida eterna que poderia curar a humanidade. Ele admirava a seriedade dos devotos, a mente livre de preconceitos. E até gostava do pingente que usavam — a rosa de madeira sobre a cruz.

— Não é um símbolo cristão — explicara Carlos. — A ordem Rosacruz surgiu antes do cristianismo. A cruz representa o corpo humano. A rosa é aquilo que desabrocha na consciência das pessoas no decorrer da vida.

Mino gostava de imaginar uma rosa lentamente se abrindo dentro de si. Desde que saíra do Incuráveis, aquela confraria era o mais perto que tinha de uma família. Ele gostava da teoria de que matérias-primas grosseiras podiam ser transformadas em algo mais nobre.

— Quando falamos sobre transmutação, estamos apenas nos referindo a transformar metal em ouro? — perguntou o irmão superior a Mino enquanto bebiam vinho. Gianni usava uma peruca chamativa e rígida, e uma máscara pequena demais para o rosto largo. Ele já havia ido à Alemanha, onde os manifestos originais da ordem haviam sido escritos, e parecia, para Mino, um homem muito sábio. — Ou podemos admitir a transmutação do caráter humano de sombrio para radiante?

— Espero que as duas coisas sejam possíveis — respondeu Mino.

— Na minha experiência, mudanças metafóricas costumam ser acompanhadas de mudanças físicas.

Ele pensou no dia em que conheceu Sprezz, nas botas que ganhara. Pensou em como o sentimento que tinha por Letta parecia sair de seu coração e reverberar pelo corpo.

Mino queria mudar tudo em si — sua solidão, sua autoestima, os lugares horríveis onde dormia, o tempo perdido desde que segurara um violino pela última vez, as lembranças daquela tarde com Letta...

Antes de conhecer os alquimistas, ele estava convicto de que seria incapaz de mudar sua situação. Porém, recentemente, em especial no fim daquelas noites de quinta-feira, sentia a ânsia de melhorar de vida crescendo dentro dele.

No fim de setembro, tarde da noite, quando todas as garrafas na mesa estavam vazias, Carlo lamentava seu amor por Carina. Mino tinha um único soldo no bolso, nem de longe o suficiente para bancar as noites em que o amigo ficava naquele estado. Ele acenou para Nadia, a garçonete, e ela trouxe uma dose de *acqaioli* para Carlo.

— Ela prometeu que jantaria comigo, em uma cafeteria discreta em Cannaregio, longe da casa do marido — contou o gondoleiro, colocando açúcar na bebida. — Passei o dia todo ansioso.

Carlo se inclinou para a frente, e Mino viu a falha no centro de uma de suas sobrancelhas, onde ele arrancara os pelos, nervoso. Sua mão se ergueu para puxar mais.

Mino a segurou.

— Chega, meu amigo. Calma.

— Quando cheguei à cafeteria — continuou Carlo —, descobri que não era o único tolo presente. Ela convidou cinco homens para jantar.

Mino arregalou os olhos. Um dia, conheceria a mulher que fazia troça dos homens de Veneza. Diziam que ela havia sido dançarina em Constantinopla.

— Sabe qual é a pior parte? — perguntou o amigo. — Todos nós passamos horas ali, esperançosos. No fim, ela foi embora sozinha!

— Para se encontrar com um sexto homem?

— Quando um homem vê uma ponte, não espera encontrar água embaixo? — Carlo suspirou. — Pelo menos me sinto melhor sabendo que não sou o único.

Mino só se permitiu rir depois que o amigo soltou uma gargalhada. Mesmo quando estava mais deprimido, Carlo sempre conseguia encarar sua vida amorosa com bom humor. Mino não podia admitir quanto o invejava. Se ao menos pudesse ver Letta outra vez.

Às suas costas, ele ouviu uma cadeira sendo arrastada antes de sentir o calor de uma vela se aproximando. Gianni viera se sentar perto dos dois.

— Toda semana é a mesma coisa, Carlo — disse ele. — O que essa mulher tem de tão nobre? Não está vendo que, nesse salão, há mais de vinte mulheres que poderiam beijar você até transformar sua tristeza em alegria?

— Mino — começou o gondoleiro, jogando uma salsicha na boca —, diga a ele que isso é impossível. Carina é um anjo, e eu a segurei em meus braços. Não sou capaz de voltar para as mulheres mortais.

— Carlo é tão incapaz de beijar outra mulher quanto de transformar fogo em gelo — comentou Mino, solidário.

— Tudo é possível — respondeu Gianni, abrindo espaço em seu colo para uma bela e perfumada cortesã.

— Essa conversa de novo? — comentou a mulher, sentando-se no joelho do rosa-cruz. — Algumas coisas não mudam. E por que sua amante deveria ser diferente? Ela tem tudo: um *palazzo*, um marido rico, a amante do marido para mantê-lo ocupado e uma dezena de tolos como você.

A mulher acariciou a bochecha de Carlo.

— Mas eu a amo mais que todos — afirmou ele.

— Sorte dos outros. — A cortesã riu e se virou para Mino. — E você?

— O que tem eu?

Ele ficou tenso, sentindo que era o alvo de todos os olhares na mesa. Desde que começara a conviver com aqueles homens, Mino preferira manter seu passado em segredo. Ele pulava a parte dos jogos de cartas, chegava a tempo das discussões filosóficas, se demorava a fim escutar as músicas e partia com Sprezz quando chegava a hora de se engraçar com as damas. Já havia passado a hora de ir embora. Aqueles encontros eram bons enquanto ele podia fazer as coisas em seu ritmo, e não estava pronto para contar seus segredos.

— Que tipo de amante você prefere? — perguntou a cortesã, apoiando os cotovelos na mesa.

— Que estranho — disse Carlo, encarando o amigo com os olhos apertados. — Nunca vi você falando com uma mulher.

— Muita coisa acontece enquanto você está secando suas lágrimas — rebateu Mino.

Quando fora a última vez que ele tivera uma conversa íntima com uma dama? Na maioria das noites que visitava La Sirena, trocava gracejos com Nadia. E costumava encorajar os flertes das clientes do Venezia Trionfante durante a troca das mesas por gaiolas à meia-noite. Também conversara abertamente com aquela mulher na cozinha do bordel enquanto comia ovos. Ela parecera gentil, mas depois o enganara; ele agora se dava conta de que, desde então, se fechara ainda mais.

Mas ainda conversava com Letta na maioria das noites, quando a lua estava brilhante e ele se sentia próximo dela, ao imaginá-la admirando o mesmo céu. *Você está bem?*, perguntava. *Me perdoe.* Mas aquelas palavras eram orações, não conversas. Se ao menos pudesse falar com ela. Pedir desculpas. Ele não pensara no que pedira a Letta que abandonasse naquele dia.

— Você ficou pálido, Mino — comentou Carlo.

— Será que ele é virgem? — perguntou Gianni. — É esse o problema?

— Existe solução para isso. — A cortesã riu.

Mino queria ir embora, mas todos o encaravam.

— Eu amava uma mulher — confessou ele, rouco. — Ela morreu.

A mesa inteira começou a rir, até mesmo Carlo, cuja gargalhada reavivou suas lágrimas.

— Que bom que fazer apostas não é o seu forte — disse o amigo. — Você mente muito mal, Mino.

— Venha trabalhar como meu contador no armarinho — falou Marcello, o chapeleiro. — Nunca conheci ninguém tão obviamente honesto.

— Preciso mesmo de um emprego — respondeu Mino, se forçando a rir com os outros.

Nem Carlo sabia como sua situação era precária. Fora uma escolha sua não contar a ninguém onde dormia; mas, agora que tinha amigos, não sabia como pedir ajuda a eles.

Ele não tinha dinheiro. Sprezz sempre conseguia encontrar comida para os dois, mas aquilo nunca o deixava confortável, e a vergonha grudava no fundo de sua garganta como uma espinha de peixe. Se ele realmente mentia mal, por que os rosa-cruzes não enxergavam sua farsa, sua fome, seu sofrimento?

A vida inteira de Mino parecia ser formada por mentiras, e isso o deixava incomodado. Ele mentira para as mulheres em San Marco sobre ser gondoleiro. Mentira para o homem que trouxera a La Sirena. Mas falar de Letta o fez pensar no menino que fora naquele primeiro dia no telhado. Será que ele só conseguia ser honesto quando se tratava dela?

— Somos patéticos — comentou Carlo, se apoiando no amigo e passando um braço em torno dos ombros dele. Seus olhos seguiram uma moça bonita de vestido verde que se aproximava do bar. — Até Carina diz que preciso ter outras amantes para nós dois sermos felizes. Tenho certeza de que a sua falecida namorada o observa do céu e deseja que você encontre... consolo. Escolha, meu amigo, e o acompanharei. Vamos tentar a sorte essa noite.

Mino sentiu um aperto no peito enquanto olhava ao redor do cassino. Praticamente todas as mulheres ali eram deslumbrantes. Ele não queria falar com nenhuma delas.

Seus olhos encontraram os musicistas — o *castrato* e sua acompanhante alta e loura — descendo do pequeno palco para um intervalo.

— A violinista — disse Mino. Já que seria obrigado a conversar com uma mulher hoje, talvez conseguisse ter assunto com aquela. Os dois poderiam falar sobre música, sobre violino. De repente, ele se sentiu impulsionado por uma força inesperada. — Vamos.

— Você tem bom gosto — elogiou Carlo, se levantando. — Gostei mais da amiga.

Mino não estava olhando para a amiga nem para a mulher. Seu foco era o violino. Talvez ele nunca mais tivesse um instrumento. Quando finalmente parou diante da musicista — que era bem mais alta que ele, com uma coroa imponente de cabelo louro claro —, sua inveja era tanta que se transformava em raiva.

— Você toca bem — resmungou ele.

— Eu sei. — A mulher recebeu o elogio com ar entediado.

— Quem quer mais vinho? — gritou Carlo atrás do amigo, se inclinando perto demais da bela morena sentada à mesa.

A moça parecia desconfortável, e Carlo, triste e desesperado.

Mino deu as costas para os dois, observando o violino que a loura guardava no estojo. Não chegava tão perto de um desde que deixara o seu no apartamento. Ele apertou as mãos para não o pegar. E mudou o foco para a mulher, que era linda, mas parecia cansada. Seu vestido estava manchado de suor, e sua pinta falsa havia borrado no nariz.

Ele ofereceu um lenço.

— Posso?

A violinista pareceu confusa, mas ficou parada enquanto Mino limpava seu rosto. O toque pareceu afetá-la; ela amoleceu e, um instante depois, ergueu a máscara. Era mais bonita do que ele esperava. Mino tocou sua metade da pintura no bolso e ficou surpreso com as semelhanças. Será que havia alguma conexão? Como poderia tocar em um assunto daqueles com uma desconhecida?

— Você escolhe as músicas que toca? — perguntou ele.

— Federico escolhe — respondeu ela com frieza, recolocando a máscara, focando-se em outra coisa. — Ele escolhe tudo.

— A música era bonita — elogiou Mino, sentando-se no banco diante dela.

— Prefiro Vivaldi. Ele está apresentando uma ópera maravilhosa no Teatro San Moisè... — A violinista o encarou de cima a baixo, como se notasse cada mancha na borda esfarrapada de seu *tabarro*. — Imagino que você não tenha visto.

— Não, mas adoro os oratórios de Vivaldi.

Ele os ouvira algumas vezes nas saídas ocasionais que fazia com os outros órfãos para o Ospedale della Pietà. Letta e todas as suas colegas de conservatório eram apaixonadas pelas composições sagradas de Vivaldi.

— Também gosto dos oratórios — revelou a morena do outro lado da mesa, sua voz retumbante e frágil ao mesmo tempo, e Mino notou seu desespero para sair de perto de Carlo, que derramava vinho enquanto tentava encher sua taça.

— Sim, ela conhece *todas* as músicas sacras — reforçou a loura, completamente desinteressada.

Mino observou a morena com mais atenção. Devagar, ela ergueu a máscara. Seu belo rosto era redondo, com olhos grandes, escuros, cheios de energia. Quando ela piscava, parecia uma borboleta. Seu vestido era mais simples do que a maioria dos das outras mulheres no cassino, mas destacava sua beleza natural e radiante. O cabelo também era muito simples, da cor natural, sem peruca, preso em um coque na base do pescoço comprido. Ela sorriu.

— Eu me chamo Ana — disse, indicando a loura com a cabeça.
— Essa é a Stella.

Stella ofereceu a bochecha para o beijo obrigatório de Mino. Ninguém fazia essas coisas no Incuráveis; ele tinha muito a aprender sobre mulheres. Ele se inclinou e roçou a parte inferior da própria máscara contra a bochecha mascarada da musicista e então fitou Ana, para ver se ela esperava o mesmo. Lentamente, a morena inclinou o rosto em sua direção.

Talvez por ela ter tirado a máscara, Mino se sentiu na obrigação de remover a sua antes de beijá-la. Colocou-a sobre a mesa. E encostou a boca na bochecha dela. Ele se demorou, sentindo um calor atravessar o corpo diante da pressão macia daquela pele.

— Meu nome é Mino — apresentou-se. — Meu amigo se chama Carlo.

Explicou e deu um tapinha no ombro de Carlo, que estava com a cabeça apoiada na mesa.

— Ele está bem? — perguntou Ana.

— Com o coração partido — respondeu Mino.

A morena assentiu, e ele percebeu que tinha se acostumado a receber conselhos amorosos de mulheres. Sopesou a discrição daquela moça.

— Ana, estou no meu intervalo — disse Stella. — Quero descansar, não — ela acenou para Carlo e Mino — fazer isso.

Os olhos de Mino se voltaram para o violino no estojo aberto. Ele admirou a madeira, a voluta ornamentada. Jamais gostara de volutas grandes como aquela. Instrumentos mais modestos produziam um som mais acalorado.

— Ela não falou por mal — disse Ana. — Só está muito cansada...

— Maldição — murmurou Stella.

Uma das cordas de crina de cavalo do violino se partira.

Sem pensar ou hesitar, sem nem mesmo tirar os olhos de Ana, Mino se esticou para pegar o instrumento e puxou a corda solta com a força necessária para deixar as outras no lugar.

— Também estou muito cansado — disse ele, e, sentindo o focinho de Sprezz cutucando-o sob a mesa, se inclinou para fazer carinho na cabeça do cachorro.

Ana piscou. Ele demorou um tempo para entender por que ela parecia surpresa. Seu gesto, puxando a corda inteira do violino, fora intuitivo. Mas, agora, sendo observado, Mino se sentiu de volta ao Incuráveis, aos primeiros anos em que levava o violino para o telhado e aprendia a tocar.

Agora, era impossível não pedir, não estender as mãos para o instrumento de Stella.

— Posso?

A loura lhe entregou o violino como uma mãe entrega um filho para um médico, subitamente alerta.

Mino o segurou perto de si, passou os dedos pela superfície, pensando na música e na vida daquele instrumento — do momento em que fora produzido para Stella, em sua infância, aos primeiros gemidos torturantes que ela produzira, até quando a musicista conseguira o emprego em La Sirena e tivera dúvidas de que tinha talento suficiente para fazer aquilo; e viu o futuro, quando ela o levaria para um teste no Teatro San Moisè; e, depois, a proprietária seguinte, talvez a filha de Stella, que sentiria a mãe através da madeira gasta.

Segurar o violino era suficiente; Mino não precisava tocar nenhuma música com ele.

— Talvez fosse bom tentar um encordoamento de aço melhor para as cordas ré e sol — sugeriu ele, por fim. — Você se apoia nelas quando toca *sul ponticello* em *vibrato*. Elas vibram?

Mino não falava com tanta franqueza desde que saíra do Incuráveis, mas achava que a mulher precisava dessas informações.

Os olhos de Ana se arregalaram ao se virar para Stella.

— Ontem mesmo você reclamou da vibração das cordas.

— Um encordoamento diferente mudaria minha tessitura — comentou a loura.

— É claro — respondeu Mino, empolgado por estar discutindo aquele tipo de assunto. — Mas pode ser uma mudança boa, especialmente quando você tocar peças mais lentas, como um largo. Além disso, as cordas parariam de vibrar.

— O que faria você parar de vibrar? — perguntou Stella, séria.

Mino respondeu no mesmo ritmo.

— Assim como um violino, necessito de dedos firmes.

Stella não riu, mas Ana soltou uma gargalhada, um som mais musical do que qualquer coisa que Mino ouvira naquela noite. Ele se virou para observá-la.

— Stella. — O *castrato* passava pelo grupo, gritando por cima do ombro para a acompanhante seguir para o palco.

— Devolva — disse Stella, erguendo a mão para pegar o violino de Mino. — Desperdicei meu intervalo inteiro com você.

Ele lhe entregou o instrumento, incomodado ao ver como a loura o segurava com brutalidade enquanto corria para o palco.

Ao ouvir o som do violino, Carlo se levantou e gemeu. Então esfregou os olhos e oscilou.

— Preciso dormir.

— Vou ajudar você — ofereceu Mino, se levantando do banco e apoiando o amigo em seu braço.

Mas Carlo, mesmo embriagado como estava, olhou para ele, depois para Ana, e sorriu, balançando a cabeça.

— Fique.

— Você vai ficar bem sozinho? — perguntou a morena.

— Moro a dois quarteirões daqui — respondeu Carlo, falando arrastado. — Nem tenho que atravessar pontes, então não precisam ficar com medo. Não vou me afogar.

Ele se inclinou para se despedir com beijos nas bochechas da dupla.

Mino corou ao se sentar de novo. Já devia ter ido embora. Por que não fora? Sim, segurar o violino fora avassalador, mas para que fizera aquilo? Sprezz dormia aos seus pés. Os dois estavam longe de seus habituais refúgios em San Marco, e a ideia de procurar um novo lugar para dormir em Dorsoduro não era agradável.

Ana puxou seu banco para mais perto. Apesar da multidão dentro do cassino, era como se os dois estivessem sozinhos.

— Então — disse ela, cheia de curiosidade. — Chegou a hora das perguntas.

— Tudo bem.

A morena espiou embaixo da mesa.

— Quem é esse? Ele é uma graça.

— Sprezz. Apelido de Sprezzatura. — Quando Ana inclinou a cabeça, Mino entendeu que ela não conhecia o termo. — Significa algo difícil feito de um jeito que parece fácil.

O sorriso dela se alargou. Que moça bonita.

— Adorei o nome.

— Combina com ele. Era isso que você queria saber?

— Essa era a primeira coisa — confessou ela baixinho, se inclinando mais para perto. Mino prendeu a respiração. — Minha segunda pergunta é: quem é você?

Ela era uma moça tão pequena. Se Mino a abraçasse, os ombros dela ocupariam apenas o espaço entre seu cotovelo e seu peito. Ana também era jovem e tinha o tipo de beleza que parecia destoar do cassino, não usava pintas falsas nem ruge. Seu encanto estava na simplicidade. Mino achou que preferiria vê-la em uma *piazza* ensolarada ao olhar para ela em um buraco como aquele, onde a luz das velas criava sombras que não faziam jus à sua beleza. E, por um instante, tudo que ele queria era ver aquela moça caminhando sob o sol. Aquele desejo surgiu de repente, reconfortante e confuso ao mesmo tempo.

— Pois bem — disse ela, passando um dedo pela borda de sua taça, que permanecia quase cheia. — Vou adivinhar. Você é maestro? Compositor de um teatro? Professor particular?

— Eu não sou ninguém — respondeu Mino. Não apenas ele não mentiria para aquela mulher, como *queria* que ela soubesse a verdade. Queria ver o desdém naqueles olhos brilhantes quando Ana descobrisse que ele dormia na rua e se alimentava com restos de comida. Então, ela o expulsaria daquela fantasia antes que as coisas piorassem. Pois de que adiantaria continuarem conversando? Ele nunca mais a veria. — Eu não sou ninguém. Só um fantasma.

Ana esticou a mão, tocou seu ombro, e então, gentilmente, subiu para sua bochecha.

— Você parece tão real. — Ela inclinou a cabeça. — A quem está assombrando?

— Minha mãe.

A morena olhou ao redor do cassino, pensando que Mino falava de forma literal.

— Ela está aqui?

Ele tirou sua metade da pintura do bolso, colocou-a em cima da mesa. Ana fitou a imagem por um instante, mas preferiu se concentrar nele.

— Não entendi.

— Você nunca viu uma dessas? — perguntou Mino.

Ela fez que não com a cabeça e passou os dedos pela borda quebrada da madeira.

— É a metade de uma pintura. — Mino se inclinou para perto, para ter a mesma visão que ela. De repente, a imagem lhe pareceu velha, desbotada, e, em vez de pensar na mãe, ele se deu conta de que estava tão perto de Ana que conseguia sentir o aroma de sua pele. Ela cheirava a laranja. Ele ficou tonto, então se afastou e pegou a pintura de volta. — Tenho a parte de cima. Minha mãe, a de baixo. Pelo menos foi isso que sempre achei.

— Você é órfão — constatou ela, baixinho.

Mino a fitou com os olhos cheios de lágrimas. Mas viu através delas, viu o brilho daquela moça. E, quando piscou e voltou a enxergá-la com clareza, esperou encontrar decepção, esperou que ela saísse da mesa. Mas Ana continuou ali. E também chorava.

— Você quer usar a pintura para encontrá-la.

— É tudo o que eu tenho.

Ele se surpreendeu quando os dedos da morena se entrelaçaram aos seus.

— Você se lembra dela?

Um vislumbre de memória surgiu em sua mente. O cabelo curto e o colar que a mãe usava, a forma como os dedos dele se enroscavam na corrente. Agora, a lembrança era contaminada com a imagem dela na roda, aliviada e correndo pela *calle*. Indo embora.

Mentira, disse Mino a si mesmo, mas a lembrança não mudou.

— Ela era cantora — respondeu ele, agora passando o dedão sobre uma unha de Ana. Gostou de ver que ela não as pintava. — Tinha uma voz maravilhosa.

— Minha irmã conhece várias musicistas em Veneza — comentou Ana. — É um mundo pequeno. Talvez ela conheça alguém que possa ajudar.

— Seria muita generosidade — respondeu Mino, só então percebendo que a morena apontava a cabeça para Stella, que atacava o violino e os encarava com raiva. — Vocês são irmãs? Você e Stella?

— Somos mais parecidas do que você imagina. — Ana riu. — Ela é antipática no começo, mas tem um bom coração quando passa a confiar em uma pessoa. E conhece muita gente.

Nadia, a garçonete, passou pela mesa. E não pareceu nada feliz quando viu que a única pessoa que restava para pagar a conta era Mino.

— Estamos fechando. Você me deve dez soldos.

Ele entrou em pânico. Carlo não deixara dinheiro nenhum quando fora para casa. Nadia viu a expressão em seu rosto e assobiou baixinho.

— Que surpresa!

— Nadia — começou ele. — Posso voltar amanhã e...

— Com quanto, um soldo? — rebateu a garçonete. — Não posso deixar você sair de fininho hoje, Mino. Federico está aqui.

Ela indicou um cavalheiro alto e moreno, sem máscara. Aquele devia ser o dono de La Sirena.

Mino engoliu em seco, percebendo que já vira aquele homem antes chamando os seguranças para tirar clientes do cassino à força. Havia uma brutalidade nítida nele, algo que ele jamais queria enfrentar.

Mas, então, Ana começou a mexer em uma bolsa roxa e colocou algo na mão da garçonete.

— Resolvido — disse ela.

— Não — implorou Mino.

Aquilo era uma vergonha.

— Não tem problema. — Ana apontou com a cabeça para a porta, um pouco tímida. — Vamos?

Mino lutou para encontrar as palavras certas. Aonde iriam? O que ela queria dizer com aquilo? Ele iria a qualquer lugar ao seu lado.

— E Stella? Não é melhor você esperar?

Ana deu de ombros.

— Ela tem um encontro.

Ele engoliu em seco.

— E você, não?

A morena segurou a mão de Mino de novo. Sua palma era tão pequena, úmida de suor, e ele gostou daquela mistura de confiança e ansiedade.

— Talvez sim.

Ana sorriu. Então pegou a máscara de Mino em cima da mesa e a amarrou em torno da cabeça dele. Ele fez o mesmo com a dela. Foi mais difícil amarrá-la do que imaginava. Ele bebera demais.

— Desculpe. Não costumo ser tão desajeitado.

— Está tudo bem, Mino. — Ana parecia compreendê-lo. — Minha casa é aqui perto. A lareira está acesa. Já passamos tempo demais em La Sirena.

9

No fim de uma noite úmida de setembro, Violetta correu pela labiríntica calle della Toletta usando sua máscara e seu colar. Era difícil correr em um vestido tão apertado, mas ela não descansaria até encontrar a árvore rebelde perto da entrada de La Sirena.

Fazia quase três meses que refletia sobre a oferta de Federico, ansiosamente cogitando aceitar, mas mudando de ideia quando a possibilidade começava a parecer real demais. Então, naquela tarde, o *ospedale* celebrara o jantar de despedida de Vania, que, aos 40 anos, se aposentava do coro e seguia para o convento de San Zaccaria. A voz de Vania continuava emocionante e afinada, porém nunca mais seria ouvida em público. Quando Violetta a abraçara e dissera adeus, a única coisa em que conseguira pensar foi: *nunca, nunca, nunca.* Sua vida não seguiria aquele rumo limitado. Havia tomado sua decisão. E ela não queria desperdiçar seu tempo. Pretendia dar a resposta a Federico imediatamente.

Ao virar a última esquina, deu de cara com um casal mascarado vindo na direção oposta.

— Desculpe — disse a mulher, que era bem mais baixa que Violetta e muito pequena, esfregando a testa no ponto em que o pingente de opala a acertara.

Violetta fez uma careta. Com a força do impacto, a ponta da armação de ouro que prendia a pedra espetara seu peito. Quando ergueu a pedra e olhou para baixo, viu uma gota de sangue surgir em sua pele.

— A senhora se machucou? — perguntou a mulher, e, por um instante, Violetta não conseguiu associar o incômodo no peito àquela criatura diminuta diante de si.

Ela queria brigar com a outra por sua afobação, ignorar o fato de que ela mesma fora afobada, mas então notou o homem mascarado, coberto por um *tabarro*. Ele parecia um pouco cambaleante. Devia estar bêbado. De repente, a pressa da mulher em levar aquele idiota para casa e para a cama se tornou compreensível.

— Estou bem — respondeu ela com mais frieza do que o necessário.

Não queria perder mais tempo com aquele casal. Precisava falar com Federico.

Então, quando seguiu para passar por eles, um cão preto e branco latiu. Violetta se lembrou do cachorrinho que costumava observar da janela do sótão quando era menina. Como queria vê-lo de perto. Fazia anos que não pensava nele, e a visão daquele cão a levou de volta a uma época mais simples, quando seus desejos não eram assustadores.

Segundos antes, nada poderia ter diminuído seu ritmo. Agora, Violetta ficou de joelhos sobre o calçamento da rua e mostrou a palma da mão enluvada para o cachorro. Sentiu o bigode dele através da seda enquanto ele a farejava, depois a pressão molhada de sua língua. Ela fez carinho na cabeça do cão, deixou os dedos se demorarem nas orelhas. Queria perguntar seu nome.

Mas, quando olhou para o casal, viu a mulher inclinando o corpo sob o braço do amante. Viu que ela segurava o peso do homem. Viu uma generosidade altruísta, sem julgamento em seus gestos, nas palavras reconfortantes que murmurava.

Violetta tentou imaginar esse tipo de carinho vulnerável entre ela e Federico. Havia *algo* entre os dois, porém diferente, mais intenso. Quem sabe um dia, pensou, agora observando o homem beijar a mão da parceira. O gesto simples a fez se sentir como uma intrusa.

— Vamos, Sprezzatura — disse a mulher para o cachorro. — Hora de dormir.

O cachorro correu atrás deles, e Violetta se levantou para observá-los se afastando, a pequena família que formavam. Então sentiu uma inveja inesperada, sem conseguir entender por quê. Mas precisava admitir que aquele era um ótimo nome para um cachorro.

Ela atravessou a ponte correndo, sem olhar para trás, tocando no galho mosqueado da árvore enquanto se agachava para evitá-lo.

Seu plano era chegar a La Sirena uma hora antes, mas, enquanto vestia a capa por cima do vestido, pronta para tirar o lençol da cama, amarrá-lo e fugir, ela ouvira Laura se levantar da cama no quarto do outro lado da sala de estar. Os pés descalços da amiga atravessaram o piso de madeira. Aproximaram-se. Violetta tirara a máscara com a rapidez de um *accelerato*. Então a escondera sob a cama com a capa e voltara para baixo das cobertas, puxando-as até o pescoço. Abrira o fecho do colar e o deixara deslizar para a mão, segurando-o sob o travesseiro. Mal tinha fechado os olhos quando a porta se abrira.

— Violetta?

Ela prendera a respiração, ficara imóvel. Sentira que Laura queria entrar, puxar a coberta e se deitar na cama como costumavam fazer, quando eram crianças e suas camas eram menores, assim como a distância entre seus corações. As duas não conversavam tanto agora. Mas Violetta entendia por que a amiga estava ali.

Ela sonhara com a mãe.

Fazia mais de seis meses que Violetta não era assombrada pelo pesadelo com a mãe de Mino. Seus últimos sonhos giravam em torno de Federico. Mas, quando acordava, eles a abalavam da mesma forma.

— Você está dormindo? — perguntara Laura.

Em qualquer outra noite, ela teria convidado a amiga para sua cama. As duas não conversariam, apenas ficariam abraçadas até que a tristeza de Laura amainasse o suficiente para que ela adormecesse. Mas, hoje, não. Não quando ela finalmente decidira aceitar a proposta de Federico. Amanhã teria o dia de folga para se recuperar. Tinha de ser naquela noite.

Se deixasse Laura entrar, ela veria seu vestido, amassado pelo esconderijo no fundo do baú. Veria os sapatos que usava sob os lençóis e entenderia a natureza de seu segredo. Isso não podia acontecer. Os planos de Violetta se estendiam por noites futuras que ainda eram impossíveis de prever.

Quando Laura saíra do quarto, ela se sentira culpada. Passara um bom tempo na cama, esperando, sabendo que a amiga teria dificuldade em cair no sono. Não podia arriscar ser ouvida enquanto descia pela janela.

$$\mathclap{\text{𝄢}}$$

Agora, ela temia ter esperado demais. Já passava de meia-noite. E se Federico tivesse ido embora? Precisava falar com ele hoje. Violetta subiu a escada, parou diante da placa com rabo de peixe e a lamparina de vidro azul.

O porteiro não a reconheceu com a máscara, mas, quando ela afastou a gola da capa e lhe mostrou a opala, o homem fez uma mesura e abriu a porta. Seria bom se Fortunato estivesse ali; hoje, uma linha direta com Federico facilitaria as coisas.

Mas o cassino estava praticamente vazio. Uma olhada rápida não revelou nem o dono nem o criado.

— Como uma moça bonita como você pode estar sozinha a essa hora? — perguntou um homem às suas costas, subindo as mãos por seu quadril.

— Não estou sozinha — respondeu Violetta e se virou, tentando captar o máximo possível da sua aparência sob a máscara. Ele era do seu tamanho e tinha um pescoço pálido, com a barba por fazer. E cheirava a conhaque. — Vim encontrar uma pessoa.

— A única pessoa aqui além da garçonete — disse o homem, se aproximando de novo — sou eu...

Mas, antes que terminasse de falar, foi erguido do chão pela gola do *tabarro* e jogado com força para o lado. Ele caiu em cima de uma mesa de carteado, escorregou para o chão, quebrando uma garrafa ao cair. O lugar que ele antes ocupava foi tomado por Federico. Enquanto o homem gemia e se ajoelhava no chão, o dono do cassino encarou Violetta, e a violência em seus olhos desapareceu.

— Ele incomodou você?

A calma em sua voz fez Violetta pensar em *Magnificat,* de Johann Sebastian Bach. As órfãs costumavam cantá-la no conservatório, e a jovem sempre ficara impressionada com o fato de não haver qualquer resquício do segundo movimento rápido e alegre quando ela chegava ao terceiro, bem mais lento.

O homem não lhe parecera ameaçador, e a reação de Federico fora um pouco drástica, mas Violetta se sentia tanto nervosa por aquele vislumbre de brutalidade como lisonjeada pela rapidez com que o dono do cassino viera socorrê-la.

— Ele está bem? — perguntou ela, se inclinando para examinar o homem, cujo ferimento causado pela batida na mesa sangrava sob a máscara branca.

Violetta se ofereceu para ajudá-lo a se levantar, mas Federico acenou dois dedos, e dois guardas se aproximaram.

Depois que o homem ferido foi removido, sobraram apenas as garçonetes, que limpavam as mesas. Sem os clientes, La Sirena assumia um ar tranquilo, romântico.

— Por favor, não quero passar a impressão de que estou sempre me metendo em brigas — disse Federico, conduzindo Violetta para o bar. — Aquele homem era *confidenti* dos Dez.

Violetta conhecia o Conselho dos Dez. Dentro do Incuráveis, os juízes sempre foram retratados como árbitros que deliberavam sobre questões de justiça com uma rigidez necessária, mas, em seus últimos passeios noturnos pela cidade, ela descobrira que isso era mentira. Multidões se dispersavam correndo ao ver uma das lamparinas vermelhas dos Dez pendurada na proa de uma gôndola. Se aquele homem era *confidenti* dos juízes, isso significava que se tratava de um de seus espiões. E um perigo para uma mulher que se arriscava como ela.

— Obrigada — agradeceu-lhe Violetta. — Mas você não tem medo de ser punido? Ele estava sangrando.

— Eu sei lidar com os Dez, mas não quero que eles tenham acesso a você. — Federico cumpria a promessa de proteger sua identidade. — Agora, me diga. Você trouxe boas notícias?

— Sim.

A voz soava tímida. Violetta não sabia o que havia acontecido com sua coragem, mas, quando ele tomou suas mãos, todo o resto perdeu a importância.

— De verdade? — perguntou Federico. — Vai cantar? Aqui?

— Sim — sussurrou ela. — Vim assinar o contrato.

Ele lhe beijou as mãos uma dúzia de vezes, pegando-a de surpresa com a pureza de sua felicidade. Violetta pensou no casal que vira na ponte. Será que algum dia ela e Federico se gostariam tanto quanto aqueles dois?

— Vamos lidar com os contratos depois — disse ele. — Hoje quero comemorar. — Ele pegou uma garrafa de champanhe e duas taças com uma das mãos, entrelaçando o outro braço ao dela. — Ainda restam algumas estrelas antes do amanhecer.

Federico a levou até a porta, parando para sussurrar algo a Fortunato, que fez uma mesura ao ver Violetta. Então, guiou-a para fora do cassino, pela escada, por baixo do galho do sobreiro e ao longo do canal escuro. A noite estava silenciosa; os festeiros finalmente tinham ido dormir, e os mercadores e trabalhadores aproveitavam os últimos instantes de sono. Era como se Veneza inteira fosse de Violetta e Federico.

No centro da terceira ponte, no ponto em que a *calle* virava para a esquerda e o Grande Canal e o grande portão de bronze do *palazzo* de

Federico surgiam, ele parou e abriu o champanhe. A espuma explodiu da garrafa. Ela riu enquanto tentava pegar o líquido com as taças. Quando as duas se encheram, Federico encostou a sua na de Violetta, fazendo um brinde.

— Você vai precisar de um nome — ressaltou ele.

Violetta estivera pensando nisso, mas sua opção favorita era tão ousada que a deixava nervosa. Ela tomou um gole do champanhe para ganhar coragem.

— O que você acha de La Sirena?

O nome surgira em sua mente enquanto encarava a tatuagem azul do Incuráveis em seu tornozelo. La Sirena permitiria que ela permanecesse anônima para os clientes do cassino, mas também a tornaria indissociável do estabelecimento de Federico. O impulso de usar esse nome artístico era confuso e novo, mas, pela primeira vez, ela não se rebelou contra a ideia de pertencer a um lugar, a alguém.

Agora, ao olhar para Federico, pensou tê-lo visto se retrair por um instante. Mas, no segundo seguinte, ele servia mais champanhe em sua taça e sorria.

— Perfeito.

— Acha mesmo?

— Claro.

Uma gôndola passou sob a ponte, um lampejo de movimento na calmaria da noite.

— Sua carruagem — disse Federico.

— Minha?

— Será mais seguro que você venha e volte de barco. — Ele chamou o gondoleiro com um gesto. — Aquele é Nicoletto. Ele vai esperar você às dez e meia no rio degli Incurabili nos dias das suas apresentações e vai levá-la de volta para casa. Quando você quer começar?

Violetta pensou em todas as suas obrigações. As tarefas do coro começavam mais tarde nas manhãs de quarta. As missas só eram celebradas à noite nesse dia.

— Na terça?

— Então, até terça — despediu-se Federico, beijando suas mãos.

— Às dez e meia.

— Federico, espere — pediu ela, segurando-o antes que ele conseguisse escapar. — Preciso saber uma coisa.

— Pode perguntar.

Violetta levou uma das mãos à opala em seu peito. Lá em cima, as estrelas brilhavam no céu escuro.

— Por que você me deu esse colar?

O dono do cassino olhou para a pedra por um instante antes de encarar Violetta através da máscara e sorrir.

— Eu sabia que, se não fizesse isso, nunca mais veria você.

— Mas e se eu tivesse vendido a opala e fugido de Veneza?

— Então sua ausência seria mais dolorosa do que a perda de qualquer joia — respondeu ele. Enquanto a ajudava a subir na gôndola, deixando-a aos cuidados do belo gondoleiro, Federico beijou sua mão. — Mas você não fugiu de Veneza, não foi?

10

Mino acordou ao som de linguiças fritando e mulheres brigando. Ele não lembrava em que esquina havia caído no sono na noite anterior nem de qual porta de restaurante logo seria expulso. Quando girou, ficou surpreso ao sentir a maciez de um travesseiro contra sua bochecha, o peso quente de uma coberta sobre o corpo. Então abriu os olhos na mesma hora.

Ele encarava a janela de um quarto no segundo andar. Lá fora, grossas gotas de chuva caíam no canal. A *calle* estava cheia de poças, e a água escorria pelo toldo vermelho e branco da padaria lá embaixo. Ele estava seco e aquecido. E sozinho na cama de alguém.

Ana.

Mino se lembrou da noite anterior, de subir a escada cambaleando depois de os dois passarem por canais e pelas sombras de campanários de igreja em sua caminhada até ali. Lembrou-se de ser guiado pela pequena mão da jovem, da risada alegre em seu ouvido, dos *shhh* que ela emitira antes de fechar a porta do quarto. Na escuridão, ele caíra na cama, e Ana o puxara para perto.

Ela o beijara, e a realidade daquela boca firme o deixara maravilhado. Era como se estivesse beijando fogos de artifício. A paixão a iluminava. Ana tinha gosto de laranja.

Quando ele passara os dedos pelo seu cabelo, ela o soltara do penteado. Os fios escorreram como vinho por seus seios, uma teia sedosa em que Mino queria se aconchegar.

Ele não percebera que Ana lhe mostrava exatamente o que fazer até que seus corpos começaram a se mover juntos. Depois, enquanto deitavam-se abraçados, ele se lembrava do suor nas costas dela. Tudo que acontecera ainda parecia inacreditável.

Mino ergueu o lençol, olhou para a própria nudez, esperando parecer diferente do dia anterior. A visão trouxe uma nova lembrança — as mãos de Ana o segurando ao mesmo tempo —, e o desejo voltou.

Então ouviu a risada dela. E tirou a cabeça de baixo da coberta.

Ana estava parada na porta, usando uma bonita camisola branca, o cabelo trançado estava caído sobre um ombro, e ela tinha uma bandeja de vime apoiada no quadril.

— Acho bom você estar com fome.

As palavras eram confiantes, mas a voz soava tímida, e isso o comoveu e o tranquilizou. Desde o instante em que percebera onde estava, havia ficado com medo de abusar da boa vontade da jovem.

— Estou faminto.

Ana se aproximou com a bandeja. Mino se virou de lado para encará-la, e ela se acomodou na curva entre seu peito e seus joelhos. Ele ficou surpreso com a facilidade com que se apoiava em um cotovelo e abria a boca para Ana levar o garfo aos seus lábios. Ele mordeu a linguiça, que estava torrada e quente. E a mastigou por um bom tempo. Nada nunca tivera um gosto tão bom.

— Você está magro demais — comentou ela em um tom tão brando quanto a luz do sol que iluminava seus ombros.

Mino olhou pela janela de novo. Um segundo atrás, estava chovendo. Agora, com a presença de Ana no quarto, o sol atravessava as nuvens sobre o canal e fazia tudo brilhar.

— Você precisa se alimentar melhor — continuou a moça, chamando a atenção dele de volta para o prato.

Mino deu outra mordida, mas, assim que engoliu, chamou:

— Sprezz?

Fazia seis meses que ele e Sprezz compartilhavam o café da manhã todos os dias. Em alguns deles, o cachorro era seu único motivo para seguir em frente.

Agora, o vira-lata saía de baixo de uma pilha de lençóis ao pé da cama, subia no peito dele e lambia seu queixo. Mino o abraçou, envergonhado por não se lembrar do cão os acompanhando até a casa na noite anterior. Sprezz encarou a linguiça e balançou o rabo.

Com uma faca, Ana cortou um pedaço de linguiça e o jogou para ele, batendo palmas quando Sprezz pulou para pegá-lo. Mino arregalou os olhos. Quem era aquela mulher mágica que dava uma linguiça de excelente qualidade para o cachorro de um homem que conhecera na noite anterior? Sprezz lambeu o bigode e olhou para o dono. Ele também não acreditava que tinham dado tanta sorte.

— Tem mais — disse Ana. — Somos nós que fazemos as linguiças. — Ela revirou os olhos. — O dia todo. Já ouviu falar da Costanzo?

— É da sua família?

— Foi fundada pelo meu avô e depois passou para o meu pai. Ele morreu há dois anos, e, agora, eu, minha mãe e minhas irmãs cuidamos da loja. — Os cantos da boca de Ana se ergueram enquanto ela olhava ao redor do cômodo simples, abrindo um sorriso com um toque de tristeza. — Esse apartamento era do meu avô. Moro com minhas irmãs e minha mãe do outro lado do corredor. — Ela indicou com a cabeça a direção de onde vinham vozes femininas. — Nós o alugamos para pensionistas.

Mino queria implorar pelo apartamento. Não importava o preço, ele pagaria. Imagine só ver Ana todos os dias. O pensamento o surpreendeu; por anos, a única pessoa que desejava ver era Letta. Mas, agora, quando ele olhava para Ana, sabia que seu desejo era real. Queria vê-la de novo. Mas não queria contar que morava na rua, então ficou quieto.

— Você gosta de trabalhar na loja? — perguntou ele.

— Antigamente, eu queria ser governanta. — Ela olhava pela janela, fazendo carinho nas orelhas de Sprezz. — Gosto de crianças. Eu devia ter sido a mais velha, não a caçula. Mas, quando papai morreu, todas nós tínhamos que ajudar. Bem, menos Stella. Ela já ganhava dinheiro tocando violino. Mamãe fez o restante de nós jurar que a ajudaríamos, então, agora, passo o dia inteiro enfiando pedacinhos de carne dentro de intestinos.

Mino pegou-lhe a mão.

— Nunca tinha comido nada tão gostoso.

Ela o beijou.

— Fique para o almoço.

Os olhos de Ana eram da cor do grão mais escuro da madeira de cerejeira de seu violino perdido. Mino tinha dificuldade de encará-la. Ela era tão bonita, e fazia muito tempo que ninguém falava com ele daquela maneira. Tudo ali era avassalador demais, intenso demais, como a linguiça que se assentava em seu estômago. Um homem não devia ir da fome à abundância. Ele afastou o olhar, fitando o canal pela janela.

— Preciso confessar uma coisa — revelou Ana.

— Pode falar.

— Eu já conhecia você antes de ontem à noite.

Mino ficou arrasado. Seu estômago embrulhou. O bêbado sem dinheiro que ela encontrara ontem era a versão de si mesmo menos desagradável que assumira naquele ano.

— De onde? — perguntou ele.

De que esquina? De que pilha de lixo? De que prostíbulo?

— Da *maranzaria*.

— Laranjas — disse ele.

O cheiro de Ana, como a primeira lufada de ar após descascar a fruta. Mino o conhecia devido ao trabalho matutino de carregar laranjas até a *maranzaria*. Ela poderia tê-lo visto em lugares muito piores, e era doloroso pensar nisso. No cansaço avassalador que sentia em cada uma dessas manhãs, sempre a última hora antes de dormir. Ele se perguntou o quanto o próprio corpo se curvava sob o peso das caixas. O quanto a expressão em seu rosto se tornava embrutecida. Havia oito horas que conhecia Ana, e ela já fazia com que ele desejasse se tornar um homem melhor.

— É perto da nossa loja — explicou a morena. — Eu sempre via você passar carregando as caixas no ombro. — Ela entrelaçou os dedos ao cabelo dele. — Você parecia estar vindo de algum lugar exótico.

— Mas não vinha.

— Mesmo assim, eu sonhava acordada. Queria sair escondida, seguir você para ver aonde ia depois que deixava a última caixa, depois que recebia seus soldos do mercado. Meu plano era comprar uma laranja enquanto você estivesse lá, descarregando a mercadoria. Mas você sempre desaparecia antes que eu conseguisse alcançá-lo. — Seus olhos se estreitaram. — E então, um dia, parou de aparecer. Confesso que senti sua falta.

Ana cobriu o rosto com as mãos, envergonhada, e Mino gentilmente afastou-as para que eles se olhassem. Ela estava corada, mas sorria, e ele ficou encantado com a forma com que aquela linda jovem lidava com o desconforto, certa de que tudo passaria e de que a leveza voltaria.

— E depois? — perguntou Mino.

— Ontem à noite — continuou ela —, lá estava você, arrumando a corda do violino da minha irmã. — Ana tocou a bochecha dele, sua palma tão leve e macia. — Não costumo agir assim, mas eu não podia deixá-lo escapulir de novo. E se você nunca mais voltasse?

Mino abraçou Ana pela cintura, puxou-a para baixo das cobertas, entrelaçou as pernas às dela. Com o peso da jovem sobre seu corpo, ele se sentia enraizado, como se fosse capaz de desabrochar em algo melhor se continuasse onde estava.

E se jamais partisse?

11

No anexo de La Sirena, Violetta se analisou no espelho. Era outubro, a primeira semana do *carnevale* e a noite de sua primeira apresentação no cassino. O nervosismo mantinha seus dedos ocupados, alisando o vestido novo, puxando a peruca pela milionésima vez. Ela escolhera cada detalhe da fantasia, mas, analisando o conjunto da obra, estava perplexa com a própria aparência. Violetta parecia o tipo de mulher que passara anos admirando, o tipo de mulher que exibia sua autoconfiança da mesma forma que exibia pérolas. Agora, ela se perguntava se as aristocratas ousadas e inspiradoras da *altana* se sentiam tão inseguras quanto ela sob a máscara.

O vestido radiante, com a seda azul entremeada por brilhantes linhas prateadas, fora criado pela costureira de Federico. A anágua tinha um milhão de camadas, que se erguiam ao seu redor como ondas sempre que se sentava. As luvas de renda iam até os cotovelos, e o decote descia entre seus seios, deixando espaço suficiente para exibir a opala negra. A peruca fora meticulosamente escolhida — não era loura, como a da maioria das damas venezianas, e sim preta e brilhante, com cachos compridos que caíam sobre suas costas. O detalhe mais bonito era sua máscara. Federico encomendara uma peça pintada pelo famoso *mascareri* Patrice, exibindo as escamas iridescentes de um peixe. O formato era igual ao de uma *bauta*, mas, em vez do papel machê, Federico pedira que a boca fosse formada por um retângulo de tela pintada de preto. A tela se misturava ao restante da pintura e permitiria que sua voz fosse ouvida com mais clareza.

O dono do cassino fora generoso com ela desde que Violetta fizera seu primeiro pedido, e assim permanecera. Nada era leviano demais. Sim para um espartilho novo. Sim para uma série de provas de roupa com a costureira. Sim para um armário no cassino, já que ela não poderia guardar as roupas no Incuráveis. Sim quando pedira para ser acompanhada por um harpista; o violino fazia com que ela se lembrasse muito de Mino. Ela teria mentido se Federico perguntasse por quê, mas ele nunca a questionara. Apenas dissera que sim. Para tudo. Sim. Isso dera a Violetta a confiança necessária para tentar coisas novas, para se tornar bela e diferente.

A antessala, apesar de fria e úmida, era apenas sua, silenciosa, e a luz das velas realçava a beleza de seu reflexo. Ela pedira libretos de óperas seculares cujo acesso era proibido no Incuráveis. Do tesouro que Federico lhe dera, escolhera uma ária de *Giulio Cesare*, de Handel. Na sua opinião, depois da música da mãe de Mino, considerava aquela uma das peças mais tristes e belas que já ouvira: uma Cleópatra prisioneira cantava para Tolomeu, seu irmão traidor.

Piangerò la sorte mia,
sì crudele e tanto ria,
finché vita in petto avrò.

Lamentarei meu destino,
Tão cruel e impiedoso,
Enquanto houver ar em meu peito.

Todos os elementos da ária deixavam Violetta emocionada, dos acordes menores aos versos em *legato*. Todas as palavras do libreto. Ela queria usar o sofrimento que a música emanava, a forma como a fazia pensar em Mino e nos erros que determinaram o destino de ambos. Queria cantar as estrofes de um jeito sofrido, hedonista. Seria uma apresentação completamente diferente de qualquer uma de que já fizera no coro.

Os termos de seu acordo com Federico eram simples: na noite da semana em que se apresentava, ela receberia 15 por cento dos ganhos do cassino. Era bem mais do que esperava e bem mais do que os cinco por cento divididos entre todas as coristas do Incuráveis. Ela poderia parar quando quisesse, sob a única condição de que o informaria antes.

Violetta faria uma apresentação por semana no cassino e continuaria cantando no Incuráveis, como esperado. A euforia dessas noites lhe dava mais energia do que horas de sono. Por ora, conseguiria manter aquele segredo. Nem Laura imaginava o que estava acontecendo.

A penteadeira no pequeno *boudoir* abrigava três vidros de perfume, ruges e pós de arroz em vários tons rosados e dourados, lápis pretos finos para delinear os olhos sob a máscara e para desenhar pintas falsas. Ela ganhara até, para seu grande fascínio, o próprio *cicisbeo*, um homem magro com um senso de humor malicioso. Ele aparecera de surpresa ao lado de Fortunato para ajudá-la com os preparativos.

Seu nome era Davide, e, até Violetta pedir educadamente para que parasse com aquilo, ele aplaudia tudo que ela fazia — cantarolar, limpar as unhas, se coçar. Mas, depois disso, ele parou, e ela começou a relaxar. Davide até cantara uma música em um barítono surpreendentemente grave enquanto empoava o pescoço e o colo da patroa, confessando que, no passado, sonhava em se tornar *castrato*. Depois, preparara um chá de jasmim que fizera a garganta de Violetta formigar. Enquanto misturava o mel na xícara, ele lhe perguntara sobre seus amantes; ela desconversara e tomara a bebida quente demais.

Davide rira.

— Agora não sei se você é virgem ou se tem um amor proibido.

Violetta tentara abrir um sorriso enigmático, mas o *cicisbeo* não o vira sob a máscara.

— Se você ficar nervosa — instruiu ele, arrumando os cachos nas costas dela, perfumando seu pescoço com colônia de baunilha —, procure por mim na plateia. Sei a letra de todas as músicas. Vou ajudar.

Mas Violetta não ficaria nervosa. Fazia quase um ano que cantava todos os dias para plateias maiores, mais sérias e mais críticas. Ela se apresentara para o doge na Páscoa e recebera um cartão e um buquê de rosas brancas com elogios. O cartão ainda estava em sua mesa de cabeceira. E cantara para Federico.

Pensar naquela primeira noite, quando fora descoberta na varanda do *palazzo*, a fazia corar. Ela nunca perguntara sobre a reação dele ao ouvi-la cantar no Incuráveis, e ainda não a compreendia. Era impossível se acostumar com o fato de que sua música fazia as pessoas chorarem, porém, na igreja, era mais fácil imaginar por que as pessoas se emocionavam. Elas queriam se sentir mais próximas de Deus, e o coro as ajudava na missão. Mas os motivos de Federico pareciam diferentes.

Agora, a antessala se abriu e lá estava o dono do cassino, em um terno costurado com uma linha dourada maravilhosa. E perfumado com âmbar-gris. Federico parou atrás dela, admirando-a pelo espelho. Violetta não sabia se devia se levantar para cumprimentá-lo ou não; por algum motivo, era empolgante trocarem olhares pelo espelho. Ele tocou seu ombro. Ela gostou da imagem refletida, gostou de sentir o toque através do vestido. Então se levantou e se virou. Queria estar mais perto. Os dois se inclinaram para se cumprimentar com uma troca de beijos. Os lábios de Federico roçaram a máscara, e Violetta desejou tocar sua pele. Será que ele também estremecia quando os dois se encostavam? Ele segurou-lhe as mãos e a afastou para observá-la.

— Minha Sirena. — Aquele tom de voz baixo a deixava zonza. — Está pronta?

— Vamos.

Enquanto os dois saíam da antessala, caminhando pelo hall de entrada e seguindo para o cassino barulhento, Federico soltou-lhe a mão.

Violetta estremeceu como se tivesse sido atingida por um vento frio, mas, quando ele a encarou com um sorriso, ela sorriu. Então, ele subiu a escada para apresentá-la no palco.

Dali, o cassino parecia diferente. Ela não havia ensaiado naquele espaço, já que era impossível chegar a La Sirena antes de os frequentadores encherem o salão. O palco era pequeno porém alto. A harpa ocupava quase todo o espaço. Violetta observou uma dúzia de mesas próximas, uma dúzia de cabines afastadas. Havia cerca de cem pessoas ali, bem menos do que sua plateia habitual, mas ela nunca se apresentara sozinha antes, jamais cantara atrás de uma máscara. Seria fácil amplificar sua voz, porém era impossível prever como aquele grupo reagiria à sua música. Na missa, as coristas eram a melhor parte da cerimônia, mas, no cassino, a canção de Violetta competiria com prazeres mais sombrios: álcool, dinheiro e sexo.

Talvez ela *estivesse* nervosa. Tentou respirar mais devagar. E olhou para Federico, buscando apoio. Ela gostava de vê-lo ali em cima, seu cabelo escuro em silhueta, iluminado pela luz das velas.

— Senhores, sugiro que se amarrem aos mastros do navio — anunciou o dono do cassino, grandiosamente —, pois não há como resistir a... La Sirena!

Metade da plateia aplaudiu, desanimada. A outra metade continuou distraída com suas conversas e bebidas. Enquanto Violetta se posicionava no palco, lembrou a si mesma que Federico acreditava em seu talento. Ela encarou o público do alto, todos estavam mascarados, e muitos, escondidos nas sombras. A jovem estava pronta para cantar, para tirá-los de seus sonhos embriagados, e atraí-los para si.

Mas então, quando puxou o ar para começar a primeira nota, Mino surgiu em sua mente.

Desde o dia em que ele fora embora do Incuráveis, Violetta sabia que não haveria volta, que ele nunca mais a ouviria cantar, que não saberia de seu destino. Ela o dispensara. Porém, sempre que escapava daquelas paredes, ela se perguntava se Mino estaria andando pelas mesmas ruas. Seu rosto estava sempre mascarado, assim como o dele estaria. Caso seus caminhos se cruzassem, os dois nunca se reconheceriam.

E se o destino o levasse até ali naquela noite?

Tudo isso se passou pela cabeça de Violetta enquanto ela enchia os pulmões de ar. Então, quando abriu a boca para cantar, as palavras e a melodia que saíram não foram as de *Piangerò*, de Handel, e sim as da canção de Mino.

Eu sou sua, você é meu...

Ela não pretendia fazer isso, mas, agora, teria de continuar. Ouviu o harpista se ajustar, diminuindo o ritmo e simplificando os dedilhados após a mudança inesperada. Sentiu a mudança na plateia, o foco sendo desviado dos jogos e do vinho e passando para ela. Violetta capturou a atenção de todos, nota após nota, minuto após minuto, enquanto seguia para o crescendo. Àquela altura, ela já se tornara a própria música.

Porém, ao fim da canção, sua maior emoção não era alívio por ter feito aquilo, por saber que Federico ficaria feliz. Era tristeza. Mino não estava ali. Ela teria sentido sua presença caso estivesse.

A multidão clamava por mais, mas as lágrimas escorriam pelo rosto de Violetta.

12

Mino foi morar em frente a Ana, sua mãe, suas irmãs, sua esperta sobrinha de 5 anos e uma gaiola cheia de rolinhas. Os apartamentos ficavam no terceiro andar de um prédio apertado na esquina do Campo San Apostoli, em Cannaregio. Era uma região cheia de mercadores, perto da *merceria*. A longa rua principal que se estendia entre Rialto e San Marco era ocupada pelos estabelecimentos comerciais mais famosos de Veneza, entre eles a loja de linguiças da família.

Aquele era o lugar mais distante do Incuráveis em que alguém poderia estar e ainda morar em Veneza. Mino dormia no quarto do outro lado do corredor desde a noite em que Ana o trouxera para casa, um mês antes. Na manhã seguinte, enquanto ela arrumava a cama, Mino a ajudara a forrar o lençol com uma manta azul-clara.

— Quanto os pensionistas pagam? — perguntara ele.

Ana rira.

— Não posso alugar o apartamento para você.

— Por que não? — insistira ele, corando, lembrando que ela pagara a conta na noite anterior.

— Mamãe iria... — A moça se interrompera. Seu rosto havia ficado vermelho. — Ela percebe as coisas. E é muito conservadora. Nós acordamos cedo para trabalhar. Não somos o tipo de gente que usa máscaras o tempo todo, Mino.

— Posso trabalhar para vocês — dissera ele. — Como sua mãe se chama?

— E a sua casa?

— Prefiro ficar aqui — respondera Mino, segurando as mãos dela. — Perto de você.

Ana refletira sobre aquilo por um instante. Ela ficava tão bonita quando pensava.

Por fim, abrira um sorriso.

— Você pode chamar a mamãe de *Siora* Costanzo.

Mino sorrira e lhe beijara as mãos.

— Acomode-se — dissera Ana. — Depois que mamãe dormir, virei para cá.

Mino passara os braços em torno da cintura da jovem. Não conseguia acreditar em sua sorte. Ele a puxara para perto, beijara o topo de sua cabeça e jurara que se tornaria digno dela.

— Alguém já disse que você parece uma borboleta, voando entre os galhos de um limoeiro? — perguntara ele. — *Farfalla.* — Borboleta.

Ela rira, mas o fitara antes que a vergonha o tomasse, deixando claro que vira graça no comentário.

— Não sou uma borboleta. Talvez uma abelha. Eu protejo minha colmeia. Mas não morro depois de dar uma ferroada.

Ana pegara um travesseiro e o colocara no chão, ao pé da cama. Então, dera tapinhas nele, chamando Sprezz, que a observava com desconfiança.

— Você está acostumado a dormir com ele, não está? — perguntara ela ao cão.

Mino sabia que ela devia estar imaginando um apartamento, ou pelo menos um quarto alugado, com uma cama que os dois dividiam. Com certeza não pensava em alcovas ou esquinas escuras onde você se agarrava a qualquer coisa quente em que pudesse se acomodar.

— Sim — respondera ele pelo cachorro.

— De agora em diante, Sprezz, você dorme aqui. — Ana batera no travesseiro. — Combinado? — Ela oferecera uma das mãos. Mino ficara encantado ao ver Sprezz erguer uma pata. Os dois se cumprimentaram.

— Nós seremos amigos, mas você tem bafo de peixe, e essa cama é pequena demais para nós três.

O cachorro deitara, completamente confortável, e Mino entendera o dom de Ana: ela conseguia encontrar soluções que agradavam a todo mundo.

$$\mathcal{9}\!\!:$$

As noites no cassino com Carlo não faziam falta. Ele se dedicou ao trabalho na loja de linguiças e, em uma semana, já estava completamente imerso naquele mundo. Ajudava a família carregando caixas para a loja de toldo preto na *merceria*. Separava pedaços de carne dos ossos. No começo, a mãe de Ana não tentara esconder seu ceticismo, mas Mino aprendia muito rápido para que a mulher continuasse irritada. Não demorou muito para que ela começasse a conversar com ele sobre o preço do carregamento de sal do Adriático que chegara no último navio e sobre a proporção de gordura e carne que clientes importantes preferiam em suas linguiças. Como pagamento, Mino só recebia suas refeições, o quarto e os braços de Ana, e nunca se sentira mais rico.

Todas as manhãs, ele acordava com o cheiro maravilhoso de linguiça frita do outro lado do corredor, o som das rolinhas arrulhando e o coral de mulheres brigando sobre cadeiras e discutindo quem havia quebrado a manteigueira. Ele girava na cama, sorria e se levantava para tomar o café da manhã com Ana e as irmãs. Mais tarde, trocaria uma tira de linguiças por um pote de resina na loja de encadernação de livros para consertar a manteigueira.

Ele gostava de fazer esse tipo de coisa para Ana. Ficava ansioso para ver a expressão no rosto da jovem quando a surpreendia com sua astúcia. Mino sabia o quanto devia àquela bela jovem, e não era só o fato de que, depois de duas semanas, não conseguia mais sentir as costelas de Sprezz nem ver as próprias em seu reflexo no espelho. Era muito mais do que as horas de sono maravilhosamente silenciosas que agora já pareciam normais. Muito mais do que as noites que passava em seus braços. Ana respondera à pergunta que Mino passara a vida inteira fazendo: seria ele digno de amor?

— Você vai se casar com ela? — perguntou a *Siora* Costanzo quando ele completou um mês na casa.

Mino estava sentado na sala de estar iluminada por velas, passando resina na rachadura da manteigueira.

No susto, ele quase deixou a peça cair, e todas as mulheres, incluindo Genevieve, de 5 anos, riram.

Quando estava na companhia de Ana, Mino não pensava em mais nada. Ele passava o dia ansiando pelo momento em que ela viria ao seu encontro no quarto e se acomodaria em seus braços. Mas nunca havia pensado em casamento. Ana parecia uma iguaria oferecida em uma bandeja de prata. O rapaz temia o momento em que alguém perceberia que ele não tinha dinheiro para bancar nada daquilo.

— Mamãe, por favor — resmungou Vittoria, uma das irmãs, enquanto desembaraçava o cabelo de Genevieve. — Ela passou tempo demais sem um homem para torturar — desculpou-se ela com Mino.

— O pobre Angelo não aguentou — disse a *Siora* Costanzo, fungando.

— Meu marido — murmurou Vittoria. — Mino não é beberrão como Angelo. E não é cruel como papai.

— Toda mulher devia saber manter um homem na linha — afirmou a mãe. — Quando eu era jovem, nós sabíamos alimentar a curiosidade deles. — Ela apontou para Mino. — Olhe só para esse rapaz, Ana. Ele parece curioso?

Ana sorriu e se aproximou de Mino, tirando a manteigueira consertada de suas mãos e colocando-a sobre o peitoril da janela para secar. Então o abraçou.

— Ele parece estar consertando tudo o que vê.

Ela se inclinou até se tornar a única coisa que Mino via. Será que Ana precisava de conserto? Ele não sabia, e temeu não ser digno da tarefa.

Ana o beijou na frente das outras, algo que nunca havia feito antes.

— Você quer se casar? — sussurrou Mino.

Seu coração batia rápido. Ele não pretendia falar aquilo, e, agora, ouvia o medo que aquelas palavras continham. E se ela dissesse que sim?

— Não se preocupe, Mino — respondeu Ana. — Você vai saber o momento certo.

𝄢

Stella foi ao apartamento em outubro, na primeira noite fria do *carnevale*, para pegar um dos vestidos de Vittoria emprestado. Ela apareceu na cozinha, bem mais alta e loura que o restante da família. A mulher parecia mais com Mino do que com as próprias irmãs.

— Ele continua aqui? — Ela riu, jogando pedaços de pão na gaiola das rolinhas.

— Você prometeu — disse Ana à irmã.

— Tudo bem — concordou Stella, se aproximando de Mino com um vestido amarelo pendurado no braço. — Me mostre o quadro.

— Sua metade da pintura, Mino — explicou Ana. — Contei a Stella sobre sua mãe.

Ele se tateou em busca da pintura, envergonhado por ter abandonado a busca desde que conhecera Ana. Quanto tempo fazia que ele não tirava a imagem do bolso?

Então mostrou a imagem a Stella, que a analisou por um bom tempo. Mas Mino já não esperava mais que olhares pensativos levassem a uma pista. As pessoas apenas gostavam de admirar o rosto bonito.

— Você a reconhece? — perguntou Ana, parando ao lado da irmã.

Ele notou como as duas eram parecidas. Seus corpos e a cor de seus cabelos eram diferentes, mas os rostos tinham o mesmo formato de coração, e os lábios eram idênticos.

— Não — respondeu Stella, parecendo mais pesarosa do que ele esperava. — Mas podemos perguntar para minha amiga Elizabeth. Ela conhece todos os músicos de Veneza. É inglesa, mas isso não é problema. O marido dela é dono da maior ópera em Londres. Posso mostrar a pintura para ela amanhã...

— Não.

Mino colocou a imagem de volta no bolso. Não conseguiria se separar dela, nem por uma hora.

— Nós podemos ir junto? — perguntou Ana. — Onde você vai se encontrar com Elizabeth? Espero que não seja naquele cassino.

— La Sirena?

Mino percebeu que não tinha voltado lá nem bebia uma gota de álcool desde que conhecera Ana, e algo dentro de si despertou. Ele não sentia falta do cassino até ela mencioná-lo. Mas, agora, se perguntou se Carlo estava preocupado com seu sumiço e que novas ideias estavam sendo debatidas pelos rosa-cruzes. Será que perceberiam o quanto ele mudara, o quanto melhorara por causa de Ana?

Ela ficou séria.

— Aquele cassino não é lugar para um homem que está tentando tomar rumo na vida.

Os dois nunca tinham conversado sobre o assunto, sobre um plano para a vida de Mino que ele não conhecia. *Qual* era o rumo que ele estava tentando dar à sua vida?

— Ana, você é rígida demais — gritou Vittoria do quarto.

— E você não é rígida o suficiente — rebateu Ana, ríspida, e Mino lembrou que ela lhe contara que as bebedeiras do cunhado haviam causado problemas para a família.

Agora, ela não tinha mais paciência com a boemia dos outros.

— Não se preocupe, Ana — disse Stella. — Finalmente arrumei um emprego decente em um pequeno teatro. Elizabeth é uma mulher muito ocupada, mas vou perguntar se ela pode conversar com vocês.

— Por favor — pediu Ana.

— Você consertou o violino? — perguntou Mino, notando o estojo apoiado na mesinha ao lado da porta.

Stella suspirou.

— Um dia, vou conseguir juntar dinheiro para comprar um novo. Elizabeth me indicou um *luthier* chamado Guarneri, em Cremona...

— Posso consertá-lo.

Ela deu de ombros e seguiu para a porta. Mas, ao sair para a festa nas ruas de Cannaregio, olhando para trás:

— Se estragar meu violino, mato você.

𝄢

Durante a noite toda, Mino se dedicou ao conserto do instrumento. O *carnevale* explodia nas ruas lá embaixo, e Genevieve implorara ao rapaz que eles se juntassem ao restante da família no desfile, mas não havia conseguido convencê-lo. Ele só via o violino, só ouvia a música que produziria quando terminasse.

Ana também se recusara a sair. Ela preparou o jantar de Mino, depois um chá e sentou-se ao seu lado. Parecia encantada com sua dedicação, paparicando-o enquanto tinham o apartamento só para eles, pela primeira vez.

— Não quero estragar seu *carnevale* — disse Mino.

— O *carnevale* dura meses — rebateu ela. — Se você quiser ficar em casa todas as noites para trabalhar assim, também ficarei. Sua dedicação é melhor do que qualquer festa.

— Você toca? — perguntou ele, oferecendo o arco, o violino. — Preciso sentir as cordas enquanto alguém toca, para identificar o problema.

— Não. — Ana balançou as mãos; Mino nunca a vira agir com tanta timidez e, por um instante, desejou que fosse Letta ao seu lado. — Não tenho talento para música.

— Então só puxe as cordas — pediu ele —, esqueça o arco. — Com os dedos, ele lhe mostrou como fazer um simples *pizzicato*. — É fácil.

Ana aceitou o instrumento, dedilhou com o dedo médio. Mino se inclinou, aproximou a orelha. Pressionou um anelar em uma das cordas enquanto ela a puxava, satisfeito ao perceber que a vibração havia desaparecido.

— Era o que eu suspeitava. As cordas ré e sol precisam de um encordoamento melhor.

Ele ficou pensando em qual pedaço de metal poderia usar para prendê-las.

Ana ergueu as sobrancelhas quando Mino soltou a corrente do topo de sua metade da pintura e a esticou sobre a mesa. Os aros eram finos, maleáveis. Ele costumava desejar que fossem mais resistentes, porém, agora, sabia exatamente como usá-los. Se tivesse...

Ana se levantou da mesa.

— Já volto — disse ela, retornando um instante depois com uma caixinha de metal.

Lá dentro, havia um alicate e um martelo.

— Perfeito — disse Mino.

Se ele pudesse alisar os aros da corrente quebrada e apertá-los o suficiente com o alicate, talvez conseguisse o tamanho necessário para prender as cordas. O violino de Stella cantaria como uma meio-soprano.

— Tem certeza? — perguntou Ana.

— Absoluta — respondeu Mino, soltando as cordas inferiores e apertando as cravelhas.

Horas depois, quando terminou, com a corrente de sua metade da pintura morando no violino de Stella, Mino sentiu a mesma empolgação que costumava sentir na época em que aprendera a tocar. Então ergueu o olhar, se lembrando de Ana, e ficou irritado ao vê-la, notando que estava ansiosa para dormir. E ele não podia dormir, porque não estava ali no apartamento. Estava no telhado do Incuráveis, tocando com Letta.

— Sua mãe transparece nos seus olhos — comentou Ana.

— O quê? — perguntou Mino, voltando para o quarto.

— Você ficou feliz a noite toda — disse ela. — Mas, assim que terminou de trabalhar, vi a tristeza voltar.

Ele ficou constrangido, porque o que ela vira fora a saudade que sentia de Letta. Ana era sempre tão sincera, mas havia tanto sobre o passado que ele preferia omitir... Não queria mentir.

— E se eu não a encontrar, Ana?

Ela segurou sua mão.

— Talvez você tenha encontrado.

Mino a encarou, com medo do que ouviria em seguida.

— Quero dizer — continuou Ana —, talvez você não encontre sua mãe em carne e osso, Mino, mas um sinal, algo que o guie na vida, como uma mãe faria. Hoje, você colocou um pedaço dela no violino. Acredito que ela gostaria que seu futuro fosse brilhante.

— Não entendo.

— Minha família gosta da sua ajuda na loja, mas seu destino é outro, Mino. — Ana ergueu o instrumento. — Você tem um dom.

Ele balançou a cabeça.

— Eu consertei um violino. Não sou um *luthier*.

Ela deu de ombros com um olhar risonho.

— Todo *luthier* começa de alguma forma.

— Sim, com um aprendizado, um professor...

Ana segurou a mão de Mino para interrompê-lo. Então se sentou em seu colo, passou os braços ao redor de seu pescoço. O beijo foi delicado, cheio de amor. Finalmente, Mino sentiu que relaxava.

— Talvez você só precise de alguém que acredite no seu talento.

13

No fim de novembro, quando as apresentações de Violetta em La Sirena completaram dois meses, ela precisava da escolta de seguranças para deixar o palco. As pessoas começaram a fazer fila na porta do cassino horas antes do início do espetáculo. Quando entravam, lutavam para chegar perto da jovem, ávidas para trocar uma palavra com a misteriosa cantora. Todas as noites, os guardas a acompanhavam até a cabine de Federico no salão dos fundos. Mas ela nunca sabia se o dono do cassino estaria lá.

Hoje, havia um enorme buquê de jasmins no lugar do homem. Violetta jamais comentara sua predileção pela flor, mas se lembrava de ter brincado com uma em um dos vasos do cassino na semana anterior.

— São lindas, não acha? — comentara o *cicisbeo*, observando-a. — São suas favoritas?

Davide vivia à base de gorjetas.

O buquê daquela noite havia sido minunciosamente arrumado, uma centena de flores em um ornado vaso de cristal de Murano. Nada parecido com as pétalas espalhadas pela cama no apartamento de

Mino. Na companhia do arranjo, Federico lhe oferecia champanhe e um pedaço tão grande de filé que daria para alimentar o coro inteiro. As apresentações sempre a deixavam faminta.

— Sente-se, por favor — disse Fortunato enquanto ele e o esquadrão de seguranças formavam uma muralha ao seu redor, desencorajando os clientes do cassino a se aproximar dela.

Mas então, segundos depois, os homens abriram passagem, e Violetta achou que se depararia com Federico. Para sua decepção, uma mulher se aproximou da mesa. Ela era mais velha, apesar de ser difícil discernir sua idade. Seu cabelo era louro, encaracolado e cacheado em lugares inusitados sobre a *bauta* branca. E ela usava um vestido azul-claro, com enormes mangas bufantes e uma cauda comprida e cheia de detalhes em renda e veludo. Havia um laçarote azul gigante em seu pescoço.

— Finalmente nos conhecemos. — A mulher fez uma mesura. — Sou Elizabeth Baum, a amiga de Federico de Londres, e, agora, espero ser sua amiga também.

Violetta piscou diante da visão da inglesa, impressionada com sua autoconfiança. Normalmente, ela não gostava de conversar depois das apresentações, mas, hoje, estava se sentindo vulnerável e queria companhia. Naquela manhã, tivera uma briga feia com Laura, que a pressionara por ter perdido um ensaio para tirar uma soneca.

— Você está doente? — perguntara a amiga, desconfiada.

Violetta quase lhe contara a verdade sobre o outro mundo onde vivia. Mas como poderia fazer isso, quando Laura se sentia completamente realizada no coro? A amiga jamais entenderia que ela *precisava* cantar em La Sirena. Ela não poderia deixar que nada nem ninguém colocasse em risco suas noites no cassino.

— Diga que estou doente — instruíra ela —, mas não peça uma enfermeira. Estou naqueles dias. São só as minhas regras.

Laura a encarara, e Violetta entendera que a amiga sabia que suas regras tinham vindo na semana anterior. Isso tornara a mentira ainda pior. Ela nunca prestava atenção nos ritmos do corpo da outra moça.

— Não posso ficar inventando desculpas por você — dissera Laura. — Não estamos mais no conservatório.

Agora, Violetta se sentia envergonhada. Queria levar a amiga ao cassino, para beberem champanhe, comerem filés e conversarem sobre homens de um jeito que deixaria as órfãs mais jovens ruborizadas.

Impossível.

Amanhã, faria as pazes com Laura, mas, hoje, não queria pensar no Incuráveis. Queria a companhia de alguém que a compreendesse. Então abriu espaço para a londrina elegante.

— Espero que você esteja com fome — disse ela. — Federico manda comida suficiente para uma festa que ele nunca frequenta.

— De fato — respondeu Elizabeth, imediatamente cortando um pedaço enorme da carne. — Porém, se ele passasse tempo demais comendo filés com você, quem nos protegeria da ralé da república?

Ela apontou com o garfo para o outro lado do cassino, onde um homem em uma beca preta aristocrática suplicava com Federico, tentando se desvencilhar de dois seguranças.

— Só um jogo — gritava ele, unindo as mãos como se falasse com um padre.

O rosto de Federico expressava uma repugnância gélida, tornando-o quase irreconhecível para Violetta. Ela viu apenas seus lábios se moverem:

— Fora daqui.

Quando ela pensava em ralé, pensava — sem julgar ninguém — na classe trabalhadora da república. Homens dos *squeri*, homens como Mino. Havia muitos trabalhadores ali, jogando sem serem incomodados, perdendo soldos preciosos nas mesas de apostas. Mas Elizabeth se referia a um nobre, um senhor mascarado com enfeites prateados pendurados em sua beca. Isso a deixou confusa.

Aquela estrangeira compreendia algo sobre Veneza que Violetta não entendia. Ela se inclinou mais perto, desejando ver o lugar pelos olhos da nova amiga.

— Quem é aquele homem?

— É um *barnabotto* — respondeu Elizabeth —, um aristocrata que perdeu praticamente toda a fortuna da família. Ele e vários outros parecidos ocupam o Grande Conselho com Federico. O órgão que governa a sua cidade está cheio de homens que vendem votos para terem dinheiro para apostar. Eles frequentam todos os bailes, mas nunca dão festas em suas casas. Federico não tem paciência nenhuma com essa gente.

— Por que continuam agindo como se fossem ricos?

— Porque — respondeu Elizabeth, sorrindo — o que aconteceria se a pobreza aristocrática virasse moda? — A mulher jogou a cabeça para trás, soltando uma risada inteligente que Violetta admirou. — E se esse dinheiro todo também acabar? — Ela olhou ao redor do cassino, bebeu o restante do vinho e secou os cantos da boca com um guardanapo. — Mas não vamos nos preocupar com o destino da república. Você já foi a Londres?

— Não. — Violetta olhou para as próprias mãos, sentiu a distância que a separava de Elizabeth aumentar. — Mas quero ir, um dia...

— Meu marido é dono do King's Theatre em Londres. Eu crio as fantasias, e todo *carnevale* venho a Veneza para me inspirar. Até hoje, achava que as roupas eram o aspecto mais interessante dessa cidade, mas, agora que ouvi sua voz, mudei de ideia. Você precisa nos visitar. Qual é sua ópera favorita?

Violetta deu de ombros, sem querer admitir que só assistira a parte de uma ópera em sua vida inteira.

— Federico costuma ir a Londres? — Quis saber ela.

A pergunta pegou a si mesma de surpresa, porém era mais fácil — e mais divertido — se imaginar viajando com ele para um lugar tão distante e romântico quanto a capital inglesa.

Elizabeth a fitou, parecendo enxergá-la através da máscara, surpreendendo-a com a intensidade de seu olhar.

— Às vezes. Mas, com ou sem ele, Sirena, você deveria ir.

Tudo que saía da boca daquela mulher encantava Violetta, mas qualquer viagem seria complicada por aspectos práticos. Agora, tinha dinheiro; Federico lhe pagava no fim de cada noite, e ele estava certo

— os dois ou três cequins que levava para casa depois das apresentações no cassino eram dez vezes mais do que ela ganhava em uma semana na igreja. Porém, mesmo assim, Violetta não era como Elizabeth, que podia ir e vir como bem entendesse. Se ela ficasse fora do Incuráveis por mais tempo do que aquelas poucas horas à noite, teria de abandoná-lo para sempre. E então, se ainda quisesse cantar, precisaria ir embora de Veneza.

Em alguns momentos, parecia melhor deixar tudo para trás. Em outros, a ideia era aterrorizante.

Agora os seguranças se afastavam de novo, e um cartão foi depositado diante de Violetta. Ela o abriu e encontrou um bilhete escrito na caligrafia de Federico. O prazer inesperado da mensagem a fez estremecer.

Sua presença é solicitada para uma apresentação especial amanhã à noite. Caso concorde, Nicoletto pegará você às dez e meia.

F

𝄢

Pelo segundo dia consecutivo, Violetta abriu a janela e preparou o lençol para sua fuga. Ventava muito, o frio de dezembro se aproximava e ela estava cansada por causa da noite anterior. Sua instigante conversa com Elizabeth durante o jantar tornara o sono difícil; ela não conseguia parara de pensar em Londres. Via-se caminhando em ruas de verdade, não em *calli* rodeadas por água. E imaginava cavalos e carruagens.

Violetta ainda não se desculpara com Laura, e havia um clima frio entre as duas. Mas era melhor não pensar nisso. Ela não perderia a oportunidade de encontrar Federico. Tremendo sob a capa, Violetta desceu pelo lençol e jogou-o de volta pela janela, agora com uma habilidade rotineira. Então pulou para a rua. A noite estava gélida, mas não havia nuvens no céu. Ela correu para a gôndola, mas não a encontrou.

Em vez disso, se deparou com um *burchiello* largo, cheio de flores, o tipo de embarcação que os aristocratas usavam para viagens mais longas, quando subiam o canal de Brenta até Pádua. Uma buzina soou, e Violetta viu Nicoletto ao leme.

Ela se aproximou e segurou sua mão. O barqueiro a ajudou sem dizer nada, como se os dois usassem o majestoso barco iluminado por velas todas as noites.

Lá dentro, Fortunato a cumprimentou com uma reverência e, então, a melhor surpresa — Federico. Ele estava sozinho à mesa de jantar de madeira polida no salão do barco, capaz de receber duas dúzias de convidados.

— Boa noite — disse ele.

— Para quem vou cantar hoje? — perguntou Violetta.

A embarcação era digna da mais alta nobreza da república. De repente, ela ficou nervosa.

— Para ninguém — respondeu Federico.

Ele abriu um sorriso enigmático, aproximando-se para cumprimentá--la com um beijo.

— Não estou entendendo.

O barco começou a se mexer. Geralmente, Violetta seguia para o interior da cidade, subindo por Dorsoduro até chegar ao cassino; hoje, Nicoletto guiava o *burchiello* para o sul, virando à esquerda no amplo canal da Giudecca.

— Hoje — explicou Federico, gesticulando para as janelas da embarcação, para o céu — há fogos de artifício na Giudecca, e uma centena de barcos iluminando o rio, brilhando como estrelas. Fortunato preparou um banquete só para nós dois. Hoje, Sirena, é você quem vai assistir ao espetáculo da república.

Violetta piscou, olhando para ele, sentindo um sorriso se abrir em seu rosto. E pensou em seus dias de garota no sótão, na boneca velha que pressionava contra a janela, prometendo noites encantadoras como aquela. Ela sentiu um bolo na garganta ao observar o esplendor que quase nunca tinha a oportunidade de ver.

O céu brilhava com a explosão das luzes que pareciam durar para sempre. A forma como os fogos desapareciam e eram refletidos pela água era linda e triste ao mesmo tempo.

Havia muitos barcos no canal, e, enquanto eles seguiam seu percurso, Violetta ouvia risadas e o som de violinos. Era como se todos estivessem em uma enorme festa mágica. Pelas janelas dos *felzi* de madeira de outras gôndolas, ela via máscaras se virando para encarar o extravagante barco de Federico, curiosas para saber quem estava ali dentro.

— Esses fogos são em comemoração a alguma coisa? — perguntou ela.

— Um casamento, creio eu — respondeu Federico, distraído. — De um membro da *nobiltà da terra ferma*.

Na noite anterior, ela ficara sabendo da existência dos *barnabotti*, os aristocratas falidos. Mas da *nobiltà da terra ferma* ela já ouvira falar. Eram os novos-ricos; o tempo, porém, era um termo relativo em um império de mil anos. Aquele grupo de pessoas comprara títulos da nobreza ao patrocinar guerras duzentos anos antes, e ninguém se esquecia disso. Ela sabia de sua existência porque o Incuráveis adorava o dinheiro da *nobiltà da terra ferma*, mas a abadessa reservava seu verdadeiro respeito para a exclusiva classe da nobreza, as famílias originais da república.

— Eles podem encher o céu de joias durante suas festas — comentou Federico em um tom levemente zombeteiro —, mas todos sabem que seus ancestrais vendiam açúcar na *merceria*.

O comentário era apenas uma brincadeira, mas Violetta ficou triste ao ouvi-lo. Não seria ela igual à *nobiltà da terra ferma*? Tentando fugir de suas origens e se tornar algo diferente? Será que, na República de Veneza, uma órfã jamais se transformaria em algo diferente?

Os dedos de Federico se aproximaram para desamarrar a fita de sua máscara, mas Violetta se afastou. Ela não podia mostrar o rosto. Ele chegou mais perto, parando ao seu lado, e assentiu com a cabeça para Fortunato. O criado fechava as cortinas.

— Não precisa se preocupar — garantiu-lhe Federico, falando de Fortunato. — Ele é como se fosse da família. Faria tudo que eu pedisse, qualquer coisa. Você está segura aqui.

Ela sabia que Federico teria muito a perder se revelasse sua identidade. E se agarrava a isso, assim como ao próprio desejo de se expor a ele. Devagar, Violetta desamarrou a *bauta*, deixando-a cair no chão. Com o rosto desnudo, ela o encarou.

O sorriso de Federico era tranquilo, refletido em seus olhos azul--claros. Violetta sentiu o prazer que revelar seu rosto causava. Ele a encarou, analisou seus olhos, seus lábios, suas bochechas, suas orelhas e seu nariz, parecendo saborear tudo o que via. Foi um momento tão lento e tão emocionante, que a jovem permaneceu imóvel, lutando contra a vergonha. Mesmo corando, deixou que ele a observasse. Pela primeira vez na vida, se sentiu bonita.

— Senhor, o peixe está pronto — anunciou Fortunato, colocando duas bandejas de prata sobre a toalha branca.

Ao pôr do sol, Violetta comera risoto e salada, acompanhados de uma caneca de vinho aguado com as coristas, mas ainda sentia fome, e o peixe exalava um aroma deliciosamente defumado e fresco. Eles se sentaram para jantar, separados por uma torre de legumes, uma entrada de musse de caldo de carne e um arranjo de tortinhas de cordeiro, batata e alho-poró. Fortunato serviu o vinho âmbar de uma garrafa verde.

— Não somos tão diferentes assim — disse Federico enquanto o barco deslizava pela água. — Sou praticamente órfão. Fui criado por empregados, assim como você foi criada por sua abadessa.

Violetta se retraiu, pensando em Mino. Ele queria tanto encontrar a própria família.

— Mas você *conheceu* a sua família — rebateu ela —, conheceu o som de suas vozes, o cheiro de seus cabelos, seus toques quando estava doente.

— É verdade. — Federico corou. — Desculpe.

Na mesma hora, Violetta se sentiu ainda mais triste por deixá-lo envergonhado.

— Não tem problema. Não sou sentimental. Não penso nos meus pais, e acho que eles nunca pensaram em mim. Sou mais feliz sozinha. Sempre fui.

— Que engraçado — disse ele, inclinando a cabeça. — Nunca pensei em você assim.

Violetta sentiu um convite naquelas palavras, na expressão no rosto dele. Ela baixou o garfo, debruçando-se para a frente.

— Com você, eu me sinto diferente — Confessou ela, pensando em uma forma de explicar aquilo. — Quando escuto um oratório novo, nas notas de abertura lentas do adágio, consigo ouvir a antecipação pelo *allegro* que está por vir. — Suas bochechas estavam coradas de nervosismo, mas ela continuou: — Com você, é como se eu escutasse esse *sinal* da música.

— Como é esse som? Pode cantar para mim?

Violetta se levantou da cadeira e se ajoelhou no chão, chegando mais perto. No começo, sentiu que o corpo de Federico recebia sua proximidade, seus cotovelos nas coxas dele, mas então ele ficou tenso, e ela sentiu vergonha da própria audácia. A soprano se afastou, se virou de costas. Afastou um pouco uma das cortinas e olhou pela janela, para os brilhos dourados que incendiavam o céu.

— Violetta — disse Federico, baixinho —, uma vez, eu amei uma mulher com todas as minhas forças.

Ela esperou a continuação da história.

— Mas fui um tolo e a perdi. Não quero perder você...

Lá fora, o céu explodiu. Era o final do espetáculo, círculos dourados de luz caindo na escuridão. Violetta, que olhava pela janela, se virou e o encarou.

— Você não vai me perder.

Ele suspirou, e o som carregava uma tristeza infinita. Como ela queria que os dois pudessem buscar consolo um no outro.

— Pela minha experiência — disse Federico, escolhendo as palavras com muito cuidado —, é possível exigir demais de uma pessoa. — As mãos dele tocaram o rosto de Violetta, descendo até pararem sob seu queixo. Ele o ergueu, para que os dois se encarassem, e sorriu. Apesar de ainda estar envergonhada, Violetta sorriu para Federico. — Nós temos a mesma opinião sobre música. Temos um céu estrelado e champanhe. Por enquanto, Sirena, isso é o suficiente.

14

Na *merceria*, na loja vizinha a Linguiças do Costanzo, uma placa pintada sobre um novo estabelecimento se balançava ao vento de março, pendurada em um cabo de metal. A imagem não era uma cópia perfeita da metade da pintura de Mino — Ana a pintara sentada no chão do apartamento —, mas era parecida. Ele ficava orgulhoso ao vê-la marcando a entrada de sua loja, ao ver as palavras que exibia: *I Violini della Mamma.*

Ana tivera a ideia de retratar sua metade da pintura na placa, de batizar a loja recém-nascida em homenagem à sua mãe.

— Não quero usar minha pintura para ganhar dinheiro — dissera ele na série de brigas que tiveram desde a noite em que consertara o violino de Stella.

— Pense nela como um talismã, Mino — rebatera Ana, sempre calma e firme —, para se sentir mais próximo de sua família.

Com o tempo, ficara óbvio que ela estava certa o tempo todo. Entre o trabalho na loja de linguiças, sua nova dedicação aos violinos e o tempo que passava com Ana, Mino se dedicava cada vez menos à busca pela mãe, especialmente por não ter pistas de seu paradeiro. Mas como lidar com a vergonha que sentia por *não* a procurar?

— Você nunca conseguiria mostrar a pintura para a quantidade de pessoas que vai passar por aqui e ver a placa — argumentara Ana. — Se alguém parar para olhar e quiser entrar, vai encontrar você. E se essa pessoa não conhecer sua família, talvez fique interessada pelo seu produto.

Enquanto Mino procurava pelos materiais necessários — tábuas de salgueiro e abeto, grampos e lâminas, tiras de metal para moldar as curvas dos instrumentos —, Ana cuidava da loja propriamente dita. Ela convencera a família a ceder o armazém adjacente à fachada da loja de linguiças. O espaço contava com uma entrada própria e tinha o tamanho ideal para um estabelecimento novo. Ela bolara um plano para Mino começar a pagar aluguel assim que começasse a lucrar com o trabalho. Revirara as redondezas de San Marco em busca de grupos de *facchìni*, homens que ficavam zanzando perto das docas para serem contratados pelo dia. Se Mino não tivesse tido a sorte de encontrar Ana, ainda seria um deles. Os homens trouxeram machados e pedaços de madeira, limparam a sala e construíram uma parede e uma porta entre os dois estabelecimentos.

Ela obrigara Mino a tirar medidas para uma peruca, explicando que mercadores não exibiam o próprio cabelo. Escolhera o papel de parede, estampado de azul, como os olhos dele, e comprara fiado quatro poltronas de veludo azul, para receber os clientes. Estendera tapetes e adquirira um conjunto de chá caro, insistindo com Mino que ele aprendesse a preparar a bebida e a servi-la, forçando-o a prometer que ofereceria uma xícara a qualquer pessoa que entrasse na loja.

— Veneza é pequena — explicara Ana. — Tudo que você fizer vai alimentar fofocas.

Fora ela quem insistira na inauguração antes da Páscoa, que o obrigara a ficar acordado nas madrugadas, criando um protótipo de violino para exibir na loja. Em segredo, Mino teria preferido basear o modelo em seu primeiro violino, aquele que reconstruíra anos antes, não no instrumento de Stella. Ele passara uma semana testando o ângulo do braço, arqueando cada vez mais as cordas, tentando se aproximar do som que acompanhava a voz de Letta no telhado.

O violino não ficou pronto a tempo da Páscoa, e Mino temia decepcionar Ana. Ela investira tanto na loja. A felicidade dela se tornava cada vez mais essencial para a dele.

Será que aquilo era amor?

Ana era generosa, lhe dava coisas que ele nem sabia que queria. Como retribuição, deixava suas expectativas bem claras. E eram muitas, mas elas eram justas e, no geral, relacionadas a trabalho. Mino devia ser comedido com seus gastos. Precisava respeitar os relacionamentos que a família da jovem estabelecera com os outros mercadores da *calle*. Não devia gastar os rendimentos da loja em tabernas. Entre os dois, no quartinho que dividiam à noite, com Sprezz, a vida era tranquila. Era tão fácil satisfazerem um ao outro. Depois, dormiam abraçados.

A cada dia, Mino ganhava mais confiança no próprio trabalho, suas lâminas moldavam a madeira com mais rapidez, seus dedos se tornavam mais habilidosos ao afinar as cordas. O protótipo parecia pronto, mas ainda não chegava nem perto de seu primeiro violino.

Ele passou dois dias sentado à mesa, encarando o instrumento, sem saber o que fazer. Zanzou pelas ruas com Sprezz. Fugiu das perguntas de Ana sobre quando a loja seria inaugurada. Foi escondido a uma taberna. Pediu uma bebida, depois outra, sentindo-se culpado, mas precisando do estímulo. Então deixou a mente vagar para a época em que consertara seu primeiro violino.

Antes daquela tarde de *carnevale*. Antes de comprar as máscaras e encontrar a aliança de ouro no chão. Antes de beijar Letta por um segundo no apartamento. Para a época em que havia acabado de aceitar o trabalho no *squero*. Antes de virar oficialmente um aprendiz, Mino passara um ano trabalhando como voluntário no estaleiro, passando uma tarde por semana lá. Ele recebia trabalhos pequenos, no geral carregando materiais de uma oficina para outra. Observava homens velhos serrando madeira para as gôndolas, esperando o intervalo do jantar para poder se dedicar ao instrumento quebrado.

Ele se lembrava de envernizá-lo, mas, agora, se perguntava por que fizera algo assim. O violino já teria sido envernizado. Então se recordou da praga de vermes que assolara o depósito de madeira do *squero*. E de receber a tarefa de jogar uma salmoura potente, protetora, nas tábuas de carvalho, abeto e olmo do estaleiro. Quando ninguém estava olhando, ele mergulhara o violino na salmoura também. Não queria perder sua posse mais valiosa para os vermes.

Depois disso, o instrumento produzira um som diferente.

Agora, na taverna em Cannaregio, Mino pagou a conta e voltou correndo para o apartamento de Ana.

— Mino! — Ela parecia chocada ao ver o protótipo em pedaços de novo.

Mas ele aquecia água do canal na lareira, concentrado demais no trabalho para responder.

𝄢

No começo de abril, duas semanas depois da Páscoa, Mino estava pronto para a inauguração. Ana usava seu melhor vestido e havia comprado uma casaca azul-claro para ele. Ela preparara chá, ajeitara laranjas e linguiças desidratadas em uma bandeja enquanto Mino contava os minutos para que os primeiros clientes chegassem. Stella traria a amiga Elizabeth e seu marido John, da ópera londrina.

Às onze horas, os três entraram em um turbilhão de vozes altas e cabelo louro, transitando rápido pela loja enquanto Ana exibia o protótipo.

— O ângulo do braço é a marca registrada de Mino — disse ela, acariciando o corpo do instrumento. Os dois tinham concordado em informar os clientes sobre o braço, mas não sobre a salmoura; Mino preferia manter sua maior inovação em segredo. — Vejam como é inclinado. O instrumento produz um som mais forte, bem mais vívido, do que aqueles com formato tradicional.

— Nós precisamos consertar os nossos — comentou John. — Temos meia dúzia de violinos quebrados.

Mino observava Elizabeth, se lembrando do boato de que ela conhecia todos os musicistas de Veneza. Ele permaneceu ao seu lado enquanto Ana servia chá e guiava John até uma poltrona, sugerindo preços que faziam o homem se remexer no assento, desconfortável.

— Sua esposa sabe o que faz — comentou Elizabeth.

Mino corou, e a mulher empinou um pouco o queixo, compreendendo seu desconforto.

— Não ligue para isso, Mino. Vocês podem se casar quando quiserem, ou não se casarem. Afinal de contas, estamos em Veneza.

— Pois é — respondeu ele.

A ideia de se casar com alguém que não fosse Letta ainda o deixava surpreso às vezes.

— Hum... — Elizabeth sorriu e pegou o violino do suporte na vitrine. Ela o ergueu com habilidade, passou o arco pelas cordas, extraindo um dó menor trêmulo, lindo. — Que maravilha!

Mino notou que ela tocara a nota de abertura da música de sua mãe e pensou no que Ana dissera, sobre a placa ser um talismã. A sinceridade da inglesa o acalmara.

— Posso fazer uma pergunta? — começou ele. Quando Elizabeth baixou o violino, Mino tirou a metade da pintura do bolso. — Talvez você tenha visto isso lá fora.

Ela concordou com a cabeça.

— É uma imagem muito bonita.

— Minha mãe a deixou para mim. Ela era cantora, creio eu, e...

— Você quer saber se eu a reconheço — adivinhou Elizabeth em um tom gentil. — Sinto muito.

— Desculpe.

Mino guardou a pintura, desejando nunca a ter tirado do bolso. Sua primeira reunião com clientes fora arruinada com uma pergunta pessoal. Ele se sentiu tomado pela vergonha, observando Ana servindo chá para John, cheia de desenvoltura.

— E se Mino fizer novos violinos para nós, John? — sugeriu Elizabeth do outro lado da loja. — Talvez ele gaste mais tempo consertando seus instrumentos caindo aos pedaços do que construindo uma orquestra do zero.

— Seria uma encomenda enorme, querida — disse John. — O homem abriu a loja hoje. Vamos lhe dar um tempo para se estabelecer.

— Você não ouviu o som daquele violino? Se esperarmos demais, ele vai passar anos com a agenda lotada.

John olhou para Mino e riu.

— Acho que nós temos as mulheres mais determinadas da Europa.

Mino se forçou a não pensar em Letta.

— Aceito a encomenda — disse ele.

— Nesse caso, precisamos de champanhe. — Ana sorriu.

Quando Mino voltou com a garrafa, ainda tentava esquecer a decepção por Elizabeth não ter nenhuma pista sobre sua mãe e focar na alegria por conseguir a primeira encomenda. Ana cuidou dos detalhes financeiros enquanto ele abria a rolha e enchia as taças. Todos beberam com entusiasmo, com exceção de Ana, que tomou um gole e voltou para seus cálculos. Mino desejou que ela se permitisse aproveitar mais o momento.

Na porta, Elizabeth se despediu dele com um beijo na bochecha.

— Espero que você a encontre, Mino.

Quando o casal inglês foi embora, Ana o segurou pelo punho, preocupada.

— Qual é o problema?

Será que era sua mãe? Será que era a própria Ana? Ele não sabia. Então respondeu:

— Queria que eles fossem venezianos. Não gosto da ideia dos meus violinos irem para a Inglaterra, para um lugar que nunca verei.

— Mino, isso é apenas o começo. E um começo incrível! Temos que agradecer a Stella. — Ela o fitou com um olhar carinhoso e o beijou. — Você fará muitos outros violinos.

Ele assentiu, mas algo o incomodava.

— Vou ajudar a mamãe — disse ela. — Volto na hora de fecharmos.

Com Ana na loja ao lado, Mino se deu conta de que seu próximo ano já havia sido resolvido. Olhou ao redor do armazém, onde passaria todos os seus próximos dias. Ele sentia uma gratidão imensa, mas também havia outra coisa, algo sufocante, que não queria analisar demais por medo do que poderia descobrir.

𝄢

Duas semanas depois, enquanto ele media o molde para as laterais do primeiro violino, a porta da loja se abriu. Quando ergueu o olhar da mesa de trabalho, sentiu um aperto no peito. A abadessa do Incuráveis e Laura estavam na loja.

— Mino? — perguntou a abadessa, parecendo tão chocada quanto ele com aquele encontro.

A mulher correu para lhe dar um abraço apertado. Mino não conseguiu se mover. Atrás dela, notou que Laura o analisava.

Será que Letta estava ali perto? Esperando lá fora? O que ele faria se ela entrasse? Se desintegraria?

— O que vocês estão fazendo aqui? — perguntou ele, sussurrando.

— Nós fomos ouvir um trompetista em San Apostoli — explicou Laura.

Para instrumentos como o trompete, considerados inadequados para mulheres, os *ospedali* contratavam músicos externos para tocar no coro.

— Ele é talentoso — elogiou Mino.

Ana adorava o trompetista de San Apostoli; ele, por outro lado, sempre preferira instrumentos de corda aos de sopro.

— Ficamos sabendo de uma loja nova na região — explicou a abadessa —, mas eu nunca imaginei que o encontraria aqui. — Por fim, ela o soltou, mas continuou segurando suas mãos. — Olhe só para você. Que maravilha. Mas... o que aconteceu com o *squero*?

Mino balançou a cabeça.

— As coisas mudaram.

A mulher pareceu chocada, pensando no assunto enquanto olhava para a vitrine.

— Reconheci a pintura na placa, mas não entendi por quê. Agora, é claro, lembrei.

— Minha mãe...

— Sua metade da pintura...

— Ainda estou procurando por ela.

Mino se viu encarando Laura. Os dois não se conheciam. Nos 13 anos que viveram juntos no Incuráveis, jamais trocaram uma palavra. Mas Letta costumava falar sobre a amiga. Ele ficou surpreso ao ver que ela o encarava. O que será que Letta lhe falara dele?

— Você fez esse instrumento? — perguntou Laura, se aproximando do protótipo. — O braço é bem diferente.

Mino foi até a vitrine, colocou o instrumento em suas mãos.

— Por favor.

Ela começou a tocar um compasso. Ele fechou os olhos, desejoso por escutar as velhas músicas sagradas de novo. Ana e Mino iam à igreja do *sestiere* aos domingos, mas a música não se comparava à do Incuráveis.

— Extraordinário — arfou Laura quando terminou. — Eu adoraria ouvir como o som se projetaria na igreja.

Mino inclinou a cabeça. Aquele era um grande elogio, vindo de uma musicista do Incuráveis — e de alguém que Letta elogiava tanto.

— Obrigado.

Ela ergueu uma sobrancelha, como se tivesse uma ideia.

— Muitos violinos do coro precisam ser consertados.

— Laura, acho que não temos os recursos... — começou a abadessa.

— Nunca toquei um violino tão bom. Pense no concerto da *Sensa, siora*. Podemos pelo menos discutir o assunto com o maestro.

O rosto da abadessa assumiu um ar determinado.

— As moças do Pietà tentam nos superar todo ano. — Ela olhou para Mino e deu de ombros, como se não tivesse opção. — Venha nos visitar. Podemos conversar.

O coração de Mino estava disparado. Ele voltara ao Incuráveis para ouvir Letta cantar, mas apenas por um breve instante, como um expectador anônimo. Não precisara falar com ninguém, e, mesmo assim, saíra arrasado da igreja. Mas voltar àquele lugar a pedido de alguém, como um mercador, quando Letta poderia vê-lo? Ele não sabia se seria capaz de agir profissionalmente em sua presença. Aquilo poderia prejudicar seu novo negócio, não o beneficiar. Ana poderia perceber alguma coisa. Não, ele não podia fazer aquilo.

— Amanhã? — sugeriu Laura.

— Eu estarei trabalhando.

— Venha quando puder — disse a abadessa.

— É complicado. Meus clientes...

— Nós seremos suas clientes — rebateu Laura. — Seus violinos podem transformar nosso coro.

— No domingo — decidiu ele, contrariando todo o bom senso. Antes que pudesse mudar de ideia, acrescentou: — Depois da missa.

Assim que as duas foram embora, conversando com animação, Mino desabou sobre uma poltrona. Então fechou os olhos e ouviu a voz de Letta. Ele ainda desejava estar com ela, mesmo depois de tanto tempo, com tanta ferocidade que não podia mais negar que a desejara durante os instantes passados na companhia de Ana nos últimos meses. A possibilidade de seus instrumentos acompanharem sua voz, compartilharem o mesmo ar que ela, era avassaladora.

Mino não sabia quanto tempo passou sentado ali, fazendo carinho em Sprezz, mas, quando Ana voltou para a loja e ele se levantou, fingindo que nada havia acontecido, o dia já estava escuro.

15

Aprimavera chegou no final de abril. A chuva obscurecia o céu nublado do lado de fora das janelas da sala de estar, onde Violetta e Laura passavam uma tarde preguiçosa de quarta-feira. As duas deveriam estar estudando as novas partituras para a missa vespertina, mas Violetta se sentia exausta. Suas pálpebras pesavam como se tivessem de suportar o peso dos sacos de areia que as casas da cidade usavam para barrar a maré alta.

Ela bebera champanhe demais na noite anterior. Quando Federico enchia sua taça, era impossível dizer não. Agora, estava deitada no divã com estampa floral, com os pés esticados na direção do fogo, segurando o libreto para que Laura não visse que seus olhos estavam se fechando.

Seria maravilhoso tirar um cochilo. Ela permitiu que sua mente vagasse até Federico, até o mundo noturno de La Sirena, os pensamentos se demorando em cada detalhe sedutor. O dono do cassino a recebera com exuberância depois da apresentação da noite, passando um braço em torno de sua cintura enquanto a apresentava a três visitantes franceses.

— Sua amiga Elizabeth voltou a Veneza — comentara ele, indicando com a cabeça uma cabine nos fundos do salão, onde a inglesa examinava um conjunto de leques maravilhosos no baú de um comerciante.

Por trás da máscara, a soprano ficara radiante. Desde que se conheceram, as duas já haviam jantado juntas várias vezes, mas, quando Elizabeth retornara à Inglaterra no Natal, Violetta voltara a comer sozinha depois das performances. Agora, a amiga sorria para ela, escondendo o rosto atrás de um leque de renda preta, fazendo graça. Violetta acenara para ela, lhe mandando um beijo.

— Ela pediu para jantar com você — dissera Federico. — Peça o que quiser.

— Você vai nos acompanhar? — perguntara ela, encarando-o.

— Já comi — respondera ele, e dera dois beijos em sua mão, como sempre fazia quando tinha de cuidar de negócios.

— Qual você prefere? — perguntara Elizabeth, indicando os leques enquanto Violetta se sentava à cabine. A inglesa usava um novo vestido vermelho que combinava com seu cabelo e bebericava champanhe, dando gargalhadas das próprias brincadeiras com o leque. — Com eles, me sinto jovem de novo, tão vibrante e bonita quanto você. Senti saudade, Sirena. Sua apresentação foi maravilhosa.

— Obrigada. — Violetta sorrira. — Também é um prazer ver você.

— Ela escolhera um leque cor de creme, abrindo-o na frente do rosto enquanto Elizabeth servia champanhe para as duas. — O que a traz de volta a Veneza?

— Eu e John descobrimos um *luthier* fantástico — explicara ela. — Quando ouço os violinos dele, Sirena, é como se eu nunca tivesse escutado música antes.

Violetta ficara grata pela máscara que escondia a expressão em seu rosto. Ela ouvia violinistas maravilhosas todos os dias, mas nenhum som se comparava ao de Mino no telhado, tanto tempo atrás.

— Você está se contradizendo — dissera Elizabeth.

— O quê? — respondera ela, confusa, enquanto a amiga se esticava para ajeitar seu leque caído.

— Se abri-lo pela metade, está procurando alguém. — Para demonstrar o que estava dizendo, a inglesa se virara para o salão, e Violetta notara que um homem mascarado a algumas mesas de distância as observava. Ele erguera o queixo, solícito. — Depois que você conquistar a atenção do cavalheiro — continuara Elizabeth —, abra mais o leque para indicar *estou disponível agora*. — Mas ela não movera o leque. — Ou feche-o lentamente — agora, ela demonstrava o que dizia, deixando o homem se debruçando sobre a própria mesa enquanto encarava o gesto —, para dizer *estou disponível mais tarde.*

— Qual é o sinal para *prefiro me deitar com o esqueleto de um remador bizantino no fundo do canal?* — perguntara Violetta.

Elizabeth soltara uma gargalhada.

— Não preciso lhe ensinar isso — dissera ela. — Você irradia essa mensagem o tempo todo.

— Claro que não.

Violetta pegara um segundo leque, abrindo-o devagar e sentindo-se encantada ao encontrar a pequena pintura de uma mulher em um piquenique com dois centauros.

Elizabeth era tão diferente das órfãs do Incuráveis. A inglesa não fazia questão de ser modesta, discreta ou recatada. Violetta queria ser mais como ela. E não conseguia se esquecer do convite para visitar Londres.

Do outro lado do salão, Federico desviara o olhar da conversa com os franceses para fitá-la. E sorrira. Ela sentira o coração disparar e abrira o leque todo.

— Ah, não — brincara Elizabeth. — Não me diga...

Violetta corara, soltando o leque sobre a mesa de tal forma que sua taça de champanhe balançara. Por que a amiga ficara surpresa? Por que ela devia se envergonhar de seus sentimentos? Por que qualquer mulher em La Sirena — ou até mesmo em toda Veneza — não desejaria Federico? Ele era como o melhor dos champanhes: efervescente, complicado, estimulante, fugaz demais após cada encontro. Elizabeth era casada, mas fazia sentido presumir que tivera amantes em suas viagens para

Veneza, onde um acompanhante era um acessório tão necessário quanto uma *bauta*. Minutos antes, ela flertara com o homem do outro lado do salão. Com certeza entenderia sua atração por Federico.

— Abane seu leque para outro, Sirena — aconselhou a amiga.

— Por quê?

Elizabeth enchera as taças das duas, terminando a garrafa e sinalizando para o garçom trazer outra.

— Para começo de conversa — explicara ela —, ele é velho demais para você. Qualquer rapaz nesse cassino mataria pela sua companhia. E quase todos a tratariam melhor do que Federico.

Violetta revirara os olhos. Mas ela sabia que era alvo da atenção de homens. Se olhasse em torno do salão, encontraria uma dúzia de admiradores. E se sentia observada quando cantava no coro. Porém, no Incuráveis, sempre havia o risco dos olhares se transformarem em pedidos de casamento. Ela nunca imaginara que as coisas seriam diferentes no cassino. Mas seus pensamentos sobre La Sirena giravam apenas em torno de Federico.

— E se eu lhe apresentasse ao meu *luthier* — sugerira Elizabeth.

— Ele é bem...

— Eu sei o que quero — rebatera Violetta. — E não preciso da aprovação de ninguém.

— Só da dele — dissera a amiga, indicando Federico com a cabeça. Ela batera a própria taça contra a de Violetta. — Quando você se cansar disso, me avise. Podemos ir para Londres. Você vai fazer sucesso por lá.

Violetta sentira a frustração se revirando dentro de si. Seu flerte com Federico, que, no começo, parecia seguir um rumo inevitável, não avançara em nada desde aquela noite no *burchiello* — quase seis meses antes. O carinho do dono do cassino por ela era nítido. Ele lhe dava tudo que ela queria. Observava-a do outro lado do salão com uma afeição palpável. Então por que se afastava sempre que ela chegava mais perto?

𝄢

— Você está dormindo?

A voz de Laura a acordou, e ela deu um pulo no divã. Seus olhos se ajustaram à luz que entrava pelas janelas.

Como ela queria contar tudo para a amiga. Suas conversas com Elizabeth eram ótimas, mas era difícil saber quando se encontrariam de novo. Além do mais, a inglesa não sabia quem ela era de verdade. Uma órfã. Uma corista. Violetta, *voce d'angelo*. Laura a conhecia desde sempre.

— Violetta? — chamou a amiga de novo.

Ela não podia lhe contar tudo, mas precisava falar alguma coisa.

— Acho que estou apaixonada.

— Violetta. — Laura arfou e correu para se sentar ao seu lado. A violinista baixou os olhos, e suas bochechas coraram. — Preciso confessar. Encontrei o lençol da sua cama, sua janela aberta. Uma noite. Meses atrás. Sei que você anda fugindo. Mas nunca imaginei...

As duas riram, nervosas e aliviadas. Que sorte ter uma amiga tão boa quanto Laura. Violetta não a merecia. Mesmo agora, quando as duas compartilhavam seus segredos, ela mentiria. Seria perigoso demais contar sobre as apresentações em La Sirena. Mas ela poderia falar sobre Federico. Poderia ouvir os conselhos da amiga.

— Como ele é? — perguntou Laura. — Vocês vão se casar?

— Não — respondeu Violetta, rápido. — É claro que não. Ele sabe qual é a minha opinião sobre casamento.

Ela ficou surpresa ao se ver pensando nas restrições de Federico quanto ao matrimônio, em sua posição como segundo filho.

— Você não mudou de ideia? — perguntou Laura em um tom brincalhão. — Nem agora que está apaixonada?

Violetta fez que não com a cabeça.

— Nós nos encontramos uma vez por semana. Isso já basta — mentiu ela. — É tudo muito emocionante.

As duas riram de novo, e Laura apertou as mãos da amiga.

— Estou feliz por ter me contado. Você pode confiar em mim, Violetta. — Laura fechou os olhos, respirou fundo. — E, agora, também preciso lhe contar uma coisa.

— Pode falar — disse Violetta, despreocupada, ainda pensando nos mistérios de Federico.

Que bom que Laura não fizera perguntas íntimas. Sua resposta teria sido deprimente de tão breve.

— Falei com Mino ontem.

As mãos de Violetta ficaram fracas. As perguntas inundaram sua mente como uma neblina até que ela não conseguiu mais pensar em nada. Ela ouvira errado. Ou Laura tinha se enganado.

Mino foi embora.

— Você sabe que fui a Cannaregio com a abadessa, para assistir ao trompetista — continuou Laura, sussurrando. — Quando estávamos voltando, passando pela *merceria*, paramos em uma lojinha de violinos. Mino era o dono, Violetta. Ele os produz. Nunca segurei um instrumento como aquele...

Violetta queria pedir para a amiga parar, mas sua boca estava seca. Sua pele queimava, como se estivesse perto de uma chama quente.

— Tem mais — continuou Laura. — Ele estará aqui para uma reunião. No domingo.

Ela encarou a amiga, aterrorizada. Sentia a necessidade de destruir alguma coisa — a partitura em suas mãos, Laura, o próprio coração inconstante.

— Ele perguntou por mim?

A violinista engoliu em seco.

— Ah.

Era como se ela tivesse levado um soco.

— Ele parece bem — continuou Laura. — Apareça no domingo. Faça as pazes com ele.

$$\mathcal{9}:$$

De alguma forma, ela estava lá depois da missa de domingo, em seu melhor vestido do Incuráveis, com o cabelo trançado. Laura pedira sua presença na reunião, para opinar na ausência de Porpora. O maestro fora a Viena a fim de compor uma ópera para a temporada; ainda não haviam encontrado um substituto. Laura argumentara com a abadessa que Violetta tinha um ouvido perfeito e era a primeira soprano do coro. A mulher cedera — era incapaz de recusar qualquer pedido da pupila.

Ela não poderia dizer muita coisa a Mino diante da abadessa, mas sua presença mostraria que estava arrependida. Talvez só precisasse que ele soubesse disso.

Sua exaustão parecia ter chegado ao ápice, apesar de ela não ter saído nas últimas noites. Deveria ter escapulido do orfanato ontem — bebido em La Sirena, exaurido a mente. Em vez disso, ficara acordada na cama, sendo torturada pelas lembranças.

Se pudesse mudar o que havia acontecido entre os dois, o que faria de diferente? Apagaria todas as palavras que dissera sobre a mãe de Mino, é claro. Mas e o restante? Ainda recusaria o pedido de casamento?

Sim. Violetta não conseguia ver outra alternativa, nem agora. Apesar de Mino ter sido mais importante em sua vida do que qualquer outra pessoa. Apesar de amá-lo. Mas aquele sentimento não era igual ao desejo físico que tinha por Federico; o amor que sentia por ele era diferente, permanecia em seu coração. Ela sabia que não podia se casar, que nunca seria a esposa de um homem nem a mãe de uma criança. Mas não conseguia parar de pensar no momento em que Mino pedira sua mão em casamento. Violetta viu aqueles olhos azuis quando ele perguntara *Quer casar comigo?*. Sentia suas mãos a tocando. O cheiro de jasmim na cama. E, mais uma vez, ela se dava conta de que havia destruído o futuro com o qual Mino tanto sonhara.

Esperando com Laura diante da lareira acesa na sala de visitas do primeiro andar, ela estava prestes a se debulhar em lágrimas. Então foi até a janela, desejando poder abri-la, para deixar a chuva entrar.

— Mino não vem — afirmou Violetta.

— Ainda não é nem uma e meia — rebateu Laura. — Não seria melhor esperarmos Mino se atrasar antes de você decidir isso?

— Eu sei que ele não vem — disse ela, baixinho.

Uma e meia se transformou em quinze para as duas, e Violetta notou que Laura e a abadessa trocavam olhares. Quando a porta finalmente abriu, seu coração foi parar na garganta. Mas o homem que entrou não era Mino. Ela demorou um instante para se lembrar de Carlo, o rapaz que conhecera naquele primeiro baile. Tinha visto seu rosto apenas no breve instante em que ele erguera a máscara. Ela mesma passara a noite inteira agarrada à sua.

Carlo devia conhecer Mino. Como? E se Mino estivesse lá, naquela noite, na festa? E se ela tivesse dançado em seus braços em vez de nos de Carlo? Jamais teria conhecido Federico. E onde estaria agora?

— Sinto muito — disse Carlo, fazendo uma reverência. — Mino não pôde vir à reunião por uma questão pessoal. Ele mandou essa carta e pediu a gentileza de combinarem outro encontro.

Que questão pessoal? Aquilo parecia mentira.

A abadessa aceitou a carta e a leu rapidamente. Então dobrou o papel e o guardou no bolso, negando a Violetta até a oportunidade de vislumbrar as palavras dele. Enquanto lutava contra a vontade de enfiar as mãos no bolso da saia da mulher, ela disse a si mesma que não faria diferença.

Independentemente do que estava escrito, ela sabia a verdade. O arrependimento a deixava incoerente, mas uma coisa estava clara em sua mente: Mino não viera por sua causa.

16

Na noite de domingo, Ana foi ao quarto de Mino mais cedo que o normal, pouco depois de a mãe se retirar para dormir. Ela se deitou em seus braços e fechou os olhos antes mesmo de eles começarem a fazer amor, com um sorriso tranquilo nos lábios. Então caíra rápido no sono.

A noite estava fresca e sem nuvens. Mino inspirou o cheiro de laranja da pele de Ana, ouvindo o ritmo sonhador de sua respiração. Observou seu rosto enquanto a lua subia no céu. Agora, era o fascínio que o mantinha acordado; na noite anterior, fora o medo. Ontem, tudo parecia diferente. Enquanto a abraçava, na mesma posição, ela lhe parecera o único porto seguro em seu mundo.

Ontem, Mino foi se deitar temendo a reunião no Incuráveis, prevista para acontecer naquela manhã. Ele acordara cedo e, antes de o nascer do sol, fora se preparar na loja. Mas então, uma hora antes de sair, em um único momento, sua vida mudara para sempre.

A reunião no Incuráveis fora marcada no horário que ele sabia que Ana iria à missa e depois almoçaria. Odiava ter de esconder aquilo dela, mas não sabia como lhe contar.

No começo daquela manhã, antes da reunião, ele acendera as velas da loja, mas não abrira os caixilhos de madeira. O chão estava coberto com lascas de madeira, e o cheiro de verniz era tão forte que fazia suas narinas queimarem. Mino adorava estar ali, ainda mais sozinho, no fim da noite ou cedo pela manhã. Ele erguera o protótipo, orgulhoso. Queria exibi-lo no Incuráveis como um exemplo de tudo que conquistara. Seu antigo lar nunca saíra de seus pensamentos enquanto moldava o instrumento.

Será que Letta estaria lá? Será que ela observaria seu violino com aqueles olhos escuros, críticos? Ele estremecera só de imaginar. Seria tão importante receber a aprovação dela. Pois isso não só significaria que o instrumento era bom — e ele sabia que era —, e sim também que ela deixara de odiá-lo.

Mino não era tolo a ponto de pensar que teria um momento sozinho com Letta. A abadessa estaria presente, talvez o maestro também, além de Laura. Mas ele poderia olhar para ela. No passado, os dois não costumavam precisar de palavras para se comunicar. Com seus olhos, ele pediria perdão. E compreenderia a resposta silenciosa.

Será que Letta o perdoaria, ali na sala de visitas? E o que aconteceria depois?

Mino não sabia. E precisava parar de pensar naquilo. Estaria perdido se começasse a imaginar tudo que ela poderia lhe contar — sobre a vida no coro e o telhado, sobre o que considerava ser liberdade agora. Essas informações não eram mais importantes para a sua vida. Ele tinha Ana. Tinha Sprezz. Tinha sua loja.

A única coisa de que precisava era o perdão de Letta, para poder seguir em frente.

A porta dos fundos se abrira devagar. Mino erguera o olhar, surpreso ao encontrar Ana em seu manto cor-de-rosa.

— Que horas são? — arfara ele.

Será que passara tanto tempo perdido em pensamentos que ela já voltara do almoço? Será que estava atrasado?

— Ainda é cedo — respondera ela, a voz estranhamente aguda.

Ana costumava falar baixo, mas com uma determinação que mostrava sua inteligência, estivesse falando sobre o preço de alcachofras ou sobre a Guerra de Sucessão da Polônia. Mino olhara para baixo e vira a barra da camisola sob o manto. Ela viera até lá sem nem trocar de roupa.

— O que houve? — perguntara ele, sentindo o coração acelerar.

Ele avisara que iria a uma reunião naquela manhã, mas não entrara em detalhes. Mencionara a violinista de uma orquestra de igreja e dissera só que iriam conversar. Não especificara que a igreja pertencia a um *ospedale*, nem cogitara dizer que o *ospedale* fora seu lar.

A culpa o consumira. Será que ela havia descoberto?

Ana se aproximara, pegara o violino que Mino segurava e o colocara com gentileza sobre a mesa de trabalho. Com as mãos suadas, segurara as dele. Então o guiara para a poltrona, e os dois se sentaram. Seu sorriso era largo, mas hesitante.

Mino estava nervoso.

— Ana...

— Nós vamos ter um bebê, Mino.

Ana rira e cobrira o rosto, e, quando ele afastara as mãos da jovem, vira as lágrimas em seus olhos. Um bebê.

O mundo havia parado. Mino sentia uma paz enorme. Por muitos anos, ele buscara a mãe, pensando que ela seria a resposta para todas as suas perguntas. Agora, olhava para uma nova mãe, uma mãe que ele ajudara a criar. Ana. Juntos, os dois tinham feito uma nova pessoa.

Uma criança que os usaria como exemplo para tudo. Seu filho. Mino se sentia tão deslumbrado que não conseguia falar.

De repente, sua vida inteira se tornara Ana e aquele bebê. Os dois agarraram as mãos um do outro como se nunca fossem soltá-las. Mino ajoelhara diante dela. Tocara sua barriga. Sentira a vida lá dentro.

Ele não iria a Dorsoduro naquele dia. Não haveria reunião no Incuráveis. Não pensaria mais em tudo que poderia ter acontecido. Com a encomenda dos ingleses, a loja tinha mais trabalho do que o esperado para seis meses. Ele conseguiria novas oportunidades. Precisava parar de buscar soluções em seu triste passado. A resposta estava bem ali. Ali, no bebê. Ali, na mãe. Ali, no pai.

— Quer se casar comigo? — perguntara ele.

Ana se ajoelhara no chão e o beijara.

— Quero.

𝄢

A carta chegou quatro meses depois, em setembro, quando a luz fraca do sol desaparecia no céu vespertino, quando Ana usava uma rosa presa na orelha, indicando que estava noiva. Sua barriga crescera, tomando uma bela forma oval, e ela ocupava uma das poltronas da loja — o único lugar onde se sentia confortável —, analisando a contabilidade enquanto comia anchovas pela quinta refeição seguida.

— Mino? — Ela ergueu o olhar da folha em sua mão. — Você faltou a uma reunião no Ospedale degli Incurabili?

Ele baixou o pincel de verniz, limpou o rosto com um pano e respirou fundo antes de perguntar:

— O que diz a carta?

— Que você tinha uma reunião sobre uma encomenda, mas que nunca apareceu e nunca remarcou — respondeu Ana, voltando a olhar para o papel, talvez torcendo para ter lido errado. — Você não costuma fazer esse tipo de coisa.

— A culpa foi minha — confessou ele, falando devagar. — A reunião estava marcada para o dia em que você me contou sobre o bebê. — Mino tocou o ombro de Ana, sabendo que ela lembraria que, após lhe dar a notícia, os dois passaram horas fazendo amor no chão da loja. — Depois acabei esquecendo.

— A igreja quer encomendar violinos para o coro todo, Mino, e para o conservatório. Você não acha que uma encomenda desse porte tem a ver com o meu bem-estar e o do bebê?

Ele sentiu que corava, puxou a gola da camisa.

— Eu não conseguiria aceitar. Já estava sobrecarregado com a encomenda dos Baums.

— Mas, agora, você está quase terminando — rebateu Ana. — E, de acordo com a carta, a igreja ainda precisa dos instrumentos. — Ela o observou. — Tem alguma coisa que você não está me contando?

Mino se sentou ao seu lado. Sentiu seu cheiro. Sob as anchovas, ainda havia a doçura reconfortante das laranjas. Ele estava falando com Ana. Podia contar a ela.

— Sou um órfão do Incuráveis. Seria doloroso voltar lá.

— Querido — disse ela, e o abraçou. — Queria que você tivesse me contado antes. — Quando Ana o beijou, Mino sentiu toda sua bondade, todo seu amor. Ele não a merecia. — Quer que eu vá junto?

Meses antes, ele queria ir sozinho, olhar nos olhos de Letta e voltar mais forte para Ana. Isso fora antes de saber sobre o bebê. Com a criança a caminho, Mino já estava mais forte. Tinha uma conexão com Ana. Podia contar com seu apoio.

Então, visualizou a cena — a reunião, Letta olhando para ele, para Ana. Será que ela ficaria incomodada ao vê-lo com outra? Que bobagem. Letta nunca o amara, não da mesma forma que ele a amava. Talvez o fato de não precisar se preocupar com uma paixão não correspondida facilitasse as coisas para ela. A presença de Ana deixaria todos mais confortáveis.

— Obrigado — agradeceu-lhe Mino.

— Vou organizar tudo. Conheço um membro do conselho da igreja. Podemos levar linguiças. — Ana sorriu para ele, depois para a barriga, falando para o bebê: — Seu pai vai trabalhar para o coro mais importante de Veneza. Isso vai mudar a sua vida, pequeno.

— Não quero mudar nossa vida — disse ele, e a beijou, se inclinando sobre Ana na poltrona até ela rir e puxá-lo para perto, abrindo espaço entre suas pernas.

Ela nunca saberia que ele falava sério.

17

— Mais uma vez, Helena — instruiu Violetta da poltrona da sala de estar. — Agora, tente ir mais devagar. Pare de se preocupar com a próxima nota. Segure a que está cantando. Segure como se nunca mais fosse soltá-la.

Ela sabia que o que estava pedindo era muito difícil, mas suspirou quando Helena a ignorou, cantando a escala exatamente como havia cantado antes. O céu pálido e cinzento lá fora deixava a sala sombria. Violetta não acreditava que já estavam novamente às vésperas do *carnevale*. Já fazia dois anos desde o derradeiro dia com Mino. Ela ficava mal-humorada só de pensar em vivenciar as mesmas datas depressivas todos os anos. Será que o tempo não podia voltar para que pudesse desdizer aquelas palavras?

— Sua língua está grossa demais — disse ela para a pupila, irritada.

— E como eu conserto isso? — perguntou Helena.

— Coloque-a para fora — respondeu Violetta, e, quando a garota lhe obedeceu, a soprano segurou-a entre o dedão e o indicador e a puxou até Helena arregalar os olhos. Fora Giustina quem lhe ensinara aquele truque, que era bem útil no cassino, onde nunca havia tempo para se aquecer totalmente antes das apresentações. — Agora cante.

Enquanto a pupila executava o exercício, Violetta parou de pensar em qualquer coisa que não fossem as ondulações das notas de Helena. Desde que Mino faltara à reunião, ela se afundara em trabalho.

Praticamente desde que entrara para o coro, ela preferia passar as tardes isolada no quarto, alegando uma necessidade artística de ficar sozinha para ensaiar e estudar enquanto descansava de suas noites em La Sirena. Mas, depois da reunião à qual Mino não fora, ela não conseguia dormir. Sua mente era tomada por pensamentos sombrios. Precisou encontrar novas formas de se manter ocupada.

A voz de Helena era animada, soava como um sino. A menina de 11 anos tinha dificuldade com as nuanças, mas compensava com volume. Talvez isso a ajudasse, já que Hasse — o novo maestro — preferia compor oratórios ousados, que pediam uma solista cuja voz se destacasse sobre uma orquestra inteira. Violetta aprendera a cantar mais alto que o burburinho em La Sirena; Hasse a achava brilhante.

— Você tem um admirador? — ceceou Helena, com a língua ainda presa entre os dedos da *sottomaestra*.

Violetta a soltou.

— Como é?

A menina pareceu murchar sob seu olhar.

— É isso que as outras meninas estão dizendo.

Violetta ergueu uma sobrancelha e esperou, tentando não ceder ao rubor que subia por suas bochechas.

— Elas dizem que você tem um admirador, que está esperando pelo pedido de casamento. E é por isso que começou a me treinar, porque vai embora.

Violetta revirou os olhos, relaxando. Aquilo era uma fofoca infantil; não tinha nada a ver com a realidade de suas noites.

— E quem seria esse admirador? — perguntou ela, se inclinando para perto de Helena, mostrando que a menina podia falar à vontade.

— Ava disse que é Porpora. — A garota riu, olhando para cima para confirmar que aquilo era absurdo, antes de continuar: — Que você já está grávida, e foi por isso que não renovaram o contrato do maestro.

— E você? — perguntou Violetta. — O que você acha?

— Acho que você não vai a lugar nenhum — respondeu Helena, encarando-a com aqueles enormes olhos castanhos.

A expressão em seu rosto mostrava confiança e lealdade, mas, para Violetta, aquelas palavras pareciam uma profecia insuportável. Ela juntou seus papéis e se virou.

— Volte amanhã — disse ela à pupila antes de se trancar no próprio quarto.

Violetta se sentia amargurada. Agora entendia que aquilo que mais detestava em sua vida — mais do que viver enclausurada no Incuráveis, mais do que a certeza de que jamais saberia quem eram seus pais — era admitir que magoara Mino apenas por despeito e ciúme. Isso nunca mudaria, mesmo se Violetta fugisse da cidade. O fato de ele ter faltado à reunião com a abadessa, de não estar tão pronto quanto ela para fazer as pazes, a deixava arrasada. Era impossível imaginar outro motivo para Mino não ter aparecido. Nada, nem suas fantasias com Federico, conseguia tirar aquele peso de sua consciência.

Apenas sua música não havia sido prejudicada. Tanto na igreja quanto no cassino, Violetta cantava sua tristeza. Ela fazia a plateia chorar de emoção, e gostava disso. Os momentos em que se apresentava eram os únicos em que sentia paz.

𝄢

No fim de setembro, quando receberam a carta informando que Mino gostaria de remarcar a reunião, Violetta disse a Laura que estaria presente. Porém, quando o sábado chegou, ela se escondeu no telhado e ficou lá por horas. Não tinha forças para encarar outra rejeição. O telhado era o único lugar onde tinha certeza de que não o veria, de que não seria encontrada.

A jovem passou uma eternidade observando barcos desaparecendo pelo horizonte. Eventualmente, o frio e a umidade da névoa noturna a forçaram a entrar e bater à porta de Laura.

A amiga abriu. Atrás do candelabro, seus olhos se arregalaram de alívio, depois de irritação.

— Como foi? — perguntou Violetta.

Laura balançou a cabeça, incrédula.

— Nós esperamos. Procurei por você...

— Não consegui — respondeu ela. — Conte o que aconteceu. Por favor.

Laura esfregou os olhos e se virou. Então, colocou o candelabro ao lado da cama. Refez o laço na gola da camisola.

— Encomendamos uma dúzia de violinos. Vamos pagar caro, mas valerá a pena. Precisamos pagar o adiantamento com o dinheiro do...

— Laura! — gritou Violetta. — O que mais?

A violinista suspirou e se sentou na cama, indicando o espaço ao seu lado. Violetta se sentou no colchão e sentiu os lençóis a cobrirem. Ela apoiou a cabeça contra o peito da amiga. Ele subia e descia. Dava para ouvir as escalas da respiração de Laura, que acariciava seu cabelo.

— Ele vai se casar.

Violetta se retesou. O silêncio pairou no cômodo.

— Amanhã — continuou a amiga.

Ela fechou os olhos e sentiu um vazio tomar conta do corpo. *Case com alguém melhor do que eu.* Aquelas foram suas palavras. Será que ele amava essa mulher? Não fazia diferença. Ainda bem que ela não participara da reunião.

Os dedos de Laura a acariciavam, a acalmavam com seu peso. A voz da amiga baixou para um sussurro.

— Ele será pai.

Devagar, Violetta se afastou do peito da amiga. E se levantou da cama. Quando olhou nos olhos de Laura, viu que o que havia escutado era verdade. Foi tomada pelo desespero, e seu braço acertou um vaso de flores na mesa de cabeceira. A porcelana se espatifou no chão. Água se espalhou pelo *terrazzo*. Havia tantas outras coisas que ela queria quebrar.

— Calma, Violetta — disse Laura. Sua voz soava mais estável. — Ele encontrou o amor de novo, e você também. Está tudo bem...

Violetta gemeu, caiu de joelhos no chão. Ela não queria ouvir argumentos razoáveis. Os cacos de porcelana rasgaram seu vestido, suas pernas. A dor a fez se sentir melhor. Sua vontade era de estar tão quebrada quanto o vaso.

— Você está sangrando — arfou Laura. — Vou chamar a enfermeira...

— Não precisa — disse Violetta, se levantando sem nem olhar para os cortes. Então se obrigou a respirar, a aparentar mais tranquilidade do que de fato sentia. — Estou muito cansada. Vou dormir.

— Violetta, não faça nada...

— Por favor. Quero ficar sozinha. — Ela deu um abraço apertado, breve, na amiga. — Boa noite — sussurrou, antes de se trancar no quarto.

𝄢

Ela nunca saíra pela janela antes do pôr do sol e ficou surpresa ao ver a Zattere cheia de gente. Mas Violetta conhecia seu povo; não importava o que os venezianos pensariam de uma mulher fugindo da janela de um hospital, eles perderiam um instante com fortes opiniões e depois se esqueceriam do assunto.

Amanhã aconteceria a Regata Histórica, e o canal da Giudecca já estava lotado de barcos decorados para a corrida. Todos que tinham dinheiro e acesso a uma embarcação seguiam para piqueniques noturnos na água. Mais tarde, o cassino ficaria lotado.

Ela pensou em Mino, que planejara ser aprendiz no *squero*. Aquela seria uma noite importante para seu trabalho como construtor de barcos. Mas, agora, ele tinha preocupações maiores. O casamento. O bebê. Violetta o imaginou trocando votos com uma mulher desconhecida. Seu estômago se revirou.

Ela sentiria saudade de Laura. Sentiria saudade da música, para sempre. Sentiria saudade do deslumbramento no olhar dos fiéis da igreja enquanto cantava. Mas não poderia continuar mais ali.

Mino seguira em frente. Já estava mais do que na hora de ela fazer o mesmo também.

Violetta esperou uma família passar, e então, o mais rápido possível, jogou o lençol pela janela, saiu para o peitoril e, pela última vez, pulou para a rua. Não olhou para trás, para ver se havia sido descoberta. Apenas se virou e correu.

Seus bolsos pesavam com os cequins. Ela usava sua máscara, um vestido branco comum, uma capa e o cordão de opala negra. Não havia mais nada que quisesse, apenas a liberdade que buscava. Abrindo caminho pela multidão, ela não estava interessada em saber se chamava atenção ou não. Precisava se distanciar do Incuráveis, e rápido.

Veneza brilhava ao pôr do sol — os prédios, a água, o ar. Nuvens grandes cobriam o céu, suas bordas delineadas pela luz. O ar romântico da cidade só aumentava sua tristeza. Violetta precisava da escuridão do cassino, precisava ser tomada por ela.

No meio do caminho, começou a chover. Ela correu, mas não demorou muito até ficar ensopada. Pingando sob o galho do sobreiro, subindo rápido a escada em caracol, Violetta atraiu um olhar confuso de Fortunato, parado à entrada. Então baixou a capa para exibir a pedra brilhante.

— Sou eu.

O criado se empertigou, virou a chave para abrir a porta.

— La Sirena. Que surpresa.

— Ele está aqui? — perguntou ela.

— Ele a esperava hoje?

Violetta fez que não com a cabeça.

— Posso aguardar.

Fortunato fez uma reverência.

— A mesa dele está aberta. Quer que eu mande champanhe e uma toalha?

Ela lhe agradeceu e entrou, sendo instantaneamente tranquilizada pelas paredes escuras e pelo silêncio do começo da noite. Então seguiu para seu *boudoir* e trocou o vestido por um amarelo, dispensando o espartilho, já que seu *cicisbeo* não estava ali para amarrá-lo. Quando saiu, encontrou uma garrafa de champanhe a esperando sobre a mesa de Federico. Livre do Incuráveis, Violetta tinha muito o que comemorar. Mas, ao se sentar na cabine e observar o cassino, sentiu que o corpo inteiro tremia.

Uma pessoa normal teria ficado feliz por Mino. Fora ela quem o rejeitara. E passara anos convencida de que desejava o melhor para ele. Porém o que sentia agora era diferente. A inveja borbulhava dentro de si. Inveja por Mino ter conseguido o que queria. E ciúme da mulher que ficaria com ele pela vida inteira.

— O que eu fiz? — sussurrou Violetta.

— Não acredito no que estou vendo — disse uma voz às suas costas.

— Federico...

Ele se sentou ao seu lado. Estava sorrindo, mas seu olhar parecia nervoso.

— O que você veio fazer aqui num sábado? — Ele tocou seu cabelo. — E toda molhada? Eu poderia ter pedido a Nicoletto que fosse buscá-la de gôndola. Está tudo bem?

— Eu quero cantar.

Violetta levantou um pouco a máscara, erguendo-a acima dos lábios. Então passou os braços em torno de Federico e lhe deu um beijo. Suas bocas se encontraram sem hesitação, e o peito dela se aqueceu de desejo. Ele segurou seus ombros. E, com delicadeza e rápido demais, a afastou.

— Você está bêbada.

Ela devia contar o que tinha acontecido. Não sobre Mino, e sim que abandonara o Incuráveis para sempre. Porém, se colocasse aquilo em palavras, corria o risco de começar a chorar.

— Só tomei um pouco de champanhe.

Federico ergueu a garrafa, e Violetta ficou surpresa ao ver que bebera quase tudo.

— Você não pode cantar nesse estado.

— Posso, sim — afirmou ela, zangada, e se virou de costas para ele, servindo-se do restante da bebida.

— Violetta — alertou Federico. E tirou a taça de sua mão. — Vá descansar no *boudoir*. Se fizer isso, poderá subir ao palco em uma hora.

Ela passou mais um instante sentada na cabine, em um leve protesto, insignificante, enquanto o dono do cassino desaparecia. Quando finalmente resolveu se levantar, sentiu um homem segurar seu cotovelo.

— Quer sair daqui?

— Davide — sussurrou Violetta. A voz grave do *cicisbeo* era um alívio. — Quero.

— Venha — chamou ele. — Há uma porta nos fundos.

$$\text{𝄢}$$

Em uma taberna desconhecida, em uma *calle* que ela nunca vira antes, Davide pediu fiado dois vinhos.

— A bebida é horrorosa aqui — desculpou-se ele, lhe passando uma caneca encardida —, mas as festas são as mais loucas da república, e acho que você precisa disso hoje. — Ele bebeu o vinho todo em um gole. — Eu preciso disso todas as noites.

Violetta riu, mas logo foi tomada pela tristeza. Davide foi paciente enquanto a patroa chorava encostada em seu peito. Ela nem percebeu que o vinho estava ruim ou que a festa era louca. Estava bêbada, se divertindo e sofrendo.

— Federico não vai ficar feliz — comentou ela, sentindo tanto a liberdade de ter desaparecido quanto uma necessidade vacilante de voltar ao cassino.

— Não se preocupe com ele hoje — rebateu Davide, impetuoso, também um pouco bêbado. — Amanhã, se você insistir, podemos nos preocupar juntos.

O *cicisbeo* a apresentou a uma dúzia de amigos, usando o nome falso com o qual ela se apresentara a ele meses antes — Gelsomina. Violetta ficou encantada por conhecer pessoas tão escandalosas e embriagadas quanto ela. Quase conseguia imaginar uma vida na qual noites como aquela seriam comuns, se tivesse nascido uma pessoa diferente. Ela poderia ter sido impetuosa, competitiva em jogos de bilhar regados a álcool. Poderia ter beijado desconhecidos em cantos escuros. Em pouco tempo, ela saiu de perto de Davide e se viu dançando a *furlana*, envolvida pelos braços de um homem que vestia uma casaca cinza. Quando a música mudou, o sujeito a pressionou contra uma parede.

— *Siora* — disse ele com um murmúrio enamorado.

O anonimato daquele flerte a deixava aliviada; o homem não a desejava especificamente. Quando era criança, Violetta costumava querer se diferenciar das outras meninas, ser amada por quem era. Hoje, preferia escapar de si mesma: como Violetta, tinha ambições e responsabilidade; como La Sirena, tinha desejos e sonhos. Mas ela e aquele estranho eram apenas dois corpos. Hoje, era melhor não ser reconhecida. Ela só queria sentir.

— *Sior* — disse ela, e soluçou.

A boca do homem se aproximou de seu pescoço, e ele a beijou logo abaixo da mandíbula. Violetta se surpreendeu com a excitação de sentir a boca e o toque de um desconhecido. A ânsia por mais tomou seu corpo enquanto ela arqueava o pescoço, se oferecendo. Os lábios dele eram quentes e molhados, descendo por sua pele até pararem no colar. O homem abriu mais sua capa.

Ela não queria pensar no colar, mas gostou de ver a admiração naqueles olhos escuros, hipnotizantes. Então ergueu a máscara o suficiente para beijá-lo.

Os braços dele a envolveram, a puxaram contra seu corpo. Como ela queria que Federico tivesse feito isso mais cedo. Como era simples estar nos braços de alguém. Violetta beijou o desconhecido mais intensamente. Ela se sentiu abrindo, se rendendo ao prazer enquanto a mão dele descia entre suas pernas, apalpando as camadas de roupa, pressionando-a de um jeito que a fez arfar.

— É esse o nome do seu amado? — perguntou o desconhecido, dando uma risadinha. — Mino?

— O quê? Eu não...

O nome fez um calafrio subir pelo seu corpo.

— Não tem problema. — O homem riu e a beijou de novo. — Serei seu Mino hoje.

Violetta pegou a mão dele e a colocou de novo entre suas pernas. Ele aceitou o convite com empolgação, agora subindo a saia e tocando-a sob os panos, por cima da camisola. E beijou os seios de Violetta até se fartar, até ela jogar a cabeça para trás, maravilhada por sentir algo tão intenso no meio de uma taberna.

Quando voltou a si, ela olhou embasbacada para o desconhecido, precisando tomar ar, um copo de água.

— Com licença — disse ela, e fez menção de se afastar.

— Entendi — respondeu o homem, se despedindo com uma reverência. — Adeus.

Mas, então, Violetta sentiu o pescoço mais leve, e, quando ergueu a mão para tocar o colar, não o encontrou. Ela abriu caminho entre a multidão, procurando o desconhecido.

— Davide!

Onde estava o *cicisbeo*?

No meio de tanta gente, Violetta não conseguia encontrar nem o amigo nem o ladrão, e entrou em pânico quando o salão começou a girar ao seu redor. Finalmente, perto da porta, viu o homem de terno cinza. Ele estava indo embora. Ela saiu correndo, agarrou seu braço.

— Meu colar.

O homem deu de ombros.

— O quê?

Violetta se jogou em cima dele, batendo em seu peito.

— Devolva...

— Saia de cima de mim — berrou o homem, impulsionando o cotovelo e acertando a bochecha de Violetta. Ela arfou e levou as mãos à dor agonizante sob a máscara. — Essa mulher é doida — disse o homem, falando alto. — Nunca a vi antes.

— Ele roubou meu colar — gritou ela. — Se o revistarem, vão encontrá-lo.

Homens surgiram ao seu redor, e Violetta presumiu que haviam se aproximado para ajudá-la, mas, então, mãos brutas a seguraram, a empurraram para longe do desconhecido.

— Gelsomina! — soou a voz de Davide.

— Davide! — gritou ela.

Finalmente, Violetta viu o *cicisbeo* no meio da multidão. Ela acenou. Mas, antes que ele a alcançasse, algo a acertou na cabeça, e o mundo se dissolveu, o horizonte desabou.

18

A voz cantava, mas nunca se aproximava. Permanecia fraca e longe. Mino teria seguido aquela voz sem hesitar, tamanho seu desespero para encontrar a cantora. Mas não conseguia se mexer. Algo o mantinha no lugar, como se ele fosse um inseto preso sob um vidro.

Era só um sonho. Sentia algo familiar. Ele lembrou a si mesmo que sempre acordava. Mesmo assim, a escuridão era assustadora. Ele sabia onde estava.

Na roda. De novo.

Mino tentou gritar. Nada. Tentou se mover, mas quase não conseguia respirar. Se a cantora se aproximasse, ele poderia pedir ajuda.

A música terminou, e, por trás de um brilho de luz repentino, Letta apareceu. A beleza dela o atingiu como um tapa na cara. Ela estava exatamente como na ponte naquele dia e usava a capa azul do lado avesso e a resplandecente máscara branca que ele lhe dera. O cabelo curto estava preso em uma trança, com fios soltos caindo sobre seu rosto. Por trás da máscara, os olhos grandes, lindos, mostravam apenas fascínio. Exibiam a mesma expressão do momento em que ela se inclinara para a frente, segurando sua mão, para apreciar a vista do Grande Canal.

Agora, Letta se esticou para segurar seu ombro, e o toque deixou claro como os dois eram diferentes. Mino era um garoto, o mesmo menino de 5 anos que fora abandonado no Incuráveis. Mas ela havia crescido, amadurecido. Era uma mulher, reagindo a uma criança pequena que precisava de ajuda.

Letta, ele tentou dizer, mas nada mudou, e ela o encarou como se os dois nunca tivessem se visto antes. Ela abriu a boca, mas o som que saiu era música. Sua voz era um violino.

𝄢

Mino se sentou na cama. Lá fora, a lua estava baixa no céu.

Ele tocou o peito e os braços para confirmar seu tamanho. Ana dormia ao seu lado, com as mãos cercando a barriga. Quando o sol nascesse, seria o dia do casamento. Os dois se casariam no dia da Regata Histórica. Caso Mino tivesse permanecido no *squero*, o festival seria tão importante em sua vida quanto o *carnevale*. Mas, ali, nas *calli* no meio de Cannaregio, estavam longe do Grande Canal e ainda mais distantes do canal da Giudecca, onde a maioria das corridas ocorria.

Mino jamais imaginaria que sua vida tomaria aquele rumo. E muito do que acontecera fora obra de Ana. O rosto da mulher geralmente o acalmava. Mas por que ele não conseguia sentir aquele efeito tranquilizador hoje?

Se ele comparasse Ana a uma vela, iluminando apenas o espaço que alguém desejava enxergar, então Letta seria um incêndio; ela fazia o céu inteiro brilhar, mas queimava tudo em seu caminho. Mino queria se casar com Ana. Logo, eles seriam uma família de verdade. O bebê deles cresceria cercado de amor.

Mesmo assim, era impossível esquecer como o rosto de Letta parecera radiante no sonho. Quando ele tocou a barriga de Ana, quase sentiu como se a tivesse traído.

Por que o sonho? Por que agora? Sim, ele fora ao Incuráveis naquela tarde, fingira que estava tudo bem quando Letta não aparecera. Sim, ele passara a noite inteira se perguntando se ela ficara sabendo de seu casamento, do bebê. Mas o sonho parecia ir além de Letta, e Mino não entendia seu significado.

Ele precisava clarear os pensamentos. Então se levantou, tomando cuidado para não puxar as cobertas de Ana ou apoiar o peso sobre a tábua que fazia barulho no chão, apesar de poucas coisas serem capazes de acordá-la naquele estágio da gravidez. Ele vestiu a capa e saiu do apartamento, descendo a escada de chinelo.

Sprezz apareceu enquanto o dono saía para o frio chuvoso do outono. Mino fez um carinho nele, e os dois começaram a caminhar. Eles atravessaram a ponte na curva da *calle* e depois passaram pela loja de violinos. E continuaram andando.

Ele sentia falta da calmaria de Veneza. Só era possível senti-la na rua, parado, em plena madrugada. Mino passava a maioria das noites trabalhando em seus violinos, mas nunca até tão tarde, e, quando saía da loja, estava sempre cansado e se apressava para o apartamento, para Ana. Não conseguia se lembrar da última vez que parara em uma ponte vazia.

Ele olhou para a água escura e viu seu reflexo tremeluzente sob a luz da lua e da chuva fraca. Um homem adulto, que completaria 20 anos no mês seguinte, alto e musculoso, o cabelo louro brilhante. Ele finalmente tomara um rumo. Tinha uma vida respeitável. Mas não era isso que ele via naquele momento. Mino prestou atenção aos detalhes. E se forçou a encarar a verdade.

Por dentro, ele ainda era um menino abandonado pela mãe. Seu coração continuava tão frágil quanto no dia em que acordara na cozinha do *ospedale*. E temia não ser digno do próprio filho.

Nos dois anos desde que saíra do Incuráveis, Mino não chegara nem perto de encontrar a mãe. Ela era uma lacuna, e sua ausência, a maior vergonha de sua vida. Quem era sua família? Quem lhe dera aquela cidade e aquela vida? A criança conheceria os parentes de Ana, é claro, mas Mino não tinha ninguém para lhe apresentar.

O bebê mudara a forma como ele via a si mesmo. Seu maior desejo era ganhar o respeito do filho. Talvez passasse a vida inteira tentando chegar aos pés de Ana, mas será que um dia conseguiria se achar bom o suficiente?

Uma resposta surgiu em sua mente como um barco boiando em uma corrente: ele sonhara com Letta porque ela vira a mãe dele deixá--lo na roda. E poderia lhe contar o que acontecera naquela noite. Mino finalmente se sentia forte o suficiente para ouvir a verdade. E, talvez, ao compreender como a mãe o abandonara, conseguisse se sentir digno de segurar o filho no colo.

Ele precisava encontrar Letta, a única pessoa que sabia a verdade.

𝄢

Sinos badalando na manhã de domingo. Uma garrafa de champanhe. Um bolo de açafrão feito pela mãe de Ana. Oito tipos de linguiça. As irmãs da noiva, a mãe, o padre do *sestiere*. Carlo, que levara Carina. Ana em seu segundo melhor vestido, como era a tradição, com uma extensão na cintura por causa do bebê.

Assim foi o casamento dos dois. Para Mino, foi perfeito. O sol surgiu atrás das nuvens após a cerimônia, quando o grupo caminhava de volta para a loja de linguiças, que tinha mais espaço para que eles pudessem dançar. Ele tocou um dos violinos que fizera para Elizabeth e John. Passou uma hora tocando com uma dedicação intensa, e só parou porque Stella implorou para tomar seu lugar, insistindo para que dançasse com a noiva.

O vestido de Ana era de musselina branca, com rosas de renda na gola, e Mino sentia a barriga firme contra si enquanto os dois se apertavam e giravam. Ele nunca havia dançado antes. Pressionando-o com delicadeza, Ana lhe mostrava tudo que precisava fazer.

— Vou ensinar nossa filha a tocar violino — murmurou Mino —, se você ensiná-la a dançar.

— Nossa filha?

Os lábios de Ana se curvaram.

Mino sorriu.

— É só um palpite.

— Ana — chamou Vittoria do outro lado da sala. — O champanhe acabou. Vamos para a taberna do outro lado da ponte.

Antes que a irmã conseguisse argumentar contra a ideia, Stella agarrou o braço dela e guiou a festa inteira para a rua. Enquanto caminhavam, passaram por grupos de remadores que voltavam das corridas na Giudecca. Mino costumava assistir à regata do telhado do Incuráveis. Hoje, assistia à nova família cercando a nova esposa, certificando-se de que ela estava confortável enquanto entravam na taberna, acariciando sua barriga protuberante.

— Você tem sorte. — Carlo suspirou, sentando-se à mesa com Mino enquanto eles observavam as mulheres. — Espero que nunca compreenda o sofrimento que é a minha vida.

— Carlo, eu entendo.

O amigo o encarou e viu a verdade que Mino não fazia mais questão de esconder.

— Quem era ela? — perguntou o gondoleiro, chegando mais perto.

— Houve uma época em que ela era tudo. — Mino deu de ombros. O que mais ele poderia dizer além disso?

— Ana sabe?

Carlo o encarava com ar preocupado.

Ele fez que não com a cabeça.

— Por que ela deveria saber? Acabou.

— As mulheres precisam saber essas coisas — respondeu o amigo, parecendo surpreso com a ingenuidade do outro. — Se você não tomar cuidado, esse tipo de omissão se transforma em mentira.

— Não para Ana — explicou Mino.

Do outro lado da mesa, seus olhares se encontraram, e ela sorriu.

— Não se preocupe. Não importa o que você conte sobre seu passado, elas só escutam o que querem — continuou Carlo. — Mesmo assim, é melhor ser sincero.

— Como você sabe o que eu contaria? — Mino riu. — E por que ela não escutaria tudo?

O amigo refletiu por um instante.

— Você já tentou fazer um brinde triste em um casamento?

Mino fez que não com a cabeça. Aquela era a primeira festa de casamento a que comparecia. A mãe de Ana fizera o brinde, que lhe parecera um tanto ameaçador, mas todo mundo rira.

— Em um casamento, os convidados querem rir — explicou Carlo. — E as esposas querem sentir que todas as outras mulheres foram apenas degraus para que os maridos as alcançassem. — Ele fez uma pausa, olhou para o amigo. — O que aconteceu entre você e essa outra moça?

— Nós éramos jovens — explicou Mino. Então, tocou o ombro do amigo e indicou a porta dos fundos com a cabeça. Carina saía de fininho com o garçom. Carlo fez menção de segui-la, mas Mino o segurou. — Eu sei algo que você não sabe, Carlo. Um coração partido é capaz de amar de novo.

O gondoleiro sorriu, exibindo mais amargura do que Mino já vira.

— Talvez as mulheres consigam amar de novo depois de alguém partir seus corações — disse ele. — Carina? Ela seria capaz disso. Ana também. — Ele assentiu com a cabeça para a noiva, que agora vinha na direção dos dois. — Se você caísse no canal qualquer dia, Mino, sua esposa resgataria outro pobre coitado e também o transformaria num príncipe. — Ele o encarou com um olhar intenso. — Mas tolos como nós? Quando amamos, é para sempre.

19

Os sinos da igreja interromperam os sonhos de Violetta. A dor atravessou seu corpo antes mesmo de ela se dar conta de que estava acordada — mas não a dor da pancada que levara na cabeça nem do hematoma na bochecha. Também não era o láudano que Davide a forçara a tomar antes de colocá-la na cama na noite anterior. Nem a perda do colar de opala.

Era Mino, se casando em algum lugar de Veneza, hoje. O peso de seus erros era esmagador, e ela não sabia se seria capaz de se erguer e suportá-los de novo.

Violetta pensou na pintura de Santa Úrsula na catedral do Incuráveis — a noiva escoltada por 11 mil virgens, a caravana matrimonial interminável que serpenteava pelo campo bávaro. Úrsula tivera um final triste, assassinada por hunos no caminho para o próprio casamento, mas era a santa mais próxima a uma padroeira dos casamentos que ela conhecia.

A soprano uniu as mãos e invocou a tranquilidade do rosto pintado da mulher. *Santa celestial*, rezou, *cuide de Mino e de sua noiva. Permita que eles sejam felizes. E faça com que minhas palavras se tornem verdade em meu coração. Me ajude a desejar o melhor para eles.*

Violetta ficou deitada com a cabeça apoiada no travesseiro de Davide observando o sol através das finas cortinas cor-de-rosa. Ouviu os roncos do *cicisbeo* no chão ao seu lado e sentiu vergonha por forçá-lo a compartilhar sua tristeza. Ele era pago para paparicá-la no cassino. Já o vira contando o dinheiro que Federico lhe dava, mas ele era tão bom no seu trabalho que às vezes conseguia enganá-la, fazendo-a acreditar que eram amigos de verdade. Seria errado esperar receber a afeição de Davide fora do trabalho. Vagamente, Violetta se lembrou do *cicisbeo* perguntando onde ela morava, qual era o melhor caminho até sua casa, quando saíram da festa na noite anterior, no meio da chuva. E ficou aliviada por ter fingindo estar delirante, deixando Davide sem outra opção além de levá-la até onde estavam agora. Seria tão absurdo contar a ele sobre o Incuráveis quanto seria voltar para o *ospedale*. Mas ela não podia presumir que ficaria na casa do criado.

Violetta se levantou e levou uma das mãos à máscara, fazendo uma careta ao amarrar a fita, sentindo a pressão contra a bochecha. Então parou diante do espelho. Seu vestido estava imundo. Ela precisava de roupas limpas, de um banho. O hematoma tinha se espalhado, fazendo com que o olho esquerdo, roxo, parecesse quase pintado sob a máscara. Ela deu um beijo na bochecha de Davide e foi embora.

Vagando pelas *calli*, Violetta demorou um pouco para se localizar. Por fim, acabou encontrando o Grande Canal e seguiu por suas passagens de pedra. Centenas de barcos estavam ancorados e prontos para a regata da tarde. As multidões se espalhavam por pontes menores, onde poderiam ter vislumbres dos navios decorados com flores de sua vizinhança.

As ruas estavam molhadas da chuva da noite anterior. O frescor da cidade deixou Violetta atordoada — os legumes brilhantes se balançando nas caixas dentro de barcos, os casais andando rápido para a igreja, o aroma de castanhas assando.

O sol brilhava alto no céu quando ela chegou ao *palazzo* de Federico. Um guarda que ela não conhecia se apoiava nas grades do portão, preparando um cachimbo.

— Preciso falar com Federico.

O homem ergueu o olhar, suas sobrancelhas grisalhas se arqueando por um instante antes de ele voltar a se concentrar no fumo.

— O patrão não está recebendo visitas, *siora*.

Em sua máscara barata e em seu vestido sujo, Violetta não parecia uma pessoa que seria convidada a entrar naquela propriedade. E tinha perdido o colar.

— Sou La Sirena.

— Cadê a pedra?

Ela se inclinou para a frente e baixou a voz.

— Estou curiosa agora — começou. — Como será que Federico puniria o homem que me mandou embora?

Atrás dela, na rua, uma família atravessou para o outro lado, assustada com o tom ameaçador de sua voz. Mas o guarda estava prestando atenção. Ele estreitou os olhos e analisou o hematoma latejante por trás da máscara. Violetta lhe passou dois cequins de ouro, dez vezes mais do que a gorjeta normal para um favor.

— Chame Fortunato.

O homem guardou o dinheiro e se virou para o caminho de pedra, serpenteando entre ciprestes e estátuas antes de desaparecer pela porta da frente. Momentos depois, ela se abria novamente, e Fortunato colocou a cabeça para fora. Violetta ergueu uma das mãos para cumprimentá-lo. Seu braço tremia.

Me reconheça, ordenou ela ao criado, que começou a se aproximar lentamente. Mas já estava correndo ao chegar perto do portão.

— La Sirena?

O alívio em sua voz era evidente. Eles a aguardavam. Violetta soltou o ar. Não precisaria erguer a máscara.

— Pode me levar até Federico?

Fortunato abriu o portão. Então pegou sua mão e a puxou pelo jardim do quintal e pela enorme porta de entrada.

— Espere aqui — orientou ele, tocando um sino para chamar outro criado.

— Chá, *siora*? — perguntou uma empregada, fitando o vestido de Violetta.

A mulher lhe entregou um caro botão de jasmim que desabrochava dentro de uma xícara de porcelana pintada. Uma lira por alguns goles quentes, pensou Violetta, metade do salário de um mês das *figli del commun* no Incuráveis, de uma semana das *figli del coro*, de um ou dois minutos no palco do cassino. Em cada gole, ela sentia o valor da bebida.

Então ela se lembrou da última vez que estivera ali, em seu primeiro baile. Como aquele salão a fascinara com seus baús cheios de disfarces sofisticados. Hoje, o *palazzo* continuava magnífico, mas parecia caloroso e receptivo. Grande o suficiente para abrigar sua tristeza.

Ela queria ver Federico. Mas também tinha medo do que poderia acontecer. Ele devia estar irritado com seu desaparecimento, com a apresentação abandonada da noite anterior. E ainda nem sabia sobre o colar.

Violetta ouviu passos na escada e olhou para cima. Mal teve tempo de baixar a xícara antes de Federico a tomar nos braços. Ele a ergueu e a girou, pressionando-a contra o peito. Ela segurou seu pescoço; aquela sensação era tão boa que quase a fez chorar. Seus dedos lhe acariciaram o robe, sentindo a tensão nos ombros sob a seda.

— Você está bem — disse Federico. Então se afastou e viu o olho roxo sob a máscara. Sua expressão ficou sombria, e ele a levantou de novo, desta vez passando um braço sob os joelhos da jovem para carregá-la até o andar de cima. — Almoço, Fortunato — gritou. — Peça as linguiças da Costanzo.

Os dois seguiram para uma sala no fim de um longo corredor. As cortinas estavam fechadas e uma corrente de ar esfriava o ambiente, mas os quadros e os tapetes eram abundantes. Ele a colocou sobre um sofá no centro do cômodo.

— Estou bem — afirmou Violetta.

Ele se ajoelhou diante dela, os dedos puxando a fita da máscara. Violetta a sentiu se soltar, cair no chão, ouviu o som quase inaudível do papel machê batendo no *terrazzo*. Federico roçou os dedos pelo hematoma.

— Quem fez isso?

Ela pensou em como descrever o homem. Durante sua hesitação, uma nuvem de ciúmes se formou nos olhos do dono do cassino.

— Vou matá-lo.

— Gelo seria melhor — disse Violetta, abrindo um sorriso ao ver as bochechas coradas de Federico, ao sentir aquelas mãos inquietas sobre seus ombros.

— Se você voltar para esse homem...

— Não se preocupe — disse ela, escolhendo bem as palavras. — Acabou. Mas... — Violetta esticou uma das mãos e tocou o pescoço. Observou os olhos dele analisarem sua pele exposta. Sua voz ficou aguda. — Desculpe.

Federico a abraçou. Ela não conseguiu ver seu rosto nem interpretar seu tom de voz quando ele disse:

— Você está aqui. Nada mais importa.

— Vou pagar pelo colar.

— Esqueça isso — disse ele. Seus lábios contra a bochecha de Violetta nunca foram tão carinhosos. — Pensei que tivesse perdido você. Fui à missa hoje e, quando não a vi...

— Não posso voltar para lá, Federico.

Ele observou seu rosto em busca de uma explicação. E tocou sua bochecha quando ela permaneceu em silêncio.

— Você está segura aqui. Mas, depois de amanhã, precisa cantar no cassino. Ficaria estranho se a estrela do coro do Incuráveis e a estrela de La Sirena sumissem na mesma semana. As pessoas ficariam curiosas sobre uma coincidência dessas.

Ela não conseguia nem pensar em cantar na terça, mas entendia o argumento, então assentiu.

— Descanse hoje e amanhã. Podemos disfarçar o hematoma no seu rosto com maquiagem. — Federico tocou sua outra bochecha, fazendo uma pausa rápida. — Você pode ficar aqui por quanto tempo quiser.

— Aqui?

Violetta olhou ao redor do cômodo, notando pela primeira vez uma segunda porta que levava a um quarto igualmente opulento.

— Vamos acender a lareira — disse Federico.

Um calor já se espalhava pelo corpo de Violetta. O que era aquilo? Ela estava em casa? Olhando para Federico, ela sentiu como se o conhecesse a vida toda. Fazia pouco mais de um ano desde que entrara no *palazzo* e ele a ouvira cantar, mas a mudança em sua vida era tamanha que a deixava estupefata. Ela se inclinou para oferecer um beijo.

Ele a afastou com delicadeza, mas firme.

Violetta tocou o próprio rosto, fez uma careta.

— Estou horrorosa.

— Você é linda.

— Mas você não me quer — disse ela, triste. Então se lembrou da cantora de ópera, a amante mais recente dele. — É por causa de Lucrezia?

Federico riu e balançou a cabeça.

— Da última vez que ouvi falar de Lucrezia, ela estava em Moscou, e isso faz meses. Mas, não, o problema não é esse.

— Então qual é, Federico? Estou aqui. Quero...

— O que você quer de mim? — O tom irritado a pegou de surpresa. Federico foi até a janela, ficando de costas para ela, observando o Grande Canal. — Sou velho demais para você me desejar. Não é difícil encontrar outros homens tão ricos quanto eu por aí. Não sou cantor, Violetta, nem um músico que possa complementar seu dom. Então, o que você viu em mim?

Violetta ficou chocada. Como alguém poderia explicar uma paixão? Como poderia explicar que ela adorava a forma despreocupada como ele andava, seus sorrisos raros, o brilho de seu cabelo e as dobrinhas em torno de seus olhos, o formato redondo e elegante de suas unhas, o fato de ele nunca se esconder por trás de uma máscara? Como botar em palavras a forma como se sentia quando ele lhe assistia cantar, com os olhos cheios de fascínio, talvez até de gratidão? Será que deveria admitir que gostava de suas qualidades mais sombrias, do fato de ele ser extre-mamente protetor? Que ela amava a mulher misteriosa que se tornava em La Sirena, que jamais teria aquela vida gloriosa nos intervalos entre o pôr do sol e o amanhecer se não fosse por ele? E, mesmo se pudesse dizer essas coisas, elas não explicavam sua atração. E saber que Federico não compreendia nada disso fez com que Violetta se sentisse sozinha.

— Não fique irritada — pediu ele, voltando a encará-la.

Ela não estava irritada. Estava envergonhada.

Federico suspirou. Parecia arrependido.

— Você é bem-vinda aqui. Não espero receber nada em troca. Nós temos um acordo. A única coisa que você me deve são suas canções.

Violetta pensou na noite em que os dois assistiram aos fogos de artifício na Giudecca. Federico quase se abrira naquela ocasião, falando da mulher a quem pedira demais e perdera.

— Qual era o nome dela?

— De quem? — perguntou ele, suas palavras soando como o estalar de um chicote.

— Da mulher que você perdeu. O obstáculo entre nós é ela?

— Claro que não.

Federico voltara a olhar pela janela.

Violetta queria tanto que ele a encarasse.

Ela se levantou, se aproximou e lhe pegou as mãos, ficando aliviada quando ele apertou as dela em retribuição.

— Qual era o nome dela? — insistiu.

Algo lhe dizia que aquele antigo amor ainda o assombrava. E queria entendê-lo.

— Antonia — respondeu Federico, como se o nome estivesse na ponta de sua língua. Sua voz era calma, mas os olhos, frios, encarando a janela.

— O que aconteceu?

— Ela desapareceu.

Violetta sentiu a hesitação em sua voz. Havia algo que ele não queria contar, mas parecia que a história desapareceria caso ela esticasse a mão para tocá-la, como se fosse uma imagem refletida no canal.

Uma batida à porta assustou os dois. Federico a abriu.

Fortunato entrou e lançou um olhar pensativo para o patrão.

— Está tudo bem, senhor?

— Sim — respondeu ele. — Deixe a bandeja ali.

Fortunato a colocou diante de Violetta. A bandeja continha gelo, vinho, uma terrina cheia de sopa e um prato com um aroma delicioso, cheio de linguiças.

— Você me faz companhia? — pediu ela a Federico, esticando-se para segurá-lo quando ele fez menção de seguir para a porta.

Ela presumira que os dois jantariam juntos.

— Você precisa descansar — ressaltou o dono do cassino. — Fortunato providenciará tudo o que você pedir.

Ele tocou o braço do criado.

— Senhor? — O homem se inclinou para perto.

— Encontre a joia — ordenou Federico, secamente.

Fortunato olhou além do patrão e brevemente encontrou os olhos de Violetta, como se quisesse analisar sua reação.

Federico se virou para ela, abriu um sorriso carinhoso e tomou suas mãos.

— Não quero que você se iluda. O ladrão já deve ter tirado a opala da república a esta altura. É uma peça conhecida demais para ser vendida em Veneza. Mas vamos fazer de tudo para recuperá-la.

Antes que Violetta pudesse responder, ele saiu da sala.

20

Depois do Natal, enquanto Veneza se jogava de novo nos braços do *carnevale*, Mino se alternava entre dois trabalhos na loja: nas manhãs frias, se dedicava a construir o berço pedido pela esposa; depois, à tarde, se voltava para o primeiro violino do Incuráveis.

Não havia protótipo para o berço, apenas as orientações de Ana, descritas enquanto estava deitada em seus braços à noite, com a meia--lua que era sua barriga aquecendo as costelas do marido. Mino usava madeira de salgueiro, firme e elegante, criando barras lisas, espaçadas o suficiente para que conseguisse enfiar a mão entre elas e segurar dedinhos.

O violino era um desafio maior. Quando fizera os seis instrumentos para os Baums, o trabalho parecia miraculoso, dado sua falta de treino formal. Agora, a falta de conhecimento pesava, e a produção sofria. O violino lhe pregava peças; a salmoura da madeira e o ângulo do braço nunca pareciam certos. Ele lixara, envernizara e lixara de novo o ébano tantas vezes que perdera a conta. E aquela porcaria ainda não tocava o som certo. Parecia falar um idioma diferente da música dos violinos.

Ele o testava, xingando o gemido que o instrumento produzia, quando Ana apareceu na porta que dividia as duas lojas.

— Acho que está pronto — disse ela, apoiando um ombro no batente.

Ela viera antes do horário que costumava aparecer para ajudá-lo a fechar a loja. Nos últimos tempos, Ana vinha checar seu progresso com mais frequência. Em momento algum, ela escondera sua impaciência para que o primeiro violino do Incuráveis ficasse pronto. Estava convicta de que ele agradaria à abadessa e ao novo maestro, então Mino poderia lidar com o restante da encomenda com mais tranquilidade.

— Acho que preciso refazer tudo — murmurou Mino.

— *Madonna* — respondeu Ana. — E o berço?

— Está pronto — disse ele, sorrindo.

Ana era tão pé no chão que era raro que o marido tivesse a oportunidade de surpreendê-la com boas notícias.

Ela arfou de alegria e atravessou a loja correndo.

Mino a observou, com seus movimentos delicados, ela mais parecia uma borboleta do que uma mulher grávida. Girando as cravelhas do violino, ele acrescentou, rápido:

— Assim que o verniz secar.

Ana afastou a mão bem a tempo de não estragar o trabalho. Ela ficou observando o móvel por vários segundos, admirando-o, e Mino sentiu-se orgulhoso.

— Bem na hora. — A voz de Ana soava mais baixa que o normal.

Ele olhou para cima e perdeu o ar. Os olhos da esposa exibiam um brilho distante que Mino nunca vira antes, uma preocupação alegre.

— O bebê? — perguntou ele, sentindo uma onda gélida percorrer seu corpo.

— Sua menina está vindo.

Mino largou o violino e correu até a esposa. Sua vontade era pegá-la no colo e levá-la para casa, mas, em vez de se permitir ser carregada, Ana apenas o abraçou, abrindo um sorriso enorme e lhe dando um beijo.

Quando ela se afastou, Mino sentiu que estava sendo guiado para uma cadeira e se viu forçado a se sentar. Seu corpo parecia pesado, desmoronando sobre a madeira. Foi só então que percebeu que estava tonto.

Ana se agachou entre suas pernas e deu um tapinha em sua bochecha.

— Calma, Mino. Nós temos tempo. Estou me sentindo bem.

Ele tentou falar, mas sua voz não saía. Ana riu e se levantou para servir um copo de água de uma jarra. Mino tomou tudo em um gole, então sentiu mais sede ainda. Ela encheu o copo de novo e voltou para o seu lado.

— Vou fazer o jantar — disse ele. — Você vai ficar com fome. Eu...

— Você não sentiu o cheiro do polvo que a mamãe cozinhou hoje cedo? Foi isso que ela comeu antes dos partos. E o que minha irmã comeu quando deu à luz Genevieve. — Ana deu de ombros. — Não tenho escolha.

— Como sua mãe sabia? — perguntou Mino.

Ele ficou com ciúme ao pensar em Ana contando à mãe sobre o parto com tanta antecedência, deixando-o de fora. A família dela era assim às vezes. Havia coisas que as mulheres achavam que Mino não deveria saber.

— Porque ela é minha mãe — respondeu Ana. — Um dia, acho que vou saber a mesma coisa sobre nossa filha. Ela explicou que existe uma espécie de ligação com a lua.

Mino não sabia de nada disso — das especulações supersticiosas da sogra, do preparo da refeição especial para fortalecer Ana durante o parto. A casa geralmente girava sem ele, impulsionada por uma energia feminina própria.

— Não precisa ter medo, Mino — tranquilizou-o Ana, apertando sua mão.

Ela fechou os olhos e franziu a testa. Sentia dor.

Mino a observou, preocupado. A esposa não emitia qualquer som. Depois de um longo momento, sua expressão se aliviou, e ela abriu os olhos. Então sorriu para ele e se levantou como se nada tivesse acontecido. Pegou o violino que o marido deixara cair no chão, colocando-o novamente no suporte perto da vitrine.

O nascimento do bebê fez Mino desejar terminar o violino logo, porque agora conseguia se imaginar entrando no Incuráveis de novo, desta vez com uma novidade: ele tinha uma família. E, nessa fantasia, não era a abadessa nem Laura que o recebiam. Era Letta.

Ele se virou para a esposa. Ela acariciou a barriga, cantarolando baixinho uma canção simples. Mino a abraçou, sentindo a vibração da música contra o peito.

$$𝄢$$

À meia-noite, Stella pediu a Mino que fosse comprar gelo.

— Não vou sair daqui — argumentou ele no corredor.

— Ficar andando de um lado para o outro está ajudando alguém? — rebateu ela. — Ana quer gelo. Vá comprar.

Ele se ajoelhou do lado da esposa, que estava deitada na cama com o cabelo molhado de suor e um brilho no olhar.

— Você quer gelo mesmo?

— Quero — respondeu ela. — E, mais do que isso, quero que você tome um pouco de ar fresco.

Ana o beijou, e ele achou que a mulher nunca estivera tão linda. Estava mais bonita do que o normal, com uma nova intensidade que destacava os traços suaves de seu rosto, deixando-os mais deslumbrantes. Era nítido que a maternidade combinaria com ela. Mino ficou se perguntando se a esposa via algo parecido nele.

— Gelo.

Ele assentiu e seguiu com Sprezz para a ponte que levava à taberna onde haviam comemorado o casamento.

No começo, ele tentou se apressar, mas, quando chegou ao meio da ponte Apostoli, parou para observar a noite, sabendo que desejaria se lembrar de todos os detalhes daquele dia. O céu estava azul-marinho sem nuvens, frio, com estrelas brilhando ao lado da lua cheia no topo. Ana tinha razão. O ar fresco e os sons do *carnevale* o relaxaram. Mino respirou fundo; não inalava tanto ar desde que a esposa lhe contara que estava em trabalho de parto.

A calma da família no apartamento o deixava ainda mais nervoso, mas, ali, longe de todo mundo, ele entendia. Nada daquilo era novidade para elas.

— Bebês são a coisa mais natural do mundo — dissera a *Siora* Costanzo para ele mais cedo, enquanto servia o polvo.

Mas como a dor de Ana poderia parecer algo natural para Mino? Ocorreu-lhe que era assim que aquele tipo de evento deveria acontecer — uma mulher cercada pela família, dando vida à próxima geração. Houvera um tempo em que a única mulher com quem ele se imaginava tendo filhos era Letta. Agora, tentava visualizar uma noite assim com ela, e seu peito ficou apertado.

Ele nunca pensava no apartamento onde morara por tão pouco tempo, mas, agora, em sua mente, estava lá. Sozinho com Letta e com uma parteira que nenhum dos dois conhecia. Era uma ideia assustadora. A responsabilidade de ser o mundo de outra pessoa era colossal.

Com Ana, era diferente. Mino se sentiu reconfortado por saber que a esposa estava sob os cuidados de mãos experientes, amorosas. E novamente ficou maravilhado por ter entrado para aquela família. Era algo que o fazia querer cair de joelhos e rezar. Ele sabia que o bebê teria uma boa vida. E, então, se viu pensando em Letta.

Mino a imaginou em sua cama no Incuráveis e se perguntou se ela estaria feliz. Ele rezou para que a música preenchesse sua vida e lhe trouxesse paz. Letta odiaria aquela oração, acharia que era alvo de pena, mas Mino realmente desejava isso tudo. Queria que ela encontrasse alegria e amor.

Dentro da taberna, o garçom ergueu uma sobrancelha. Ele conhecia Ana e sabia que Mino não deveria estar ali sozinho.

— Pode pedir — disse o homem.

— Quero gelo — respondeu Mino. — Minha filha está nascendo.

O homem riu e pegou uma picareta. Nos fundos da loja, tirou uma lasca de um bloco de gelo, quebrando-a em pedaços menores.

— Alguns para Ana chupar — explicou o homem —, e os maiores para serem enrolados em um pano e esfriar a pele.

— Você já fez isso antes... — concluiu Mino, pegando o pacote.

— Quatro vezes — respondeu ele, dispensando os soldos de Mino com um aceno de mão. — Boa sorte, papai.

𝄢

Ele encontrou Ana na mesma posição de antes, cercada pelas irmãs e por velas. A esposa parecia cansada, mas sorriu ao vê-lo.

Mino colocou um pedaço de gelo na língua da esposa, enrolou outro em um pano fino e o passou por seu rosto, como o atendente do bar havia orientado. Sentiu que a família de Ana o observava com ar surpreso. Ele queria entrar no corpo dela e sentir todas as suas dores.

— Está gelado demais?

Ana fez que não com a cabeça, girando para o lado, dando as costas para ele.

— Quer outro travesseiro?

Ela gemeu. Mino tentou engolir as perguntas. E sentiu a mão da sogra em seu ombro.

O olhar da *siora* era claro — ela queria que ele saísse do quarto, do lado de Ana. Mino nunca havia reparado como as duas eram parecidas. A forma como firmavam a mandíbula era idêntica. Era óbvio que não haveria discussão.

— Os primeiros filhos sempre demoram. — Ela o guiou para a porta com a gentileza determinada de Ana. E indicou o sofá com a cabeça. — Descanse.

— Como? — protestou Mino.

— Descanse, Mino — murmurou Ana da cama. — O bebê vai precisar de você amanhã.

Ele lhe obedeceu. Dormir parecia impossível, mas, assim que ele se deitou e se encolheu sob um lençol, a exaustão tomou conta de tudo. As rolinhas estavam silenciosas na gaiola, aconchegadas umas contra as outras. Ele pegaria mais gelo quando amanhecesse. Conhecia uma taberna que abria logo depois do nascer do sol.

Descanse, ele ouvia o pedido da esposa, e, com o tempo, uma música tranquilizante surgiu em sua mente. A cantiga de ninar da mãe.

Mino não gostava de pensar na canção dessa forma. Mesmo depois do que Letta lhe contara, ele ainda sentia que a música era *sua*. Hoje, parecia diferente. Hoje, a melodia era a única coisa da mãe que poderia dar à filha.

Eu sou sua, você é meu...

Ele cantou até dormir.

𝄢

O choro de um bebê fez Mino acordar de repente. Ele pulou do sofá, sabendo que o dia amanhecera havia muito tempo, sentindo o calor do sol em sua pele. Ele girou pela sala de estar, sem saber para onde olhar até ver a mãe de Ana segurando sua filha.

Ele observou a boquinha trêmula, as pálpebras fechadas, a cabeça delicada e franzida enrolada em um pano. Seus olhos se encheram de lágrimas, mas a sogra se agarrou à criança, e, quando Mino a encarou, ficou paralisado.

— O que houve?

— Sua filha nasceu saudável — informou ela, cansada. — Vá ficar com Ana.

Ele correu para o quarto, onde Vittoria estava sentada ao lado da irmã, chorando. Stella segurava algo vermelho. Mino percebeu que eram lençóis. A cama estava vermelha de sangue.

— *Madonna.*

Ele se ajoelhou diante da esposa.

— Ela está descansando — disse Vittoria, se afastando.

Mino segurou a mão de Ana. Estava suada. Com os olhos fechados, a esposa parecia pálida demais. E mais serena e jovem do que na noite anterior. Por um segundo, Mino sorriu. Ela podia descansar agora. Já fizera tudo o que precisava fazer.

Mas, ao observar o peito dela subir e descer, soube que tudo tinha acabado. Que Ana logo os deixaria.

— *Farfalla* — sussurrou ele.

Ela jamais gostara do apelido, mas, para Mino, era o que a esposa era. Sua borboleta. Delicada. Sempre ocupada. Fugaz.

Os olhos de Ana se abriram.

— Você vai dar conta de tudo, Mino.

— Não — implorou ele. — Não sem você.

— Vai, sim — insistiu ela. — Só procure por mim no céu.

Ana fechou os olhos de novo.

Mino sentiu uma punhalada profunda, sabendo que nunca mais veria aquele brilho.

— Que nome você vai dar a ela?

Essas foram suas últimas palavras. Ana se foi antes que ele soubesse o que responder.

21

Os olhos de Violetta se abriram devagar para a vista do Grande Canal. A luz fraca de janeiro entrava pela janela do quarto de Federico enquanto ela estava deitada de lado, aconchegada ao travesseiro de penas. Era maravilhoso acordar e ver os garçons mascarados de terno preto servindo os clientes da cafeteria do outro lado do rio.

Parecia frio lá fora. As mulheres apertavam casacos forrados com pele contra os ombros enquanto tomavam bebidas fumegantes e observavam as gôndolas passar. A cama de Federico estava quente. Nua, ela estava deitada em lençóis de linho. Seria capaz de passar a manhã toda ali.

— Está acordada?

Violetta tomou um susto ao ouvir a voz do dono do cassino. A mão quente passou por seu quadril, os dedos circularam seu umbigo. Ela sorriu.

— Achei que você já tivesse saído.

Nos três meses que passara acordando na cama de Federico, ela sempre girava para o outro lado da cama e o encontrava vazio, com apenas uma bandeja de prata aguardando-a com o café. Ele passava a maior parte do dia fora, no Palácio do Doge, caso fosse dia de votação do Grande Conselho, ou no cassino.

Nos primeiros dias que Violetta passara no *palazzo*, Federico lhe avisara que os *governanti* do Incuráveis a procuravam. Ela esperava que isso fosse acontecer, mas ficou nervosa ao ver suas expectativas concretizadas. Porém ele conhecia os dois espiões contratados para encontrá-la. Seria fácil mantê-los longe. Por enquanto, contanto que ela não se arriscasse saindo da casa, estaria segura.

— Sinto muito por ter que ser assim — dissera ele. — É temporário.

Mas Violetta concordava com essas precauções. Ela não tinha a menor intenção de ser encontrada, de ter de voltar ao Incuráveis e ser banida para sempre do coro, da música. E queria continuar ao lado de Federico, sendo La Sirena. Boa parte de sua vida fora passada trancada no Incuráveis, então o confinamento naquele *palazzo* era um progresso. Ela só sentia falta de Laura.

Federico tinha menos criados do que ela esperava, e, quando lhe dera abrigo, demitira todos que não eram essenciais. Ficaram apenas Fortunato e a cozinheira, ambos amigos confiáveis, para que Violetta pudesse transitar pela casa e pelo quintal sem a máscara, desde que o portão estivesse trancado.

Aquela era a primeira vez na vida que podia fazer o que quisesse. Ela passava horas diante da lareira com um romance de Montesquieu e uma taça gelada de *acqaioli*. E, finalmente, aprendera a trançar o próprio cabelo, apesar de não ter a mesma habilidade de Laura. A presença da amiga fazia mais falta no fim da tarde, antes de Federico chegar para o jantar. Violetta ansiava pelas conversas e risadas despreocupadas que as duas compartilhavam. Com Federico, as refeições eram silenciosas e agradáveis, com os dois sentados lado a lado à enorme mesa, observando a vista para o canal e os barcos, comendo polenta e laranjas em pratos de porcelana pintada.

Nas terças-feiras, e agora nas quintas e aos sábados, depois do pôr do sol, ela se apresentava no cassino. E, no fim da noite, sempre encontrava Federico na cama.

A primeira vez que os dois fizeram amor, uma semana após sua chegada ao *palazzo*, ela o visitara no quarto enquanto ele tirava a roupa. Os dedos de Federico desfaziam o nó da gravata de seda. Ele erguera o olhar e a encontrara na porta, de camisola, e ficara observando enquanto ela a puxava sobre a cabeça e a deixava cair no chão. E a aguardara, imóvel. Violetta tremia de nervosismo e desejo, mas, assim que se pressionara contra Federico, fora envolvida por seus braços. Ele sussurrara seu nome. Ela fechara os olhos de prazer ao sentir aquelas mãos em sua pele.

— Agora acredita que eu quero você? — perguntara, roçando os lábios contra a orelha dele.

Seu maior medo era que ele fugisse dela novamente com alguma desculpa misteriosa. Mas seu corpo nu finalmente conquistara o que ela queria. Federico a beijara com um ardor ao qual Violetta havia adorado corresponder. Ele a pegara no colo e a levara para a cama. Deitara-a sobre o colchão e a beijara, tocando seus seios, suas costelas, suas coxas. Os dois se beijaram até ela não aguentar mais. Ele pegara um envoltório de pele de carneiro, o primeiro preservativo que Violetta já vira, em uma caixa de madeira no armário. Todas as noites depois disso, passavam horas fazendo amor.

Agora, ela girou e arqueou o corpo para ele, passando os braços em torno de seu pescoço, beijando-o com vontade, sentindo aquele frenesi.

Federico enrolou uma mecha do cabelo dela em um dedo, prendendo-a atrás de uma orelha.

— Você parecia agitada enquanto dormia. Eu só queria ter certeza de que está tudo bem.

Violetta se surpreendeu. Ela não se lembrava de ter sonhos estranhos na noite anterior. A preocupação dele a deixou emocionada, mas era constrangedor pensar que Federico a vira presa em um pesadelo. A única coisa com que ela sonhava era a roda, e parecia estranho sonhar com aquilo agora. Desde que viera para o *palazzo* de Federico, para os braços dele, quase não pensava mais em Mino.

Às vezes, ela pensava nele, com a esposa e o bebê, mas não sofria tanto quando imaginava sua vida. Conseguia fantasiar sobre como seria encontrá-lo na rua, reconhecê-lo na criança. E se perguntava como Mino interpretaria sua nova vida. Por anos, ele a ouvira sonhar com o horizonte. Será que acreditaria se Violetta lhe dissesse que tudo que tinha naquele *palazzo* era suficiente? Em sua cabeça, os dois discutiam, e ela nunca conseguia convencê-lo de que era feliz.

Você o ama?, perguntava ele.

É claro.

Ele ama você?

Violetta sempre se perguntava sobre os sentimentos de Federico. Quando os dois estavam na cama, prestes a cair no sono, ela sentia uma vontade cada vez maior de declarar seu amor. Mais do que tudo, queria ter certeza de que o sentimento era recíproco.

— Estou bem — respondeu ela, se aconchegando mais a ele.

Ele a beijou.

— Que bom.

— Você não pode ficar aqui?

Violetta passou as unhas pelos músculos do peito dele. Sem roupas, Federico era magro, mas muito forte. Sua firmeza era palpável.

— Bem que eu queria — respondeu ele, apesar de não tentar se levantar da cama. — Mas temos uma votação no Palácio do Doge em meia hora.

— Pois bem — respondeu Violetta, se levantando um pouco e passando uma perna sobre ele, sentando-se sobre seu corpo. — Então seremos rápidos.

Enquanto ela se acomodava sobre Federico, sentiu algo pesar no pescoço. Ao erguer a mão, tocou a opala negra roubada, sentiu a corrente de ouro presa outra vez. Será que Federico havia colocado o colar em seu pescoço enquanto ela dormia?

Ele a observava com atenção.

— Você encontrou o colar — disse ela, chocada.

— Demorou um pouco. E foi difícil. Mas não consegui aguentar sua tristeza por perdê-lo. Gostou?

A verdade era que Violetta não pensava no colar havia bastante tempo. Ela não sentia falta da joia, apenas culpa por não ter tomado cuidado com algo tão precioso para Federico. A pedra era linda, mas nunca parecera realmente *sua*.

Pela forma como ele a encarava, estava nítido que aquilo era importante. Ela se perguntou se o amante só permanecera na cama naquela manhã para ver sua reação.

— É claro que gostei — respondeu Violetta. — Obrigada. Mas como...

— Não se preocupe com isso. Eu faria qualquer coisa por você.

Então ele a beijou e a puxou para perto. Os dois fizeram amor de forma frenética, muito diferente do ritmo habitual. Enquanto Violetta estremecia sobre Federico e gritava o nome dele, sua mente vagou para aquele homem, para aquela noite. A excitação chocante com a mão do estranho sob sua saia. O sujeito era um ladrão e a agredira, mas era impossível não se perguntar que destino tivera por causa do colar. Ela sentiu um embrulho no estômago.

Depois, Federico se arrumou para o Grande Conselho, trajando a longa beca cheia de pregas que todos os nobres usavam ao tratar de questões importantes. Ela gostou de observá-lo se vestir, de ver a forma cuidadosa com que amarrava as ligas das meias sobre os joelhos. Nunca o vira fazer aquilo antes. A concentração silenciosa a deixava encantada. Ela permaneceu nua, seguindo pelada para o espelho pendurado na frente da cama. Era uma peça enorme, com uma moldura extravagante de vidro soprado preto da ilha de Murano.

Violetta ficou satisfeita com o próprio reflexo, com sua aparência de mulher. O cabelo estava solto e selvagem; a pele, corada pela paixão dos dois. Ela tocou o colar e viu a pedra brilhar no espelho. Estava feliz por tê-lo de volta.

Porém, quando estava prestes a voltar para a janela, notou algo no canto inferior da moldura. Ela se inclinou para a frente e, usando a unha, puxou um triângulo de madeira lisa do tamanho de uma das cartas de baralho do cassino.

Quando a virou, sentiu o estômago embrulhar.

Era uma pintura empoeirada de um rabo de peixe. A mesma imagem que havia na placa sobre a porta do cassino. Violetta a vira uma centena de vezes sob a luz da lamparina azul. Mas o que chamava sua atenção agora, o que a deixava paralisada, era o corte diagonal que partira a imagem ao meio. Ela limpou a poeira com o dedo, tocou a parte áspera em que a madeira fora quebrada. Sua pele se arrepiou.

Ela analisou o azul-celeste do fundo, que poderia ser interpretado tanto como água quanto como céu. Todas as vezes que vira a imagem no cassino, imaginara a cabeça do peixe sob a água, mas, agora, percebia o óbvio...

— *La Sirena* — disse em voz alta.

Uma sereia.

Encontrara a outra metade da pintura de Mino.

— Sim — respondeu Federico às suas costas, fazendo-a pular de susto.

Violetta olhou para a frente e encontrou os olhos do amante no reflexo. Sua expressão era indecifrável. Federico se aproximou. A estola de pele de arminho que usava sobre a beca roçou no ombro dela. Ele esticou um braço e ergueu a pintura com delicadeza. Violetta se virou, ciente de sua nudez. Por que, de repente, ela sentia vergonha? A jovem seguiu para a poltrona diante da janela em que deixara a camisola. Depois de vesti-la, voltou para o lado de Federico com o coração disparado. Ele encarava a pintura como se não a visse havia muito tempo.

— Onde você achou isso? — perguntou ele.

— Atrás do espelho. O que é?

Federico hesitou, e ela notou, pela forma como ele cerrou o maxilar, que tentava controlar a raiva. Era óbvio que preferia que ela não tivesse encontrado aquilo.

— Foi minha mãe que pintou — disse ele, baixinho. — Ela era fascinada pelo mito.

— E a outra metade? — sussurrou Violetta, tocando o ar entre o rabo e o ponto em que o corpo da mulher deveria estar.

Onde estava Mino agora?

— Não sei — respondeu Federico.

— Você está mentindo.

Ele franziu a testa.

— Você está nervosa. O que houve? Venha. Sente-se, Violetta.

— A outra metade — insistiu ela. Sua voz falhou. — Que fim teve?

Federico suspirou, sentou-se ao pé da cama. Ele encarava a imagem enquanto dizia:

— Eu dei a pintura para Antonia quando nós nos apaixonamos. Ela a devolveu, anos depois, mas — ele fez uma pausa — apenas a metade.

Violetta se sentou ao seu lado. Uma fraqueza tomou seu corpo enquanto imaginava a mulher na roda. A mãe de Mino.

Será que ela era Antonia?

Será que o pai de Mino era...

Federico apertou a pintura na palma da mão. Ela se lembrava da palma menor de Mino apertando a outra metade. Seria possível? De todos os homens em Veneza, sua vida girava em torno de um pai e seu filho?

— Antonia era cantora de ópera — contou Federico —, a melhor que Veneza tivera em muitos anos. Nós tínhamos muitos sonhos. Iríamos para Nápoles, depois para o exterior, Viena e Paris. Quando eu lhe dei a pintura, ela estava se preparando para o papel principal em uma ópera nova de Vivaldi. A mítica *La Sirena*, que ansiava pelo amor acima da lagoa. Mas o espetáculo nunca foi produzido.

— Por que não?

Violetta já imaginava o motivo.

— Porque ela ficou grávida.

Mino.

— Como você sabe — continuou Federico —, eu não posso me casar. Esse era o destino do meu irmão mais velho, não o meu. Eu não poderia assumir a criança. Pela lei, não poderia inscrevê-la no Registro de Nomes. Antonia sabia disso quando nós nos conhecemos. Nunca escondi a minha situação. O bebê não teria uma vida digna como bastardo. Insisti para que ela o entregasse a um *ospedale*, para que continuasse seguindo seus sonhos no palco enquanto outras pessoas cuidavam dele. — Federico balançou a cabeça, tensionando o maxilar. — Antonia não queria nem cogitar a ideia. Nós brigamos. Ela foi embora. Passei anos sem vê-la.

Violetta tinha dificuldade em respirar. Na voz trêmula de Federico, era nítido que a mulher partira seu coração, mas, por baixo disso, havia muita raiva. O sentimento transparecia em todas as palavras que dizia.

— Eu a procurei — continuou Federico —, mas foi em vão. Eu não conseguia superar aquela traição. Ela me abandonou. Me arruinou. E então, um dia, lá estava Antonia. — Agora, ele não via mais Violetta, tinha o olhar desfocado, recordando o passado. — Eu a ouvi cantando. Ela usava uma máscara, mas eu reconheceria aquela voz em qualquer lugar. Eu estava na minha gôndola. Antonia, na *calle*. Passei por ela na água. Ela lavava roupas na frente de um edifício caindo aos pedaços. E cantava uma cantiga de ninar para um menino com cerca de 4 ou 5 anos.

— Seu filho — disse Violetta, rouca.

Era fácil imaginar os dois — mãe e filho, a mesma dupla que vira na roda.

Federico não pareceu ouvi-la. Ele fora transportado para aquele dia. Sua expressão se endureceu.

— Nossos olhos se encontraram, mas não parei o barco. — Ele olhou para a pintura, e, quando falou de novo, seu tom mudara um pouco, como se estivesse se forçando a soar mais tranquilo. — No dia seguinte, ela veio me procurar.

— Com a criança?

Violetta estava imóvel. Precisou reunir todas as forças para reprimir centenas de perguntas.

Federico franziu a testa.

— Ela veio sozinha — explicou ele, falando rápido agora. — Quando Fortunato abriu a porta e eu a vi de perto, notei que estava muito doente. Sua pele tinha marcas de feridas de sífilis. Antonia confessou que os anos desde que nos separamos foram difíceis. Mas, quando voltou para mim, já era tarde demais. Ela estava morrendo. E implorou por perdão. — Federico a encarou, e Violetta ficou surpresa ao ver lágrimas em seus olhos. — Eu ainda a amava, mesmo depois de todos aqueles anos. E a perdoei, é claro, mas minha posição sobre o menino não havia mudado. Antonia implorou que eu reconsiderasse. Mas sempre achei que, para o bem dele, seria melhor deixá-lo no *ospedale*.

Federico tocou a coxa de Violetta. Ela lutou contra o impulso de se retrair. Era impossível aceitar que aquele homem frio fosse o mesmo com quem ela se deitara por tantos meses, o mesmo que tanto desejara.

— Você precisa entender — continuou ele. — Os *ospedali* não são lugares ruins. Fazem coisas maravilhosas pela cidade. E nos deram você.

— Ele era seu filho — disse Violetta.

— Eu não vi alternativa — respondeu Federico.

O distanciamento naquela voz fez o coração de Violetta doer por Mino. Ela queria pegar a metade da pintura. Queria sair dali e refletir sobre tudo que ouvira. Queria se distanciar de Federico e de sua história. Ela sabia que não conseguia mais esconder seu horror. Ele a encarou. E notou a expressão em seu rosto.

— A história ainda não acabou — continuou o dono do cassino. — Escute, Violetta. Naquele dia, eu estava chocado demais para pensar com clareza, mas, depois que Antonia morreu, procurei o menino. Ela me deixou a pintura como uma forma de encontrá-lo. Talvez já imaginasse que eu mudaria de ideia. Ela me disse que o deixou no Mendicanti, em Castello, perto de onde eu a tinha visto. Fui até lá para procurá-lo... Fui aos quatro *ospedali*, mas não adiantou nada.

Ele a encarou de novo, analisando-a, tentando interpretar sua reação. Violetta sabia que aquilo tudo era mentira. Federico nunca procurara por Mino no Mendicanti nem em nenhum outro lugar. Ele escondera a pintura e tentara esquecer. Mas...

Ela tirou o pedaço de madeira das mãos dele e passou um dedo pelo rabo da sereia.

— Por que você usou essa imagem no cassino?

Federico suspirou.

— Essa história é meu maior arrependimento. O cassino é uma homenagem. A placa simboliza Antonia e o menino, e me lembra de tentar ser uma pessoa melhor.

Violetta começou a chorar, e os soluços curtos sacudiam seu corpo.

— Eu era um homem diferente — argumentou Federico.

Sinos de igreja soaram lá fora. Violetta tomou um susto, mas ele não pareceu escutar.

— A votação, Federico, no palácio — lembrou ela. — Você vai se atrasar.

Os olhos dele fitaram seu rosto, preocupados.

— Não quero deixá-la sozinha agora.

— Você não precisa dizer mais nada — afirmou ela.

Ele pareceu aliviado ao ouvir aquilo. O fato de ser capaz de acreditar que ela estava bem a deixou enojada. Mas Violetta queria que ele fosse embora. Ao observar a silhueta de Federico iluminada pelo sol, era fácil entender como ela o vira como o horizonte no formato de homem, projetando todos os seus sonhos nele. Como fora tola.

— Você não está chateada? — perguntou Federico, desconfiado.

— O passado ficou para trás — respondeu ela, tranquilamente. — Vejo você em La Sirena mais tarde.

— E depois — disse ele, puxando-a para perto. — Bem aqui. — Federico a observava com atenção, as sobrancelhas arqueadas, e suas palavras soavam ameaçadoras. — Prometa.

— É claro — disse ela, e o beijou de novo, apesar de se sentir enjoada.

Quando ele saiu e fechou a porta, Violetta estava tremendo. A pintura fora deixada para trás, como se fosse uma bobagem. Ela a agarrou, voltando para o espelho, e encarou a si mesma, horrorizada e envergonhada, pensando novamente nos detalhes da história. Sabia que Federico mentira sobre ter procurado o filho, para não parecer tão cruel. Mas havia outra coisa que não fazia sentido.

Violetta se lembrava bem de Antonia na noite em que deixara Mino na roda. O cronograma da história de Federico batia com o que ela vira — Mino tinha cerca de 5 anos quando fora abandonado —, mas a mulher que o deixara no *ospedale* não estava morrendo. Violetta sabia reconhecer os últimos estágios da sífilis. E sabia que os inválidos sofriam de ferimentos, cegueira e dores terríveis. Os doentes também viviam no Incuráveis, não nos mesmos ambientes que as órfãs, mas próximos o suficiente para que ela soubesse daqueles detalhes. Naquela noite, Antonia não estava doente. Que outro motivo teria para abandonar o filho?

Ela pensou na única parte da história de Federico que parecera verdadeira. O momento em que ele dissera que vira Antonia, mascarada e cantando, da gôndola, e seus olhos se encontraram.

Uma onda gélida de medo percorreu o corpo de Violetta. Era como se tivesse visto a raiva no rosto de Federico pelos olhos da outra mulher. Ela já testemunhara aquele lado sombrio dele no cassino — com os *barnabotti*, com o espião que tentara tocá-la. E tinha feito pouco-caso desses incidentes. E daí que Federico era tempestuoso? Isso era apenas outro lado de seu temperamento passional. Ele nunca voltara sua raiva contra ela, nem mesmo quando o colar fora roubado.

Mas era algo que fazia parte de Federico. Era possível. E se ela o traísse da mesma forma que ele achava que Antonia havia feito...

Por que uma mãe abriria mão do filho? Violetta vira com os próprios olhos como Antonia amava Mino. Só a morte os separaria.

Ou o medo da morte.

No dia que Federico vira Antonia cantando na *calle*, ele descobrira seu esconderijo, o apartamento onde ela se refugiara. E ela o conhecia, saberia que a traição havia se tornado uma doença da qual Federico jamais seria curado. Saberia que estava em perigo. E teria tomado medidas para proteger o filho.

Agora, parando para pensar, Violetta viu o colar com novos olhos. De repente, lembrou: a mãe de Mino usara uma pedra parecida naquela noite. Ela encarou o pingente. E tudo ficou claro. A opala negra em seu pescoço pertencera a Antonia.

Se a pedra fora parar nas mãos de Federico, assim como a metade da pintura... Talvez Antonia não tivesse vindo visitá-lo. Talvez não tivesse implorado ao pai da criança que cuidasse do filho.

Violetta foi tomada pela convicção de que Federico machucara a mulher, talvez até com as próprias mãos. De que outra forma aqueles dois objetos teriam sido recuperados do cadáver de Antonia?

Ela se virou do espelho e correu para seu quarto no fim do corredor. Precisava sair dali. Precisava encontrar Mino.

22

Em uma manhã escura de janeiro, Mino estava diante da janela salpicada de chuva ao lado da gaiola das rolinhas. E segurava a filha.

— Devia ter sido eu — disse ele.

Há quanto tempo ela nascera? Três dias? Doze? Desde o parto, desde a morte de Ana, Mino perdera a noção do tempo.

Quando Farfalla estava calma, cabia nas palmas unidas do pai. Mas ela não estava calma. Chorava. Seu corpo era sacudido por espasmos. Tirando os momentos que passava ao seio da lavadeira que morava no fim da *calle* e que tivera um filho dois meses antes, a menina vivia com uma angústia incontida.

Todos os dias, Mino levava a filha, toda empacotada, pela *calle* desagradável e chuvosa para visitar a lavadeira, que vivia em um quarto úmido em cima de sua loja. A mulher depositava sua enorme colher de madeira ao lado do balde turvo e fumegante de lençóis, e Mino lhe entregava a bebê, esperando no corredor enquanto ela baixava o corpete.

Com as costas pressionadas contra a pedra, ele ouvia os sons que a filha emitia. Primeiro, ficava ansiosa de fome, depois passava um breve momento satisfeita antes de voltar à ansiedade, enquanto seu pequeno estômago se enchia. De volta aos braços dele, Farfalla se remexia e corava, arqueando as costas até vomitar e cair em um sono agitado e leve.

Todos os desafios daquela nova alma deixavam Mino perplexo, e os ataques eram contínuos. A família de Ana ajudava, mas essa ajuda era uma tortura. As mulheres eram muito dedicadas ao seu luto e aos seus deveres. Mino era um fracasso nas duas coisas. Ele não tinha tempo nem forças para se perguntar como sua vida seria caso a esposa tivesse sobrevivido. Quando pensava em Ana, não era com carinho. Estava com raiva por ela ter morrido, por tê-lo deixado sozinho. Ele invejava seu desaparecimento repentino, permanente. Mino era o último homem no mundo que devia ser responsável por aquele ser minúsculo e complicado. Em seu coração, também se sentia culpado. Ana só morrera por sua culpa.

Mino queria morrer. Sua tristeza era tão profunda que parecia capaz de matá-lo. A filha indefesa não lhe trazia consolo nenhum, o que só aumentava sua culpa. Quando ele olhava para seu rosto, via uma desconhecida e ficava aterrorizado com a possibilidade de jamais conhecê-la de verdade.

Como as mulheres aguentavam, orbitando em torno dele no apartamento? Vittoria chorava baixinho enquanto trocava as roupas da sobrinha. A *siora* arrulhava como as rolinhas e sorria ao tirar a criança dos braços de Mino, fingindo não ter medo que ele esmagasse a frágil neta. A calma delas o irritava, o deixava envergonhado. Que tipo de otimismo idiota o levara até ali? Ele não era igual à família de Ana. Não pertencia àquele lugar. Nunca pertencera.

Na escuridão — ouvindo a chuva cair e a filha chorar —, Mino se perguntou sobre a própria mãe. Se ele tivesse encontrado qualquer vestígio da mulher, de sua família, seria uma pessoa mais forte? Teria forças para não ser destruído pelos traumas da vida? Conseguiria manter a compostura apesar da morte de Ana, compreendendo a forma correta de criar a filha?

Mino acreditava que sim, que seria um homem melhor, mais capaz, e culpava a si por não ter encontrado a própria mãe, por ter deixado a busca de lado ao conhecer Ana. Ele era fraco por ter permitido que outra mulher ocupasse aquele espaço vazio.

E agora? Não havia nada que pudesse fazer pela própria filha. Seria melhor oferecer à criança a mesma chance de uma vida melhor que a mãe lhe dera. A roda continuava girando; não havia como escapar.

A ausência do pai marcaria a vida de Farfalla para sempre. Ele sabia disso. Mas seria melhor do que deixá-la viver com o fardo de sua culpa e de seu azar. Sua companhia não fazia bem a ninguém.

— Mino.

A *siora* tocou seu braço, pegando Farfalla. A criança estava chorando, mas se acomodou na curva larga do braço da avó.

Sob o brilho da lareira, Mino olhou para a *Siora* Costanzo, vendo como ela e a esposa eram parecidas. Porém, agora, também enxergava as diferenças. Por baixo dos anos a mais e da tristeza e do luto recentes, havia outra distinção. E ele ficou triste ao notá-la: o rosto de Ana era iluminado pela confiança que tinha nos outros. O sentimento lhe proporcionava um brilho e uma benevolência que não existiam na mãe. Ele sentiu que poderia ser sincero com a sogra.

— Não consigo fazer isso — confessou.

— Eu sei.

Foi doloroso ouvi-la concordar tão rápido. Logo quando Mino achava que seria incapaz de aguentar mais sofrimento, lá vinha outro golpe. Sempre havia novas formas de se magoar.

A *Siora* Costanzo tocou o nariz da bebê. Os olhos da criança se abriram.

— A sua mãe fazia todo mundo se sentir forte — disse ela para a neta. — Eu nunca soube se isso era bom ou ruim. — Então olhou para o genro. — Nós queremos criá-la, Mino.

Ele se retraiu e levou as mãos ao coração, mas, para seu pavor, nenhum argumento surgiu em seus lábios.

Como poderia abandonar sua única família?

Ele não podia ficar ali. Não podia ir embora. Não podia criar a criança. Não podia abandoná-la. Não podia seguir vivendo daquela maneira.

— Vai ser melhor assim, Mino — afirmou a *siora*.

Aquilo era uma despedida. Ele ficou parado ali, observando a sogra levar a bebê para o próprio quarto e fechar a porta.

𝄢

Caminhando com dificuldade sob uma chuva torrencial, Mino cruzava a ponte para La Sirena quando percebeu que Sprezz havia ficado no apartamento. O cachorro passara a dormir ao pé do berço, e, em meio à vergonha imensa que sentia, ele não pensara em acordá-lo.

Pela primeira vez desde a morte de Ana, Mino chorou. Caiu de joelhos na ponte molhada. Segurou a cabeça e caiu em desespero. Os soluços o engasgavam. As lágrimas quentes eram um bálsamo sobre suas mãos congeladas. Ele sentia os foliões passando ao seu redor, mas não se importava.

Mino chorou pelo cachorro, pela filha, pela esposa. Chorou pela mãe. E chorou por Letta — lembrou-se de que ela tivera razão ao falar da mácula sombria da orfandade. Por todos aqueles anos, ele nunca quisera admitir quem era — e quem não era. Um filho. Um irmão. A pessoa que alguém naquele mundo solitário amava sem qualquer dúvida, acima de tudo.

Ele secou as lágrimas.

— Desculpe, Sprezz. Você vai ficar melhor sem mim.

Mino entrou no cassino com a aba do chapéu baixa. Não que o porteiro fosse reconhecê-lo; fazia mais de um ano que não colocava os pés ali. Ele apertou os olhos contra a escuridão e o barulho, que pulsava com o tinido de copos e moedas. Sem lembrar a última vez que dormira ou comera, cambaleou até uma mesa no meio do salão. Em certa época, bem ali, os alquimistas o convenceram de que poderia transformar sua vida inútil em ouro. Que bobagem.

Uma figura se aproximou, vinda de um canto escuro perto do bar. Primeiro, Mino se retraiu e ergueu os braços para se defender de um ataque. Mas, então, reconheceu o homem.

Carlo usava uma peruca branca encaracolada, meias brancas e uma calça nova de seda vermelha com um paletó da mesma cor. Ele jogou os braços em torno de Mino, que o abraçou com todo o desespero em seu coração.

— Meu amigo — disse Carlo, secando as lágrimas que estavam sempre de prontidão.

Hoje, no estado em que se encontrava, Mino finalmente via que as emoções do amigo eram genuínas, apenas mais intensas do que as da maioria dos homens. Aquilo o emocionou, deixando claro que viera ao único lugar onde suportaria estar.

— Fui à sua casa assim que soube — revelou Carlo.

Mino não sabia que ele tentara visitá-lo. Era irritante, mas não surpreendente, o fato de a *siora* não ter deixado seu amigo entrar.

— Eu não estava bem para receber visitas — respondeu.

Carlo acenou com a mão, dando a entender que estava tudo bem.

— Como posso ajudar?

Mino olhou para o bar.

— Com uma bebida?

O gondoleiro já servia vinho de uma garrafa sobre a mesa. Ele empurrou a taça em sua direção e lhe ofereceu uma cadeira, agachando-se ao seu lado.

— Beba e apenas sinalize com a cabeça quando quiser mais.

Mino concordou com a cabeça ao primeiro gole; Carlo riu e apertou seu ombro.

— Que bom que veio.

De repente, o olhar do amigo parecia muito intenso, e Mino percebeu que ninguém o encarava desde a morte de Ana. A *siora*, Vittoria e até a pequena Genevieve pareciam incomodadas com a força de sua tristeza.

Carlo, não. Ele observou Mino por um tempo, e então seu rosto ficou radiante. Com uma das mãos, virou os ombros do amigo para o palco nos fundos do cassino.

— Você está com sorte.

— Sorte? — repetiu Mino, amargurado.

— Sim — disse Carlo, indicando com a cabeça o pequeno palco, que exibia apenas uma enorme harpa dourada. — Ela vai se apresentar hoje.

Mino olhou ao redor do cassino, confuso.

— Quem?

O amigo balançou um dedo no ar.

— La Sirena em pessoa. A cantora que é homônimo do cassino. Não se faça de bobo, Mino. Você já ouviu falar dela. A mulher canta músicas que ninguém conhece. Usa uma máscara pintada com escamas de peixe e um colar de opala brilhante no pescoço.

De repente, Mino vislumbrou a pedra brilhante. Será que assistira a alguma apresentação da cantora em alguma noite e não se recordava? Sua lembrança da opala parecia antiga. Ela era feita de estrelas azul--esverdeadas, mudava constantemente sob a luz. Ele tinha a sensação de que já tocara a pedra antes, que a envolvera em sua mão. Quase conseguia sentir o aroma metálico da corrente de ouro. Ele olhou para Carlo e se sentiu envergonhado, como se estivesse inventando uma conexão com a mulher.

— Nunca ouvi falar dela.

— Todo mundo já ouviu falar dela — rebateu Carlo. — Garotos que acabaram de sair de Oxford vêm da Inglaterra para vê-la assim que começam o *Grand Tour* pela Europa. E esse lugar — ele bateu com um dedo em cima da mesa à qual estavam sentados — é sua primeira parada. Há apenas um itinerário, com algumas variações: um período em Roma, com certeza; um passeio pelos museus de Florença, claro. Mas, primeiro, ah — Carlo sorriu e fechou os olhos —, primeiro, música e fascinação, bem aqui em Veneza. Eles costumavam ouvir as coristas nos *ospedali* — continuou ele, se inclinando para a frente — mas, recentemente, os *bem-informados* vêm aqui. Eles vêm a La Sirena.

Mino deu de ombros, ainda pensando no colar. Mas a última vez que estivera em La Sirena fora na noite em que Ana o tirara dali e o levara para uma nova vida.

— Eu estava trabalhando na loja. Passava muito tempo com a minha esposa.

Ele fechou os olhos, lutou contra a tristeza. Seria impossível falar da filha sem chorar.

— Você passou tempo demais longe.

— Mas parece que não foi tempo suficiente — rebateu Mino.

— Ou talvez você tenha vindo na hora certa. — Carlo sorriu. — Se tivesse aparecido aqui ontem, perderia o espetáculo.

— Essa cantora faz milagres?

Mino só se interessava pela voz de uma cantora.

— De fato, ela é miraculosa — respondeu o amigo. — La Sirena é a única mulher que desperta o ciúme de Carina. Basta uma nota sair de seus lábios para todas as damas no salão se sentirem inferiores, e todos os homens, imortais.

Mino terminou a segunda taça de vinho e se serviu de uma terceira. Sem prestar muita atenção, notou os gritos de alegria de uma mesa de apostas. Era um trio de escandinavos louros deixando uma cortesã encantada com sua tentativa desajeitada de falar veneziano. Dinheiro, sexo, loucuras, qual era o propósito de tudo aquilo? Para ele, a vida parecia um desperdício colossal.

— A última coisa que quero é me sentir imortal.

No fim da terceira taça, Mino duvidava de que La Sirena subisse ao palco e conseguisse atrair uma migalha que fosse de seu interesse. Mas ela estava atrasada, o palco permaneceu escuro, e, na sua ausência, a cacofonia da música dos jogadores e dos mascarados criava o próprio oratório odioso.

No fim da quinta taça, o palco continuava escuro, e tanto Mino quanto Carlo desmaiaram sobre a mesa, falidos demais para pagar a própria conta, bêbados demais para perceber que a famosa cantora não apareceria.

23

Violetta fugiu do *palazzo* uma hora antes do horário de sua apresentação. Sua mente girava. Enquanto se embrenhava cada vez mais pela cidade, era tomada pelo pavor, incapaz de se mover rápido o suficiente. Seus passos soavam alto contra as pedras molhadas. As sapatilhas de seda estavam ensopadas, mas ela ignorava o frio. Atravessou correndo o Grande Canal na Ponte de Rialto, onde as casas estreitas pareciam navalhas sob os telhados de ferro. Ela se recriminou pela própria ingenuidade. Por que tinha demorado tanto para *perceber*?

Algo em Federico sempre lhe parecera familiar. Por que outro motivo ela se sentiria atraída por um desconhecido tão rápido? Como poderia ter acreditado que amava um homem como Federico?

Tudo que descobrira era absurdo, mas havia uma parte que latejava em sua mente. Mino tinha um pai. Um parente vivo, saudável. E ficaria arrasado quando descobrisse que tipo de homem ele era.

Por que Violetta não confiara no amor que vira entre Antonia e o filho naquela noite? Na época, ela não sabia como acreditar no amor. E agora? Agora, quando pensava em amor, pensava em Mino.

Ela precisava encontrá-lo, recontar a história que vira pela janela do sótão. Precisava lhe dar paz. Sua nova versão dos fatos seria breve, porém sincera.

E o que mais? Será que ele a apresentaria à esposa e à criança? Violetta não ficaria em Veneza por muito tempo. Não havia nada mais para ela naquela cidade. Iria embora. Talvez visitasse Londres.

Mas como o encontraria? Ela nem sabia para onde os próprios pés a levavam agora. Nunca passara por aquelas *calli* escuras nem cruzara aquelas *ponti* antes. Quando parou para descansar sob as sombras da calha de uma igreja silenciosa, ela olhou para o campanário, mas não reconheceu o céu acima. Depois de tantos meses sem ver o mundo fora do *palazzo* ou do cassino, a visão ampla das estrelas, daquelas gotas de chuva brilhantes, a deixava desnorteada.

Assim que amanhecesse, precisaria de um disfarce novo. Agora mesmo, Nicoletto estaria batendo à sua porta no *palazzo* e, quando ela não atendesse, ele seria forçado a derrubá-la. E encontraria a janela aberta, o lençol de seda amarrado como uma escada.

Violetta sabia o que os guardas de Federico fariam. Já vira seu lado violento em La Sirena, jogando homens que não tinham dinheiro para pagar as contas na rua. Ela desconfiava de que haviam sido eles quem encontraram o ladrão do colar. E tinha certeza de que Antonia fora vítima de um terrível destino.

Federico também se vingaria dela se ela não saísse logo de Veneza. Violetta apertou a outra metade da pintura de Mino, escondida na bolsa pesada em que guardava seu ouro. E buscou forças no objeto.

Ela passou a noite inteira na escuridão, escorada em paredes, sem dormir. Suas saídas para a rua sempre eram cuidadosas, mas, agora, precisava ter ainda mais cautela. Os recursos, a perspicácia, o ciúme e o desespero de Federico eram fora do normal. As palavras do amante voltaram para assombrá-la.

Eu não vi alternativa...

Ele falava sobre entregar o filho para o *ospedale*, mas Violetta acreditava que também se referia ao que fizera a Antonia. Não havia outra forma de reagir à traição da mulher; aquele era um caminho sem volta.

𝄢

Os primeiros raios de sol atravessaram o céu cor-de-rosa e atingiram o chão de pedras e o pavor no peito de Violetta. Ela sentiu uma tristeza inesperada ao observar a beleza dos canais iluminados pela aurora. Sentiria falta do labirinto de água e pedras, das máscaras e das festas, do eco de sua voz na igreja do Incuráveis. Porém queria viver. Não podia mais continuar escondida. Assim que entregasse a pintura a Mino, partiria.

Na *merceria*, Violetta viu uma costureira abrindo sua loja. Ela entrou, fechou a porta e respirou com mais tranquilidade. Seus dedos acariciaram capas e vestidos, tocaram a borda emplumada de máscaras. A loja tinha um cheiro de mofo ligeiramente doce. Ela comprou uma capa preta com gorro e borda de renda, um vestido de seda verde com um corpete estreito, longas luvas de lã branca, um chapéu preto de três pontas e uma máscara branca grande para deixá-la completamente irreconhecível. Não eram as roupas chamativas de uma cantora de cassino, e sim de uma aristocrata discreta. Também escolheu uma peruca com cachos louros compridos. Quando se olhou no espelho, não se reconheceu. E rezou para que ninguém mais o fizesse.

Por seis dias, ela procurou a loja de Mino, sabendo apenas que ficava em Cannaregio, mas não sua exata localização. Achava melhor não falar com ninguém, apenas ouvir a música das pistas que estranhos davam ao seu redor. Por seis noites, ela alugou um quarto diferente em uma hospedaria diferente, fez suas refeições sozinha, removeu a máscara apenas quando estava completamente sozinha, com a porta trancada e as cortinas fechadas. E, quando se deitava em colchões esburacados, entre sons e cheiros estranhos, rezava para que amanhã fosse o dia em que o encontraria.

No sétimo dia, Violetta não encontrou a loja; a loja a encontrou. Balançando sob um suporte de ferro estava uma placa com a metade da pintura de Mino.

— *I Violini della Mamma* — leu Violetta.

Ela queria pegar a outra metade na bolsa de veludo e erguê-la, para completá-la. Mas não agora. Quando encontrasse Mino, tentaria formar uma imagem inteira para ele.

A loja estava fechada, talvez para o horário de almoço, mas Violetta tocou a vitrine, apoiou as mãos no vidro. Assim que o fez, o *sentiu* através da superfície.

— Mino — sussurrou.

Ela seguiu para a porta. Bateu. E bateu de novo, com mais força, por mais tempo. Ficaria ali esperando pelo tempo que fosse necessário.

— A loja está fechada — disse uma voz, assustando-a.

Violetta se virou e deu de cara com uma mulher sem máscara, alguns anos mais velha, segurando duas caixas pesadas.

— Posso esperar. Estou procurando uma pessoa — explicou ela, se sentindo na obrigação de ajudar a mulher.

Então, passou as mãos por baixo de uma das caixas para atenuar o peso.

— Obrigada. — A mulher indicou uma porta com a cabeça. — Aqui.

As duas deixaram as caixas na porta ao lado da loja de violinos, e a mulher se empertigou, esfregando a parte inferior das costas.

— O dono daquela loja não trabalha mais ali.

— Mino? — perguntou Violetta.

A mulher a encarou, analisando suas roupas sofisticadas. E pareceu confusa.

— Sim. Mino.

Violetta se aproximou, segurou as mangas da outra.

— Você o conhece?

Os olhos da mulher mudaram, foram tomados pela tristeza.

— Ele é marido da minha irmã. — Ela estreitou os olhos para a visitante, tentando entender o que ela estava fazendo ali. — A senhora é do *ospedale*?

— Sim — respondeu Violetta sem pensar.

— Vou pegar o violino. Ele terminou o primeiro. Espere um pouco.

Ela desapareceu e voltou alguns minutos depois, trazendo um instrumento lindo. Não se tratava de um violino comum. Era uma obra-prima. A mulher o ofereceu a Violetta.

Violetta o pegou e estremeceu, sentindo Mino.

— Preciso confessar uma coisa — disse a mulher. — Mino sumiu. Não sei se vai voltar para terminar a encomenda.

— Sumiu?

Ela sentiu um aperto no peito.

— Minha irmã, a esposa dele, faleceu há três semanas — sussurrou a mulher.

Violetta soltou o ar devagar. Como não percebera as roupas de luto?

— Sinto muito. — Ela olhou de novo para o violino, a cabeça girando. Sabia que devia devolvê-lo. Mas e se nunca encontrasse Mino? E se aquela fosse sua última chance de tocá-lo? — Quanto devo pelo violino?

— Não sei.

— Creio que a maestra tenha adiantado vinte por cento, não é? — Ela se lembrava de Laura dizer que pagariam cinco cequins de ouro por cada instrumento. O que a amiga diria agora, se a visse enfiando a mão na bolsa e entregando quatro cequins para a mulher? — E o bebê?

— Ah! — exclamou a mulher, finalmente sorrindo. Ela era muito bonita, com traços delicados e olhos escuros, límpidos. Violetta imaginou que devia se parecer com a irmã, a esposa de Mino. — A menina está bem. Está quase completando 1 mês.

— Não — respondeu ela. Ela não conseguia acreditar naquilo. — A menina sobreviveu, mas Mino foi embora?

Parecia impossível.

— A morte de Ana foi muito difícil para ele.

— Entendo — afirmou Violetta, mesmo sem entender nada.

Mino, cujo maior desejo era ter uma família, finalmente conseguira uma e a abandonara?

Ela pensou nas coisas horríveis que lhe dissera — que um órfão jamais deveria ter filhos. Mas ela não se referia a Mino. E sim a si mesma. Todo mundo sabia que Mino era diferente. Violetta achara que o estava protegendo do erro que era amá-la. Como será que suas palavras o afetaram?

Não, que bobagem. A esposa do homem havia acabado de morrer. Qual era seu problema, achando que o desespero e o desaparecimento de Mino teriam relação com ela?

A mulher se mexeu, olhou para as caixas, e Violetta sentiu que a conversa estava chegando ao fim.

— Posso conhecê-la? — perguntou, rápido.

— Quem?

— A menina — sussurrou Violetta.

A mulher parecia desconfiada. Não entendia o interesse dela pela criança.

— Por favor.

A mulher hesitou. Violetta não queria nem pensar em perder aquela oportunidade. Por anos, fora extremamente cuidadosa, ocultando sua identidade — primeiro escondendo que era uma corista, e, agora, que era La Sirena. Mas nenhuma das pessoas que a procuravam sabia de sua terceira identidade. Poderia admiti-la para aquela mulher agora; poderia contar a verdade.

— Mino era meu melhor amigo. — As palavras saíram rápidas de sua boca. — Eu queria tanto encontrar com ele e a filha hoje.

A mulher detectou a sinceridade em sua voz e amoleceu.

— Minha mãe não vai gostar nada disso — disse ela lentamente —, mas ela não está em casa agora.

As duas entraram na loja de linguiças, e Violetta foi tomada pelo cheiro intenso de carne. Então viu as linguiças diferentes, finas, que Fortunato servira quando ela estava se recuperando na casa de Federico. Mais uma vez, viu que Mino chegara bem perto da verdade. Isso só a tornou mais determinada a encontrá-lo.

— Sua família é dona da loja?

— Era do meu avô, depois passou para o meu pai e agora é da minha mãe. Ana teria assumido os negócios, mas acho que a responsabilidade terá de ser minha. Eu me chamo Vittoria. E minha filha, Genevieve. — Ela seguiu para os fundos da loja. — Genevieve, traga Farfalla.

Uma garotinha saiu por uma porta. Com o cabelo preto trançado e um vestido xadrez vermelho, a menina tinha olhos brilhantes e um sorriso desdentado encantador. Em seus braços, havia um embrulhinho. Ela passou a bebê para a mãe, que deu um beijo na criança adormecida antes de mostrá-la a Violetta.

Seus pulmões perderam todo o ar diante da beleza da menina. Farfalla era toda fofinha e radiante, com suaves lábios cor-de-rosa e espessos cílios escuros. Violetta sentiu um frio na barriga e se adiantou para segurá-la. Vittoria a colocou em seus braços. Os olhos da soprano se encheram de lágrimas.

De repente, o peso da máscara que escondia seu rosto era insuportável. Ela queria ver a criança totalmente, queria que a garotinha a visse. Então se arriscou e ergueu o disfarce. E, apesar de tudo, sorriu.

A filha de Mino. A *família* dele. Um milagre.

— Ah, Mino.

— Acho que ele não estava pronto para os primeiros dias. Deus é testemunha de que meu marido não conseguiu suportar. Ele foi embora depois de duas semanas, como mamãe previu. Mino fez a mesma coisa. — A mulher ergueu uma das mãos, como se argumentasse consigo mesma. — Sei que não estou sendo justa. Mino também estava sofrendo pela morte da minha irmã. A única coisa que meu marido perdeu com o nascimento da nossa filha foram suas noites na taberna. Mas Mino desmoronou nos primeiros dias. Você sabe como é. Quantos anos têm seus filhos? — perguntou Vittoria.

Violetta olhou para cima e piscou.

— Não tenho filhos.

— Desculpe — disse a outra mulher. — Pela forma como a segurou, achei... — Vittoria riu, envergonhada, e acariciou a bochecha da bebê com um dedo. — Farfalla é especial.

Ela engoliu em seco, ficou em silêncio, e Violetta notou sua hesitação.

— O que foi?

— Minha irmã me disse que seu último desejo era que Mino criasse a filha. Acho que Ana sabia que ele iria embora, mas imaginou que levaria a filha junto. E queria que eu soubesse que ela concordava com isso.

— Mino sabe disso? — perguntou Violetta.

Vittoria fez que não com a cabeça.

— Minha mãe jamais lhe contaria uma coisa dessas. Ela o ajudou a fazer as malas.

Violetta não queria devolver a menina. O corpo quente e pequeno de Farfalla lhe dava a sensação de que devia ficar imóvel. Pela primeira vez na vida, ela se sentia completa, sem desejar mais nada. Como a deixaria ali? Como lidar com a frieza que tomaria seus braços? Como Mino devia estar se sentindo agora? Onde estava ele?

Ela queria levar a menina em sua jornada para encontrá-lo, mas não podia. E sabia que cada momento que passava ali só dificultava mais sua partida. Então, devolveu a criança à mulher e pegou o violino. A necessidade de encontrar Mino era urgente.

— Ele vai voltar para buscá-la — disse a soprano a Vittoria. — Tenho certeza disso.

A mulher tocou seu braço.

— Boa sorte.

24

Um chute forte nas costelas despertou Mino.

— Saia da frente — gritou um vendedor ambulante, passando com seu carrinho.

— Idiota — berrou Mino, e se encostou em um muro baixo perto de onde não se lembrava de ter dormido. — Vai acabar matando um homem desse jeito.

Ele apertou a lateral do corpo e se encolheu de dor.

— Os homens que eu conheço ganham a vida trabalhando — rebateu o vendedor por cima do ombro. — Ratos como você ficam mendigando pelas pontes.

O sujeito inclinou a cabeça na direção dos poucos soldos de prata que brilhavam diante de Mino.

Uma nova humilhação. Enquanto o sono apagava a penúria do dia anterior, ele fora confundido com um mendigo de verdade. E odiava se sentir ganancioso ao pegar as moedas. Odiava o alívio de ter conquistado pelo menos mais uma refeição. Sem Sprezz, era difícil conseguir comida de graça.

Sua capacidade de chegar ao fundo do poço continuava a surpreen-dê-lo. Mino ajeitou a máscara, apertou o nó da fita. Apesar de não conhecer ninguém, não queria ser visto nem por desconhecidos. Ele ficou de joelhos, levantou-se, observou os arredores.

— *Madonna* — murmurou.

Que força cruel o levara até ali na noite anterior? De todas as pontes, por que tivera de parar justo *naquela*?

Por dois anos, ele evitara a travessia de pedra nada impressionante na extremidade noroeste de Dorsoduro. Agora, não havia costela quebrada ou orgulho ferido que se comparasse à dor da nostalgia que sentia. Aquele fora o lugar de seu último momento feliz com Letta. O instante em que os dois saíram da ponte marcara o fim de tudo que Mino sonhara para sua vida.

Ele olhou para a água, se recordando do otimismo tolo que marcara seu passado. Viu a beleza de Violetta naquele dia, como a empolgação de sua ousadia a tornara ainda mais espetacular. Viu os breves mo-mentos gloriosos de liberdade que compartilharam. Ali na ponte, eles pareciam eternos.

Agora, viu Ana, morta em seu caixão vermelho. Viu a filha minús-cula, desesperada, chorando no berço, com o pai que era incapaz de entender a fonte de seu sofrimento. Mino foi tomado pela vergonha. Não poderia voltar para buscá-la. Ele não tinha capacidade de criar uma criança. Mas como viveria? Como seguiria em frente?

Ele agarrou a pedra fria do parapeito da ponte. Será que fora até ali na noite anterior para morrer? Para se afogar no local de seu primeiro fracasso? Seu estômago se revirou enquanto ele se inclinava sobre a ponte, erguendo ligeiramente a máscara bem a tempo de vomitar no canal o vinho da véspera. A garganta ardia. Ele se apoiou na ponte, suado e enjoado.

Ao seu lado, alguém se encolheu, e Mino ficou feliz. Queria que as pessoas o considerassem tão deplorável a ponto de ninguém ousar dividir a ponte com ele. Mas a mulher mascarada não foi embora, apenas se distanciou um pouco. De canto de olho, Mino a observou. Era uma aristocrata, provavelmente esposa de um senador. Era tão raro ver uma mulher daquele nível sozinha, parada em uma ponte. Para atravessar qualquer distância maior que meia *calle*, elas preferiam viajar de barco em vez de ir andando. Ele sentiu o estômago embrulhar de novo e previu que a mulher não ficaria muito tempo ali.

𝄢

Violetta desejou que o mendigo fosse embora. Queria que a ponte fosse apenas sua. Queria ficar sozinha.

Ela abriu a boca para falar ao mesmo tempo que o homem apontou para o violino. Ele parecia hipnotizado.

— Onde você conseguiu isso? — Sua voz era rouca, um sussurro.

Violetta olhou para o estojo que segurava, depois para o mendigo. E apertou o violino contra si. Será que ele tentava calcular por quanto conseguiria vendê-lo?

O mendigo começou a se aproximar. Ela cogitou fugir, olhou ao redor. Será que reconheceria um dos espiões de Federico se um deles pisasse na ponte?

𝄢

A mente de Mino girava. Como seu violino havia acabado nas mãos de outra pessoa que não a abadessa do Incuráveis? Será que a mãe de Ana o vendera? Ou que aquela mulher o roubara? Por que ela parecia tão nervosa?

Ele queria segurá-lo. Queria...

Quando ergueu a mão, notou que a aristocrata se encolhia. E sentiu as bochechas corarem.

𝄢

Violetta deu um passo para trás, abraçando o violino. Não seria mais fácil dar dinheiro ao homem? Ela poderia inventar uma tarefa qualquer, para não o humilhar. Talvez pudesse perguntar o caminho para algum lugar e lhe dar uma gorjeta de cinco liras. Federico costumava fazer isso. Era a forma mais simples de se livrar de um vagabundo.

— Vou tomar cuidado — disse o homem, ainda focado no violino, com as mãos esticadas.

Violetta apertou ainda mais o instrumento. Aquela era a única coisa que tinha de Mino.

— Eu tocava — explicou ele.

Algo em sua voz pareceu familiar. A saudade que Violetta ouviu naquelas palavras a fez se perguntar: se alguém lhe tirasse a voz, o que faria para recuperá-la? Mesmo por um instante, o que faria para cantar? E percebeu que não queria ser um obstáculo entre um musicista e sua música. Ela decidiu confiar naquele instinto e colocou o estojo nas mãos dele.

$$\mathbf{9^{:}}$$

Mino arfou. Parecia ter se passado uma vida inteira desde que o instrumento saíra de suas mãos. Ele abriu o estojo e segurou o braço, o arco. Girou as cravelhas, voltando no tempo, não para a loja onde construíra o violino, mas ao telhado onde, tanto tempo antes, tocava a única música que conhecia.

Ele segurou as cordas, fechou os olhos e baixou o arco.

$$\mathbf{9^{:}}$$

Violetta prendeu a respiração quando o homem começou a tocar. Por vários minutos, ela não conseguia enxergar. Era capaz apenas de ouvir aquele desconhecido tocando a música da mãe de Mino.

A música dele. Como era possível?

Mino.

Ao redor, as pessoas paravam para olhar. O coração de Violetta martelava em seu peito. Ela queria cantar. Mais do que tudo, queria encontrá-lo na canção e revelar sua identidade. Porém sabia do perigo. Não podia se expor em público. Ela ficou em silêncio, tremendo enquanto ele tocava.

𝄢

Quando passou o arco pelas cordas pela última vez, os pés de Mino estavam cobertos por uma camada de moedas. Seu desejo de pegar o dinheiro e sair correndo o envergonhou. Mas então viu a mulher se aproximando.

𝄢

Com o coração na garganta, Violetta desamarrou a máscara de Mino, que caiu sobre a pilha de moedas. Quando ele olhou para cima, ela o viu — sua beleza jovem amadurecida, sofrida, machucada. Como ficara bonito. Mas, em seus olhos, Violetta também via as palavras terríveis que lhe dissera, a forma como elas o marcaram no decorrer dos anos. E viu o sangue de Federico em seus traços. Federico tinha cabelo preto, enquanto o de Mino era louro; tinha 45 anos, e o filho, 20. Mas havia tanta semelhança entre dois. Finalmente, ela percebeu a própria cegueira e viu o que estava por trás de seu desejo pelo dono do cassino. Um calafrio percorreu seu corpo.

O tempo todo, aquele era o homem que ela buscava.

Lá estava ele. Não o garoto que Violetta rejeitara, por não ser capaz de levá-lo a sério. Na época, ela presumira que a ideia que Mino tinha em relação ao amor era ingênua. Que, se ele a conhecesse de verdade, não a amaria. Acreditava que ninguém a amaria.

Agora, ao olhar para Mino, compreendeu que ele trazia seus erros e defeitos no olhar. Eles o definiam. E sentiu que enfim o enxergava com a mesma vulnerabilidade e o mesmo amor com que ele sempre a vira.

E pensou no violino que ele consertara. Mino não tentara esconder o buraco na madeira, o braço com o ângulo errado; em vez disso, sua atenção especial fizera aquelas imperfeições cantarem. Aquilo, percebeu Violetta, era amor.

𝄢

Mino observou a aristocrata com os olhos apertados. A mulher soltara sua máscara. E chorava por trás da dela. Ele observou a postura de seus ombros enquanto soluçava. A forma como se erguiam, tremiam. Ele já havia segurado aqueles ombros. Quantas vezes?

A impossibilidade daquilo tudo o fez arfar. Ele esticou uma das mãos para soltar a fita da máscara.

No mesmo instante, o braço dela se levantou para impedi-lo. A mulher segurou-lhe a mão a apenas um fio do próprio rosto. E ele teve certeza. Teve certeza pelo toque elétrico de sua pele contra a dela. Nem precisava vê-la.

— Letta? — sussurrou.

O que ela estava fazendo fora do Incuráveis, sem uma acompanhante? Por que usava as roupas de uma mulher nobre?

— Aqui, não — disse ela.

Assim que possível, Violetta precisava levar Mino para um lugar discreto, onde poderia lhe mostrar a pintura. Ela sentia a madeira queimando em seu bolso. Mas o estado lastimável dele, sua tristeza recente pela perda da esposa e da filha... Será que ele seria capaz de suportar os horrores da própria história?

— Não pode ser — disse Mino, apesar de saber que era verdade.

O fato de Letta vê-lo naquelas condições era humilhante. Quantas vezes fantasiara sobre encontrá-la no Incuráveis enquanto entregava seus violinos, mostrando que vencera na vida? E agora — era insuportável saber que *aquela* era a maneira que ela o veria.

Mino levou uma das mãos à testa.

— Não. Estou sonhando.

Violetta sorriu ao ouvir suas palavras, porque o encontro também lhe parecia surreal.

— Então não acorde — disse ela.

Não me deixe. Pensou Violetta quando viu a dúvida nos olhos de Mino. Sentiu que ele queria se afastar, sair correndo, desaparecer. E percebeu que ele ainda sentia raiva. É claro. Por que não sentiria? Ela precisava se explicar, rápido, antes que o perdesse.

— Preciso conversar com você. Onde podemos ficar sozinhos? — perguntou Violetta.

— Não...

— Mino, por favor.

— Sinto muito — disse ele, com nojo de si mesmo. Sobre o que poderiam conversar? O que Mino poderia contar sobre sua vida que não a deixaria enojada? — Não posso.

— Mino.

Violetta chegou mais perto, até seus ombros quase se encostarem. Ela virou o corpo para o canal. E virou-o com uma das mãos, de forma que ficassem de costas para as pessoas que cruzavam a ponte. Dentro do bolso, os dedos dela brincaram com a corda de seda da bolsa. Ela puxou metade da pintura e a pressionou contra a mão de Mino, fechando-a ao redor da madeira com cuidado, para que ninguém mais visse o que segurava.

$$\text{𝄢}$$

As mãos de Mino tremiam enquanto ele passava um dedo sobre a madeira quebrada na diagonal. Um segundo antes, seu corpo havia sido tomado pela necessidade de fugir. Agora, ele se sentia completamente paralisado. E fitou Letta com lágrimas nos olhos, sua vergonha se transformando em curiosidade.

A vida era como a música; se você mudasse uma única nota, mudaria a canção inteira. Mino cometera erros. Machucara pessoas a quem amava, desistira rápido demais. Comportara-se como um tolo, um covarde, um fracassado — e, se não tivesse sido exatamente todas essas coisas, nessa ordem, não estaria parado naquela ponte com Letta, tocando a outra metade de sua pintura.

— Como? — sussurrou ele.

— Venha comigo — chamou ela.

25

Mino bateu o balde contra a janela do apartamento de Carlo, um andar acima do farmacêutico. Letta parecia tensa enquanto os dois esperavam, desgrudando os olhos do chão apenas ligeiramente, como se não aguentasse encarar os arredores. De súbito, ele percebeu como ela via aquela *calle* apertada e suja, com prédios feios espremidos nos dois lados. Mino passara apenas uma noite no apartamento de Carlo e mal notara a pobreza ao redor, mas, agora, sentia vergonha por não ter pensado em um lugar mais elegante para levá-la. Ele sabia, é claro, que Letta tinha uma vida mais próspera agora, com acesso ao esplendor de Veneza. Mas, julgando por seu vestido — e pelo intenso desconforto que demonstrava agora —, havia muito que ele não entendia.

— Não é o Palácio do Doge — comentou Mino, pesaroso —, mas meu amigo vai nos receber sem fazer perguntas.

Ao ouvir o tom envergonhado dele, Violetta apertou seu braço.

— Nós só precisamos de uma porta que feche.

Se o único lugar onde os dois pudessem ficar sozinhos em segurança fosse um galinheiro, isso não a incomodaria. Além do mais, ela nem tinha amigos para pedir ajuda. Laura não poderia fazer nada por ela, e Violetta não sabia se Elizabeth estava em Veneza ou em Londres, que dirá onde a mulher se hospedava quando vinha à cidade. Qualquer lugar que Mino a levasse seria perfeito. Ela sabia que deixava seu desconforto transparecer, mas ainda não podia explicar o motivo: o apartamento do amigo dele ficava na esquina — praticamente do lado — de La Sirena, e ela mal conseguia respirar de tanto medo de ser descoberta.

— Ele vai aparecer? — sussurrou Violetta, com os olhos grudados no chão.

— Tenho uma ideia melhor — disse Mino, ao mesmo tempo aliviado e surpreso consigo mesmo.

A velha vontade de impressionar Letta lhe dava mais coragem do que sentira em muito tempo. Ele pegou-a pela mão e a guiou por outra *calle*, depois por mais uma, seguindo na direção da igreja dos Frari. Meses atrás, entregara sua primeira encomenda de violinos para sua cliente original, Elizabeth Baum. Ele se lembrava de que haviam tomado chá, da conversa que tiveram sobre Hasse e Vivaldi. Sentia que ela admirava o trabalho dele. Os dois não eram amigos, mas Elizabeth talvez fosse educada o suficiente para não contar isso a Letta. Mino se sentiria menos miserável se conseguisse entrar para tomar um chá e escutar a história de Letta.

Em dez minutos, os dois chegaram ao *palazzo* de Elizabeth. Mino se lembrou da criada que abriu a porta. Ele observou o rosto da mulher, que tentava reconhecê-lo naquele estado deplorável, enquanto olhava para Letta, disfarçada pelo vestido e pela peruca, pela máscara e pelo chapéu. Por fim, Mino ergueu o estojo do violino, e os olhos da criada exibiram um sinal de reconhecimento.

— A *siora* está em casa? — perguntou ele. — Vim verificar a condição dos instrumentos.

A mulher os deixou entrar e fechou o portão.

Violetta ouviu a fechadura ser trancada e respirou fundo. Os dois caminharam por uma galeria com vista para um jardim pequeno e uma fonte. E ficaram esperando diante da porta da frente.

Quando Elizabeth Baum desceu a escada pouco depois, Violetta quase se jogou em seus braços.

— Mino — disse Elizabeth em um tom gentil e confuso, encarando seu cabelo despenteado e as roupas esfarrapadas. — Está tudo bem?

— Preciso lhe pedir um favor — respondeu ele. Já era um alívio não precisar lembrar-lhe quem ele era. — Eu não sabia a quem mais recorrer.

Elizabeth se aproximou.

— Como posso ajudar?

Violetta a conhecia bem o suficiente para ver em seus olhos que a amiga gostava de Mino, mas que os dois não eram próximos. No Incuráveis, a habilidade social dele sempre a deixara com inveja — agora, ela a achava impressionante. Ela desejava ser mais parecida com Mino naquele sentido; era óbvio que Elizabeth estava lisonjeada por ele ter pedido sua ajuda.

— E quem é essa moça? — perguntou a anfitriã, se virando para Violetta.

Era tão estranho saber que, se ela tirasse a máscara agora, a amiga continuaria sem reconhecê-la. A inglesa nunca vira seu rosto sem a *bauta*. Violetta precisava decidir se confiaria nela ou não. Elizabeth conhecia Federico fazia muito mais tempo do que conhecia La Sirena.

Ela olhou para Mino e sentiu que ele confiava na mulher. Ele pegou sua mão e disse:

— Esta é minha querida amiga...

— Elizabeth — disse Violetta —, sou eu.

A postura da mulher mudou. Ela se inclinou tão perto que seus lábios tocaram a máscara de Violetta.

— La Sirena?

Antes de receber uma resposta, Elizabeth os guiou para sua sala de estar, um cômodo pequeno e cheio de estantes, móveis estofados com tecidos bordados e paredes forradas com couro. E então fechou a porta e a trancou.

— Você está em perigo — disse ela.

— Eu sei — respondeu Violetta, percebendo a curiosidade de Mino.

Ela sentiu o rosto corar, compreendendo que, para a amiga ter ciência disso, a busca de Federico devia ter se tornado ampla demais. Aquilo era pior do que imaginava, e só tornava mais perigoso tudo que precisava contar a Mino.

Ele pensava rápido, tentando acompanhar a conversa. Elizabeth chamara Letta de La Sirena — a cantora que Carlo elogiara no cassino. Mas como? Coristas eram proibidas de se apresentar fora dos *ospedali*.

Por outro lado, desde quando Letta se sentia intimidada por regras?

Mino a encarou com admiração, mas viu algo sombrio pairando sobre ela, e entendeu que o perigo do qual a inglesa falava não estava relacionado à quebra dos votos do Incuráveis. Os problemas de Letta eram maiores do que ele imaginava.

— Você precisa sair de Veneza — afirmou Elizabeth.

— Eu sei — respondeu Violetta.

— Do que ela está falando? — perguntou ele. — Quem está ameaçando você?

Letta puxou o ar e balançou a cabeça.

— Mino...

— Eu posso ajudar — interrompeu-a Elizabeth. — Podemos fugir no meu barco, mas precisamos ser rápidos, antes que... — Ela fez uma pausa e abriu um sorriso triste. — Eu nem sei o seu nome.

— Violetta — respondeu a soprano.

Lentamente, ela tirou a máscara.

— Violetta.

Elizabeth se aproximou e analisou seu rosto. Então sorriu e deu um beijo em sua bochecha. Ela piscava rápido, observando os traços da amiga pela primeira vez.

Os olhos de Violetta se encheram de lágrimas. Era tão bom ser vista de verdade.

— Eu estava com tanto medo por você — disse Elizabeth. — Quero ajudar.

Ela assentiu, segurando a mão da inglesa.

— Hoje — disse Elizabeth.

— Londres? — sussurrou Violetta.

— Letta, me diga o que está acontecendo — pediu Mino.

Uma raiva impotente se revirava dentro dele. Era insuportável ver o medo nos olhos dela e não entender o que o causava nem como ajudá-la.

— Não sei por onde começar — disse ela.

— Comece com um banho — sugeriu Elizabeth. — Parece que vocês dois foram arrastados pelo canal. Limpe-se e descanse um pouco antes da viagem, Violetta.

— Mino. — A soprano se virou para ele e segurou suas mãos. — Quer vir comigo para Londres? Sei que parece loucura, mas...

— Sim. — Mino a encarou e viu as incertezas maravilhosas do futuro. Havia tantas perguntas a serem feitas. Mas, se tivesse Letta, só daria uma resposta. — Sim.

𝄢

Depois de um banho, de uma bandeja de café da manhã e de vestir roupas emprestadas, Violetta parou diante da porta do quarto. A cama a chamava. Ela mal dormira desde que abandonara Federico, uma semana antes, porém se sentia mais ansiosa sobre o que estava prestes a contar a Mino do que cansada. Queria vê-lo, estar em sua companhia, mas temia o impacto de suas palavras. Até ela mesma tinha dificuldade em aceitá-las. Antes de atravessar o corredor, colocou a máscara. Seria melhor não ser vista pelos criados, e a força que aquele escudo lhe dava seria necessária. Violetta não havia se dado conta do quanto se tornara dependente do disfarce.

Ela bateu à porta do quarto dele, mas ninguém respondeu. Depois de um instante, tentou a maçaneta. Estava aberta. Na extremidade do cômodo, viu Mino sentado diante da lareira. Ele havia tomado banho, feito a barba e vestido as roupas limpas de um homem mais velho. Seus olhos estavam tão fixos na mesa adiante que não percebeu sua entrada. Era fácil adivinhar o que ele observava.

Mino sabia que ouviria a história de sua origem e sabia que não seria o conto bonito que costumava imaginar na infância. Em pouco tempo, ele descobriria a verdade, mas, por enquanto, bastava olhar para sua pintura inteira.

Violetta se aproximou, e, juntos, eles observaram os dois pedaços unidos que formavam a sereia.

— Mino.

Ela tocou seu braço.

Ele a encarou. Letta, radiante, um pouco indomável. Ela ainda o deixava nervoso. Antes, parecia que ganhar a afeição da jovem era sua missão de vida. Depois que os dois se separaram e que ele conheceu Ana, Mino se empenhara da mesma forma para conquistar a esposa. Fizera de tudo para merecer seu amor, que era sincero, leal e bom. Mas ele nunca a amara da mesma forma que amava Letta.

— Antes de você começar — disse Mino com a voz trêmula —, preciso contar uma coisa.

Violetta se sentou na poltrona ao seu lado. E segurou suas mãos.

— Diga.

— Tenho uma filha. Não posso abandoná-la. Não posso.

Ela se sentou no colo de Mino e passou os braços ao seu redor, enroscando os dedos no cabelo em sua nuca. Era tão bom tocá-lo novamente.

— Mino — disse Violetta, aproximando o rosto do dele, encostando os lábios nos seus. — Não vamos deixar Farfalla. Vamos levá-la também.

Os olhos dele se arregalaram. Seu coração se encheu de alívio e fascínio.

— Você sabia?

Violetta assentiu.

— Fui procurar por você. Eu a segurei no colo hoje. — Sua garganta se apertou. — Ela é linda. E está esperando por você.

Lágrimas escorriam pelo rosto dele. Violetta as secou com os polegares.

— Vai ficar tudo bem, Mino.

Ele estava tão emocionado que não conseguia falar. Precisava ver o rosto dela. Então esticou uma das mãos para soltar a máscara.

Violetta se afastou.

— Vamos continuar usando-as. Coloque a sua — pediu a soprano.

Era muita coisa acontecendo ao mesmo tempo. Logo, ela precisaria contar a Mino todos os segredos que guardava — Federico, La Sirena, a mãe dele. Manter parte do seu mistério, sua máscara, parecia essencial.

Ele fez que não com a cabeça.

— Quero ver você.

— Não sou a Letta que você conhecia.

— Você é a Letta de hoje, e, amanhã, já terá mudado. Não quero que pare de mudar. Só quero ver o seu rosto.

Mino puxou a fita.

Violetta sentiu a máscara cair com lágrimas nos olhos.

Ele a observou.

— Por que está chorando?

Mino a puxou para perto. Segurou sua nuca com uma das mãos, a curva de seu quadril com a outra. Ela sentiu seus corpos se unirem enquanto ele beijava suas lágrimas com delicadeza, depois passava com firmeza para seus lábios. Violetta abriu a boca. Sentiu aquela língua na sua. Então o abraçou. Seu toque na nuca do rapaz o fez gemer, e o gemido a fez estremecer. O beijo era intenso e profundo. O contato entre suas peles era tão elétrico como a primeira vez que se tocaram no telhado, tanto tempo antes. Mas nenhum dos dois pensou naquela época. Eles estavam ali, naquele momento, finalmente juntos, tão ávidos um pelo outro quanto antes, com a diferença de que, agora, essa avidez não os assustava mais. Os dois sabiam o que fazer com todo aquele desejo. Violetta tirou a blusa dele, acariciou seus ombros, os músculos em seus braços. A pele de Mino formigava com arrepios enquanto ele beijava-lhe o pescoço.

No telhado, os dois falavam uma linguagem secreta feita de música. Porém estavam mais velhos agora, tão diferentes dos órfãos que haviam sido um dia. Eles caíram emaranhados na cama, criando uma nova canção em crescendo.

26

Violetta girou na cama, se esticando em busca de Mino no sono. Sua pele formigava com a lembrança de seus corpos entrelaçados. O prazer não estava na transgressão do ato, e sim na perfeição inédita que sentira. Ela pensou na boca de Mino em sua nuca. Nos dedos cheios de calos. Em traçar a clavícula de Mino com o dedo. Em como fora preenchida pelo calor do outro até gritar. E, depois, aqueles beijos. Aquela paz deliciosa, exausta.

Ela queria se aconchegar no calor de Mino e ficar ali. Para sempre.

Mas o espaço na cama estava vazio.

Violetta se sentou de imediato. As roupas dele não estavam mais no chão, onde tinham sido jogadas. De repente, ela se lembrou do restante. Da conversa que tiveram enquanto dividiam um travesseiro, se encarando na cama. Mino não quisera acreditar em suas palavras. Aquela não era a história que ele imaginara. Tinha argumentado que a posse da outra metade da pintura não provava o assassinato da mãe. Lembrara a ela que Federico não confessara nenhum crime. E se Violetta tivesse se enganado?

Ela não tinha se enganado.

— Você não o conhece como eu.

— Se você o conhece tão bem assim, por que continuou lá? Por que ficou com ele?

O corpo de Violetta ficara tenso, e Mino acariciara seu rosto, fechando os olhos e estremecendo.

— Desculpe — dissera ele. — Sinto como se nunca tivéssemos nos separado.

— Fale comigo como se não tivéssemos — insistira ela. — É assim que estou falando com você.

Violetta tirara o colar do bolso do vestido, e Mino se lembrara da joia. Ele o segurara e chorara. Ela ficara com o coração partido.

— Vamos buscar Farfalla — dissera Violetta, abraçando-o. — Depois do pôr do sol. E então vamos deixar isso tudo para trás.

E sentira ele concordar com a cabeça e apertá-la contra si, cansado demais para falar.

Pouco depois, quando os dois caíram no sono, a tarde se iniciara. Agora, o crepúsculo pintava o céu de rosa, e o fogo na lareira estava baixo. Violetta sabia que Mino não teria ido buscar a filha sozinho, porém onde estaria?

A resposta veio como um soco no estômago, e ela se levantou de imediato, indo pegar as roupas e a máscara. Então correu pela escadaria do *palazzo*.

— Violetta.

— Elizabeth...

— O barco está pronto. John vai nos encontrar...

— Primeiro temos que ir a La Sirena.

— O quê? — perguntou a inglesa. — É perigoso demais.

Violetta segurou os cotovelos da amiga.

— Mino está lá.

Elizabeth empalideceu, seus olhos perderam o brilho.

— *Madonna* — sussurrou ela. — Vamos logo.

𝄢

Mino estava nos braços de Letta quando percebera a solução. A única saída era a alternativa mais abominável. Durante sua vida inteira, ele buscara pela família. E agora? Seu pai morava no fim da *calle*. Federico. O homem de cabelo escuro, sem máscara, assustador, dono do cassino, que sempre via passando pelo bar.

No começo, fora difícil aceitar as piores partes da história de Letta, mas então ele vira a opala e lembrara. A pedra pertencera à mãe. Mino se recordava de seus braços em torno do pescoço da mulher — de sentir seu cabelo caindo sobre a grossa corrente de ouro. Os dedos de menino costumavam se entrelaçar na corrente, descendo para a pedra preta--azulada entre seus seios.

Ela a adorava. Só deixaria que alguém a levasse se estivesse morta.

Pois então. O mesmo homem que assassinara sua mãe agora ameaçava Letta. Que outra opção Mino tinha? Teria de matar o pai.

Se não o fizesse, Federico os perseguiria. Fronteira alguma impediria um homem como ele de encontrar uma mulher como Letta. Mesmo se os dois fossem para Londres, mesmo se recomeçassem suas vidas, eles sempre viveriam com medo. A menos que Mino acabasse com tudo naquela noite.

Ele precisava se preparar para quebrar a corrente maligna do passado da família. E depois, abandonaria a cidade que tanto amava. Não seria mais assombrado.

Mino passou apressado pelo garoto que acendia as lamparinas da *calle*, pelos pescadores que voltavam para casa com baldes cheios. Ainda conseguia sentir o cheiro de Letta, ainda conseguia sentir a pele dela na sua. Voltaria para os braços dela assim que tudo aquilo terminasse.

Sua vida inteira o preparara para amá-la, não como um menino, e sim como um homem. Agora que a amara naquela cama, estremecia com a lembrança. E já a desejava de novo. Sem parar. Mino queria ter todo tempo do mundo. Mas não seria homem se não fosse capaz de colocar a paz dela acima de tudo, se não fosse capaz de protegê-la.

E se Letta acordasse enquanto ele estava fora? Essa ideia o incomodava, mas ele não poderia arriscar acordá-la. Ela jamais o deixaria fazer aquilo.

Adeus, Veneza. Adeus, mil luas sobre os canais. Mino não conhecia nada além daquela cidade, mas não estava triste por partir. Se estivesse com Letta e a filha, se estivesse com Sprezz, teria tudo que desejava. Se pudesse acabar com o medo nos olhos de Letta, se sentiria digno de amá-la.

Na entrada do cassino, o porteiro analisou a máscara simples e as roupas sofisticadas de Mino. A blusa do marido de Elizabeth tinha renda nos punhos e na gola, e a calça de lá seguia a moda francesa. O homem permitiu sua entrada, assentindo com a cabeça. A lanterna de vidro azul parecia lançar um feitiço sobre o rabo da sereia, e Mino passou os dedos pela imagem enquanto atravessava a porta.

Ainda estava cedo, e o silêncio reinava no cassino. Ele analisou as almofadas de veludo do salão escuro, depois o bar, sem saber onde encontraria Federico. Não havia pensado em nada além da raiva brutal que o impulsionaria durante o ato. Porém, agora, vagando sozinho no lugar onde passara tantas noites, sentia a confiança abalada. Discretamente, Mino pegou uma garrafa de vinho quase vazia de uma mesa e a escondeu nas costas.

No outro lado do salão, funcionários entravam e saíam pela porta que levava aos depósitos e à saída dos fundos. Ele saíra por ali duas vezes, quando não tinha dinheiro para pagar a conta, em noites em que a garçonete se sentia generosa e o patrão não estava por perto. Mino sabia que havia salas ali, escritórios. Precisava encontrar Federico sozinho.

Assim que viu as duas garçonetes distraídas com clientes, ele entrou discretamente pela porta. E se viu sozinho em um corredor iluminado por velas.

Mino passou por um depósito, depois por outro, e então, antes da saída, encontrou uma porta fechada. Sua testa estava molhada de suor. Ele bebeu o restante do vinho na garrafa. Podia fingir que estava bêbado, alegar que procurava pela saída para mijar lá fora.

Então bateu a garrafa contra a parede até conseguir um caco pontudo. O som o assustou: ele realmente faria aquilo. Usando a outra mão, girou a maçaneta.

𝄢

Quando Violetta e Elizabeth chegaram a La Sirena no *burchiello*, o céu começava a escurecer. Ela foi pega de surpresa ao encontrar uma pequena multidão esperando do lado de fora do cassino.

— Quer que eu vá com você? — perguntou Elizabeth.

— Não — respondeu Violetta, se levantando do assento na cabine do barco. — Espere aqui. E esteja pronta para partir assim que eu voltar com Mino.

Ela deu um beijo rápido na amiga e seguiu para o final da fila, observando o grupo na porta do cassino. Hoje era noite de espetáculo, e com certeza alguns daqueles mascarados esperavam ouvi-la cantar. Como Federico devia estar furioso àquela altura. Quanto dinheiro ele teria perdido?

Violetta não queria pensar no que aconteceria se não encontrasse Mino antes de ele dar de cara com o pai. Ela alternou o peso entre os pés, arrasada, observando o porteiro discutir com dois *barnabotti*.

Talvez pudesse revelar sua identidade para entrar. Se dissesse seu nome artístico, o porteiro a deixaria furar a fila. Mas, depois, os guardas a cercariam. Mesmo se isso a ajudasse a encontrar Mino mais rápido, eles nunca sairiam de lá. Precisava pensar em outra maneira de entrar.

No *burchiello*, ela viu Elizabeth acenando com suas luvas brancas. Então olhou ao redor — ninguém a observava — e voltou para o barco.

— A porta dos fundos — disse a amiga.

𝄢

Federico ergueu o olhar de uma pilha de livros quando a porta se abriu. Sua expressão mostrava cansaço, mas, um segundo antes de seu rosto ser tomado pelo aborrecimento, Mino viu a semelhança. O formato dos olhos e o rosto comprido, magro, o queixo — tudo aquilo se espelhava nele como uma nuvem sobre um canal. Que estranho nunca ter notado isso. Mas ele nunca soubera onde procurar. A verdade era inegável.

O entusiasmo tomou seu peito. Ele tentou extinguir a emoção, mas ela o dominou.

— Pai — sussurrou.

— Saia daqui — disse Federico, por reflexo.

Mas então encarou o intruso de novo, estreitou os olhos, e se levantou devagar da cadeira.

Em uma das mãos, Mino segurava a garrafa quebrada. Ele enfiou a outra no bolso, para pegar a prova. Indo contra todos os seus instintos, ofereceu a pintura ao homem.

Federico trincou a mandíbula.

— Onde ela está?

— Isso é entre nós dois.

O dono do cassino engoliu em seco, sua expressão enigmática. Parecia esperar pela próxima ação de Mino, mas ele estava paralisado. Uma coisa era planejar a morte de um homem. Mas olhar nos olhos do próprio pai e erguer um pedaço de vidro era outra completamente diferente.

— Você se parece com a sua mãe — disse Federico em uma voz distante, baixa. — Sabia disso? Há muito que posso contar sobre ela. Antonia. Ela era incomparável.

Mino queria assentir, mas não conseguia se mexer. Analisando o rosto de Federico, ele se lembrou da mãe com mais clareza do que nunca. E sentiu uma doçura que antecedia suas memórias, algo que não sentia desde que ela o segurara no colo. Mino era alguém. Sua filha era alguém. Ele descendia daquele homem cruel, mas viera de uma mulher boa, e Farfalla também. Uma lágrima escorreu por sua bochecha.

Federico a observou, paciente.

— Baixe a garrafa, meu filho. Um homem precisa das duas mãos para dar um abraço.

O dono do cassino estendeu os braços.

Mino sentiu um impulso lento, inegável, de se aproximar do pai. Ele olhou para o pedaço de vidro em sua mão. E deu um passo para a frente.

𝄢

Violetta correu do píer para a entrada dos fundos. Antes de abri-la, a porta se escancarou. Fortunato surgiu.

Por instinto, ela se retraiu, pronta para correr, mas ele a segurou pelo pulso. Aquela força bruta a fez estremecer. Ela se debateu, tomada pelo medo — até ver seus olhos.

— La Sirena — sussurrou o criado. Seu rosto estava pálido como o de um fantasma. — Sinto muito.

— O que houve? — Ela agarrou os cotovelos do homem. — Onde está ele?

Fortunato respirou fundo, obviamente se esforçando para recuperar a compostura.

— Ele morreu.

Violetta gritou de agonia. Havia chegado tarde demais. Ela cambaleou, quase incapaz de permanecer de pé, tomada por uma lembrança forte e radiante:

Mino no telhado naquele primeiro dia. Seus joelhos se encostando. A risada dele, que parecia desconhecer qualquer preocupação. Ela se lembrava do choque de sentir a textura de seu cabelo. Na época, não queria sair de perto dele. Jamais devia ter feito isso.

Como poderia tê-lo reencontrado e o perdido tão rápido?

Farfalla. Ela pensou na filha dele, na bebê tão bonita. Mino estava prestes a voltar para buscá-la. Para, enfim, ter uma família.

Vou cuidar dela, disse Violetta para ele em seu coração. *Eu serei a família de Farfalla e, assim, ainda terei você.*

Ela queria fugir de Fortunato, sair correndo pelo píer, ir direto até a criança. Se entrasse no cassino, nunca seria livre. Mas não podia deixar Mino ali.

— Venha — chamou o criado, segurando seu braço com uma delicadeza maior do que ela esperava.

Seu corpo foi tomado pela náusea enquanto os dois seguiam pelo corredor. Quando viu a porta de Federico aberta, os pés ganharam velocidade, correndo para dentro do cômodo. Mas, na porta, Violetta parou.

Os dois homens estavam caídos no chão. Pai e filho, encolhidos diante um do outro. Havia sangue por todo lado. Violetta caiu de joelhos. Quando chegou mais perto de Mino, ela tocou seus pés. Suas pernas. Seu quadril. Cotovelos. Bochechas. Seus olhos estavam fechados. Os de Federico permaneciam abertos, encarando o teto, e foi então que ela percebeu que ele estava morto. Ele segurava um punhal, mas não havia sangue na lâmina. O que tinha acontecido? Violetta se jogou contra o peito de Mino e o abraçou, chorando de soluçar.

— Meu amor — disse ela.

E então sentiu um movimento. O braço dele a envolveu, seus olhos se abriram. Ela arfou.

— Onde está machucado? — perguntou, tateando o peito dele, a barriga.

Mino levou uma das mãos ao coração. Não havia qualquer ferida ali.

— Ele tentou... — sussurrou Mino, e Violetta viu seus olhos seguirem para o punhal na mão de Federico. — O que foi que eu fiz?

Agora, ela viu a base da garrafa de vinho enfiada na barriga do dono do cassino, o ferimento em forma de roda no centro de seu corpo. O rosto de Federico — a indignação congelada, morta — a deixou ainda mais enojada. Violetta afastou o olhar, dizendo a si mesma que respirasse fundo, que tudo tinha acabado. Mino estava vivo.

— Vamos sair daqui — disse ela, beijando a bochecha dele.

— Não posso — respondeu Mino. — Meu pai.

Violetta pressionou o rosto contra o dele, virando-o para longe do cadáver.

— Farfalla — disse ela.

O nome da filha pareceu acordá-lo do pesadelo. Em silêncio, Mino se levantou. Então ajudou Violetta a se erguer, mas não havia qualquer força em seu toque. Não havia cor nem emoção em seu rosto. E isso a assustou.

— Sirena? — chamou Fortunato da porta, em um tom quase inaudível.

Ela olhou para o criado de Federico. Havia se esquecido dele e, agora, ficou tensa. Qual seria o custo da liberdade dos dois? Violetta olhou para a garrafa enfiada na barrida de Federico. A que ponto chegaria para defender seu amado?

Era estranho Fortunato não ter atacado Mino, era estranho ela ter encontrado os dois deitados juntos, sozinhos, ainda intocados.

Violetta ergueu a máscara e encarou o homem. E viu a dúvida em seus olhos.

— Você já fez coisas piores a pedido dele — supôs ela.

— Não fui órfão como você — revelou Fortunato —, mas Federico era o mais próximo que eu tinha de uma família, apesar das coisas horríveis que ele... que nós...

— Tenha piedade — implorou Violetta. Ela segurou a mão de Mino. — Ele é filho de Antonia. Só queremos ir embora. Posso pagar...

O criado dispensou a oferta com um aceno de mão.

— Vá. Vocês estão livres.

Ela lhe deu um beijo na bochecha.

— Obrigada, Fortunato.

— Adeus, Sirena.

𝄢

Mino cambaleou pelo corredor, anestesiado, cego e enjoado. Ele se apoiou em Letta, grato pela força dela após a sua ter desaparecido.

— O que houve? — perguntou ele quando pararam diante de uma porta aberta ao lado do escritório de Federico.

Violetta não respondeu, apenas o puxou para a salinha. Mino olhou ao redor, para os vestidos e perfumes, e entendeu que aquele devia ser o *boudoir* da época em que ela se apresentava no cassino. Na mesa diante do espelho, havia uma máscara pintada com escamas de peixe. Letta a pressionou contra o peito e se virou de volta para a porta.

— Vamos — disse ela.

Quando os dois saíram pela porta dos fundos, Mino soltou um gemido. Os problemas haviam acabado, porém ele não sabia mais se acertara ou se errara. Será que estava livre agora? Será que Letta estava? Será que ele contaria aquela história para a filha um dia? Mino não sabia. A única certeza que tinha era de que a noite estava fria, silenciosa, iluminada pelas estrelas. Que uma leve brisa ondulava a água do canal, que uma luminária brilhava no barco de Elizabeth, se tornando cada vez mais intensa conforme Letta o guiava até lá. E que os braços dela eram fortes. Mino rezou para que a amada sempre estivesse por perto quando ele fosse assombrado pela lembrança do pai.

Ao ouvir os próprios passos sobre o píer de madeira, ele entendeu que os dois estavam realmente partindo. Sua mente enviou preces rápidas de esperança e amor em todas as direções, para cada canto da cidade. Para sua mãe na roda. Para Ana na *maranzaria*. Para Carlo na mesa dos rosa-cruzes. Para todos no Incuráveis, para o telhado em que ele se tornara a pessoa que era.

Nos últimos dois anos, Mino rezara por Letta. Agora, segurava sua mão. Parecia que ela vibrava em seu corpo como uma canção. Ele poderia lhe dar mais do que orações. Poderia lhe dar tudo. E ficaria com ela para sempre.

Quando os dois entraram no barco, ele sentiu uma necessidade física de pegar seu violino. Precisava transformar aquela noite em música. Tudo que acontecera, tudo o que estava por vir. Em um único tempo, um cânone tão impactante quanto a opala negra.

E, de alguma forma, o estojo do instrumento estava ali, no banco comprido do barco. Letta o trouxera para ele.

— Vamos embora — disse ela para Elizabeth, que passou a orientação ao barqueiro.

A segurança tranquila de suas vozes o fez pensar, pela primeira vez em muito tempo, que talvez as coisas pudessem dar certo.

Ao som do violino, Violetta girou. Ela levara o instrumento e algumas de suas poucas posses consigo quando saíra do *palazzo* de Elizabeth, mas ficou chocada ao ouvir Mino tocando-o agora. Ele parecia tão fraco enquanto saíam do cassino que ela chegara a pensar que precisaria descansar.

Mas, agora, com o violino ao peito, era como se ele tivesse recuperado a força e voltado a ser o Mino de sempre. Apesar de estar encharcado com o sangue do pai, se equilibrando no meio de um *burchiello*, se afastando de tudo que conhecia.

A primeira música que Violetta ouvira Mino tocar determinara sua vida. Ela era a fonte de seus pesadelos. E a ensinara a cantar. Em sua mente, era nítida a lembrança de abraçá-lo depois que tocaram juntos, fascinada pela força física que a canção parecia ter.

Naquela noite, uma nova melodia saía dele, lenta e aberta, extremamente sentimental. Violetta ouviu, como sempre ouvia, sentindo um desejo imenso de participar da canção.

— Que lindo — elogiou Violetta quando Mino ergueu o arco e a fitou com os olhos cheios de lágrimas.

— Você pode pensar nas palavras? — pediu ele. — Ainda não sei sobre o que a música fala.

A soprano sorriu e se aproximou dele, a letra já inundando sua mente. Ela cantaria sobre um horizonte, sobre uma menina, sobre navios zarpando noite afora, sobre o amor verdadeiro.

— A música fala sobre nós — afirmou Violetta, e o beijou.

Os dois ficariam juntos para sempre.

— *N*onna Farfalla. — Minha neta me cutuca. — A senhora dormiu de novo.

— Você já não sabe o restante, criança? — murmuro, meio sonolenta, me acomodando em minha cama no apartamento de meu filho.

Tenho 81 anos, e estou cansada. Tive cinco filhos, que me deram 18 netos e, na última vez que contei, dois bisnetos pequeninos, uma delas batizada em minha homenagem. Cantei em palcos de ópera em Londres, Viena e Nápoles. Há vinte anos, enterrei meu pai ao lado do túmulo de Violetta na capital inglesa; os dois se foram com um intervalo de seis meses de diferença. Doze anos depois, enterrei meu marido. Mas, por algum motivo, demorei esse tempo todo para contar minha história — minha história inteira — para alguém que quisesse ouvi-la.

Violet, minha neta, com 20 anos de idade e tão impetuosa quanto sua homônima. As duas têm os mesmos olhos escuros, hipnotizantes.

— Sei que eles foram buscá-la na loja de linguiças no *burchiello* — diz ela, recitando a parte mais conhecida da história de nossa família — e que seguiram pelo canal de Brenta até Pádua. Depois, pegaram uma carruagem para o norte e outro navio para atravessar o Canal da Mancha. A senhora veio para Londres e cresceu cantando. — Violet balança a cabeça.

— Mas, esse tempo todo, eu nunca soube que Letta e Mino eram órfãos.

— Todos ficamos órfãos em algum momento da vida. Eu sou uma, agora que meus pais morreram. — Pego a mão dela e encontro seus olhos. — Em toda geração, existe uma contadora de histórias. Conte a história verdadeira do Incuráveis para os seus filhos. E, se eles não prestarem atenção, tenha paciência. Um dia, você também terá netos.

— Não sei contar histórias — diz Violet —, não como a senhora.

Puxo a mão dela para perto do meu rosto. Minha vista já não é mais como antes, mas ainda consigo enxergar cores. Violet é pintora, estuda na Academia Real Inglesa. Suas mãos sempre carregam lembranças das telas às quais ela dá vida.

Tracejo uma mancha verde em seu polegar.

— O que é isso? Grama?

Violet sorri.

— As folhas de um salgueiro.

Encontro o azul ali perto, na dobra do indicador.

— Um riacho para o salgueiro beijar com os galhos?

— A senhora é esperta, *nonna*.

Uma de suas unhas exibe tinta branca. Eu a esfrego com um dedo.

— Um dia nublado?

Violet faz que não com a cabeça.

— Céu limpo. Isso é renda. Do vestido de uma mulher em um piquenique.

— Viu só? — pergunto. — Você sabe contar histórias.

— Mozart! — exclama ela, de repente, irritada. — Saia daí!

— Não tem problema — digo, batendo no espaço especial ao meu lado na cama para o cachorrinho malhado se sentar. — Ele pode ficar.

A fera é descendente do Sprezzatura original, que veio conosco de Viena para Londres há muito tempo. Cada um de seus descendentes foi paparicado e mimado pela minha família, sua linhagem como vira--latas venezianos nunca foi esquecida, e sim elevada às lendas da família.

— Então, agora — sussurro para Violet, sabendo que seu pai, meu filho do meio, está passando pelo corredor —, você pode fazer o que pedi? Sei que o seu pai acha que é mórbido, mas eu não me importo. *Você* me entende...

— Shh, *nonna* — diz Violet, esticando o braço para baixo da sua cadeira, ao lado da cama.

Meu coração fica apertado quando ela ergue a máscara. O papel machê está gasto, amarelado nas bordas; a fita preta, esfarrapada. O tempo todo, Violet a tivera consigo. Ela a coloca em minhas mãos.

Fecho os olhos, envolvo-a com meus dedos.

— Obrigada.

Minha voz me surpreende, engasgada de emoção. Eu não conseguiria subir até o sótão sozinha para pegar a *bauta*.

É a máscara que meu pai deu a Violetta naquela tarde de *carnevale*. Ninguém na minha família — com exceção de Violet — entende por que preciso dela agora, no final.

Quando Veneza finalmente foi tomada pelos austríacos, cerca de vinte anos antes, o *carnevale* deixou de existir. Fui informada de que proibiram as máscaras, apesar de isso ser impossível de imaginar. A *bauta*, antes onipresente, é considerada estranha hoje em dia. Restritiva. Até mesmo assustadora. Meus próprios filhos pensam dessa forma triste.

Nunca tive a oportunidade de levá-los a Veneza. Eles nunca conheceram a cidade como eu. Foi apenas uma viagem, mas mudou minha vida para sempre. Aos 12 anos, fui com meu pai e Violetta para lá, onde passamos dois dias maravilhosos. Nunca tirávamos nossas máscaras e participamos de uma festa que parecia interminável. Eles resolveram se arriscar, porque queriam que eu conhecesse suas origens. Até hoje, aquela viagem é minha lembrança mais preciosa. Eu tentava convencê-los a usar as máscaras na nossa casa em Londres sempre que podia.

Agora, pressiono a *bauta* contra meu rosto e volto a Veneza. Ergo a cabeça do travesseiro para Violet amarrar a fita. Esse pequeno esforço me deixa exausta, e sei que consegui realizar meu desejo na hora certa.

Violetta deixou esta *bauta* para mim. Ela sempre ficava encantada por eu preferir a simples máscara branca à pintada para as apresentações de La Sirena. Ela foi enterrada com a máscara que usava nas apresentações; meu pai, com sua *bauta* branca original. Quero encontrar os dois usando a minha. Quero que eles me reconheçam.

Encontro os olhos de minha neta mais uma vez. Quando ela sorri, é suficiente. Fecho os olhos e escuto a cantiga de ninar que meu pai cantava para mim.

AGRADECIMENTOS

Agradeço a Tara Singh Carlson, cuja generosidade e inteligência permitiram que eu encontrasse o livro que queria escrever. A Helen Richard, Sally Kim e a fantástica equipe da Putnam, por seu compromisso e sua perspicácia. A Laura Rennert, minha bela aliada.

A Federica Fresch, por duas jornadas mágicas pelo passado de Veneza. À Dra. Nelli-Elena Vanzan Marchini, por sua discussão apaixonada sobre a República Serena. A Agata Brusegan, por mergulhar nos arquivos dos *ospedali*. A Giuseppe Ellero, colega escritor e guardião dos segredos dos órfãos. A Don Giovanni, por revelar *Úrsula e as onze mil virgens*, de Tintoretto, arte original do Incuráveis. A Giordano Aterini e Giulia Taddeo, de Rizzoli, por seu carinho e sua sabedoria. A Hanbyul Jang, pelas aulas de violino. A Leonard Bryan, professor de canto. A Addison Timlin, pela inspiração tatuada. A Soundis Azaiz Passman e September Rea, relógio de sol e compasso.

A *Idomeneo* no Teatro La Fenice. Aos drinques para viagem no Corner Pub em Dorsoduro. Às ruelas estreitas demais para que duas pessoas andassem juntas. Ao Aqua Palace Hotel, por nos informar isso.

Aos meus pais, Harriet e Vic, e à minha família e aos meus amigos, com amor. A Matilda, minha professora. A Veneza, o amor está aqui. E a Jason, tudo.

Este livro foi composto na tipografia Adobe
Garamond Pro, em corpo 12/16, e impresso
em papel off-white no Sistema Cameron da
Divisão Gráfica da Distribuidora Record.